계급문학,
그 중심에 서서

내일을여는지식 어문 23

월북연극인 신고송의 그늘진 삶과 문학을 찾아서

계급문학,
그 중심에 서서

▌ 김봉희 지음

KSI 한국학술정보㈜

책머리에

지난 겨울, 출산한 지 삼일 째 되던 날 낯선 이름의 메일이 한 통이 와 있었다. 한국학술정보(주)에서 나의 학위논문을 책으로 엮고 싶다는 내용이었다. 아직 가시지 않은 산통 속에서 흔쾌히 책으로 만들어 보자고 수락을 했고, 출산과 함께 나에게는 두 배의 큰 기쁨을 주었다. 그리고 때마침 『신고송 문학전집』을 출판할 계획에 있었던 터라 신고송 문학의 온전성을 알리는 중요한 기회가 될 것이라는 생각에 가슴이 부풀었다.

하지만 원고를 교정하고, 막상 출판이 임박해지자 여러 가지 생각이 들었다. 머리가 복잡했다. 나는 여러 걱정을 뒤로하고 신고송 문학에 대한 열정을 품었던 대학원 시절, 그 초심으로 돌아가기로 했다. 그의 작품을 한 편 찾을 때마다 얼마나 기뻤던가! 언양을 오고가는 버스 간에서 나도 모르게 흘렸던 눈물, 그의 아버지 산소에서 내려올 때 산뽕나무 사이로 불어오던 한줄기 바람을 떠올렸다. 불안한 마음이 조금은 가라앉는 듯했다. 이제 나는 세상을 향해 『계급문학, 그 중심에 서서』라는 제목으로 신고송의 문학을 이야기하려 한다.

『계급문학, 그 중심에 서서』는 나라잃은시기 프로연극인으로서 아동문학, 희곡, 연출, 문학 비평 등 문학 전반에 걸쳐 활동했고, 1946년 월북 뒤에 북한연극의 토대를 마련하고 당정책에 부합한 창작 활동을 보여준 신고송의 삶과 문학을 전기적으로 고찰한 연구서이다. 또한 신고송에 대한 기초적 문헌을 갈무리하여 그의 삶과 문학 특성을 살펴보았다.

Ⅰ장에서는 '신고송의 그늘진 삶과 문학을 찾아서'라는 제목 아래 신고송의 기존 연구의 성과와 미비성을 들어 그의 문학 연구의 목적과 필요성을 고찰했다. Ⅱ장은 신고송의 전기를 중심으로 그에 맞물린 문학관의 전개양상을 살펴 그의 삶과 문학 활동의 변모양상을 한눈에 파악하고자 했다. 그로 인해 신고송의 생애가 새롭게 복원될 것이다. Ⅲ, Ⅳ, Ⅴ, Ⅵ장에서는 초기 문단 활동시기, 계급문학 시기, 광복기, 재북 시기에 따른 신고송의 문학세계를 중심 갈래를 축으로 삼아 살펴보았다. 나라잃은시기에는 아동문학이, 광복기와 북한 시기에는 희곡 갈래가 중심이 된다. 마지막 Ⅶ장에서는 신고송 문학 연구에 대한 의의와 앞으로 과제에 대한 전망을

밝히고 있다. 덧붙여 글쓴이가 갈무리한 신고송 문학의 죽보기와 그의 생애를 정리한 해적이를 함께 실었다. 『계급문학, 그 중심에 서서』가 신고송 문학 연구의 시발점이 되어 우리 격동의 역사와 함께 해온 그의 문학이 새로운 평가와 온당하게 자리매김하기를 기대한다.

부족한 논문을 책으로 나오기까지 힘과 열정을 쏟아준 출판 관계자들에게 머리 숙여 감사함을 전한다. 항상 제자를 독려하고 다독여 주시는 스승이 있음이 나에게는 큰 재산이다. 더불어 논문을 지도하고 힘을 불어 넣어주신 여러 선생님께도 진정으로 감사하다. 항상 대학원 건물만 지나면 생각나는 후배가 있다. 나와 함께 웃으며 울면서 공부했고, 병석에 누워서도 못난 선배의 학위논문을 걱정해주며 인정 많던 동료. 먼저 하늘나라로 간 전계희에게 묵은 약속을 지켜서 다행이다.

마지막으로 이 책은 어설픈 엄마 노릇을 하는 나에게 볼을 비벼주고, 눈을 맞춰주는 보물단지 은지와 동학이에게 바친다.

2009년 봄 햇살이 내리는 창가에서
김봉희

차 례

I

신고송의 그늘진 삶과 문학을 찾아서

Ⅰ 신고송의 그늘진 삶과 문학을 찾아서

우리의 근·현대문학은 비극적 역사체험과 함께 분단이라는 깊은 상처를 안고 있다. 반세기 이상 지속된 다른 사회·정치체제와 그에 따른 이념 괴리현상이 그것이다. 그럼에도 '민족문화 통합'이라는 명제 아래 남북 간 문학사적 연속성을 찾아내기 위한 노력들이 진행되고 있다. 월북문인과 그들의 문학작품을 꼼꼼히 살펴보는 것도 그 일 가운데 하나다.

월북 문인 해금조치 이후, 그들에 대한 연구는 어느 정도 진척이 이루어졌다. 분단의 특수성과 1차 자료 확보의 어려움이라는 현실적 한계를 딛고 주목할 만한 성과들이 이루어진 셈이다. 그럼에도 여전히 자신의 문학적 역량과 활동에 비해 제대로 된 조명을 받지 못하는 작가들이 적지 않다. 그 가운데 대표적인 인물이 월북 연극인 신고송이다.

신고송은 나라잃은시기와 광복기를 거쳐, 월북 후에까지 문학 갈래 전반에 걸쳐 왕성한 문학 활동을 전개한 역량 있는 작가다. 그러나 아직까지 그의 생애조차 제대로 복원되지 못했다. 문학 활동 또한 희곡 갈래에 국한시켜 논의되어 왔다. 게다가 그의 이념적 자장을 계급문학이라는 틀로만 한정하고 있어 제대로 된 문학사적 논의를 진행시키지 못하고 있다. 그에 대한 논의와 연구는 간헐적이며, 부분적이었던 셈이다.

신고송의 문학에 대한 기존 논의들을 남북한 지역으로 따로 정리하면 다음과 같다. 첫째, 남한에서 다룬 논의들이다. 이들은 다시 둘로 나누어진다. 희곡·연극사와 아동문학이 그것이다.

희곡·연극사에 대한 논의 또한 다시 두 방향으로 살필 수 있다. 그 가운데 하나가 1930년대 전반기 프로연극론 속에서 신고송을 파악하는 방향이다.[1] 그리고 광복 이후 그것의 계승과 창작활동에까지 관심을 넓힌다.[2] 전윤경[3]은 신고송에 대한 개별론을 마련해 소인극 이론에 관심을 기울였다. 그러나 프로연극론에서 마련된 다른 논의와 차이가 없는 단편적 연구물 수준을 넘지 못했다. 최민아도 개별론을 마련했다.[4] 신고송 연극론에 대한 논의를 월북후, 1960년대까지 끌어올렸고, 신고송의 생애와 문단 활동 양상[5]까지 밝혀보려 노력했다. 그러나 이들은 프로 연극이론에서 차지하

---

1) 김만수, 「1930년대 연극운동연구」, 서울대 석사학위 논문, 1989.
　김성희, 「1930년대 연극론에 대하여」, 『한국연극학회』3, 한국극예술학회, 1990.
　박영정, 「슈프렛히콜 연구」, 『한국연극학회』4, 한국극예술학회, 1994.
　신아영, 「1930년대 전반기 연극론 연구」, 『한국극예술연구』1, 한국극예술학회, 1994.
　정봉석, 「1930년대 전반기 프로연극의 대중화운동 연구」, 『국어국문학』11, 동아대 국문과, 1992.
2) 김봉희, 「광복기 단막희곡연구」, 경남대학교대학원 국어국문학과 석사학위 논문, 1999.
　김정수, 『해방기 희곡의 현실인식』, 신아, 1997.
　이석만, 「해방기 직후, 진보적 민족연극 운동」, 『한국연극학』6, 한국연극협회, 1994.
　양승국, 「해방공간의 진보적 민족연극 운동」, 『창작과 비평』66, 창작과 비평사, 1989.
　정호순, 「연극대중화론과 소인극 운동」, 『한국극예술연구』2, 한국극예술학회, 1992.
　위에 나열된 광복기 연극이론을 다룬 연구들은 한결같이 1930년대 프로연극이론을 계승하는 연속성을 인정하면서 광복기에 전개된 양상에 주로 초점을 맞추었다. 그리고 정호순의 글에서는 1930년대 프로연극이론과 광복기 연극이론을 모두 담고 있다. 하지만 이 글도 연극대중화론으로 이끌어 나가는 힘이 부족하다.
3) 전윤경, 「신고송의 소인극 운동」, 『한국 현대 희곡과 연극』, 만인학술총서, 1998.
4) 최민아, 「신고송 연극론 연구」, 동국대학교 대학원 연극영화학과, 2000.
5) 신고송의 생애와 문단 활동을 구체적으로 서술하고 있는 정영진의 글이 있다. 정영진, 「프로희곡사의 산 증인」, 『문학사의 길찾기』, 국학자료원, 1993.

는 신고송의 중요성을 강조하고 있음에도 표면적 전개 상황을 기술하는 데 그치고, 깊이 있는 개별론으로 나아가지 못했다.

다른 한 가지는 희곡사와 연극사 속에서 신고송을 파악하는 방향이다. 한국 사회주의 연극운동사를 살핀 이강렬[6]은 1930년대 프로연극 활동에서부터 북한의 사회주의 기초건설시기까지 발표한 신고송의 희곡작품과 공연 현황을 찾아보고자 애썼다. 그를 통해 사회주의 연극사 속에서 보이는 신고송의 왕성한 활동이 알려졌다 하겠다. 유민영[7]은 프로희곡을 이어간 작가군 가운데 한 명으로 그를 꼽으면서도 좌파 성향이란 노골적인 비난을 숨기지 않았다. 서연호[8]는 경향극의 구체적인 한 방법으로 신고송의 광복기 희곡 「서울갔든 아버지」와 「철쇄는 끊어젓다」를 다루었다.[9] 안광희[10]는 한 걸음 더 나아가 한국 프롤레타리아 연극운동사 속에서 신고송의 문단활동과 매체투쟁, 문단 인맥까지 찾아보고자 애썼다. 연구자 또한 희곡 「선구자들」[11]에 대한 개별론을 마련해, 북한 희곡사 속에서 신고송의 위치를 부각시켰다.

---

6) 이강렬, 『한국사회주의 연극 운동사』, 동문선, 1992.

7) 유민영은 『한국현대희곡사』(새미, 1996)와 『한국연극운동사』(태학사, 2001)에서 신고송을 주목했다. 그는 『한국 현대 희곡사』에서 신고송의 「철쇄는 끊어젓다」를 소개하면서 계급청년의 자연발생적 항쟁의식을 피상적으로 묘사했다고 평가한다. 더불어 "프로작품은 연극이라는 가면을 쓰고 사회주의 이데올로기를 선전·선동하는 남로당의 앞잡이"라는 극렬한 비난을 덧붙이고 있다.

8) 서연호, 『한국 근대 희곡사 연구』, 고려대민족문화연구소, 1982.

9) 남한에서 이루어진 희곡사와 희곡론은 서연호의 입장과 같은 위치에 선 논의가 대세다.
김미도, 『한국 근대극의 재조명 』, 현대미학사, 1992.
김재석, 『일제강점기의 사회극 연구』, 태학사, 1995.
양승국, 『한국 근대 연극비평사』, 태학사, 1996.
이 가운데서 양승국은 실증적 자료를 통해서 신고송의 프로연극 이론과 활동뿐만 아니라 1941년 이후, 부왜활동 기록까지 담고 있다.

10) 안광희, 『한국 프롤레타리아 연극운동의 변천과정』, 태학사, 2001.

11) 김봉희, 「신고송의 희곡 「선구자들」연구」, 『지역문학연구』7, 경남·부산지역문학연구회, 2001.

아동문학가로서 신고송의 문학 활동을 다룬 연구는 거의 없었다. 계급주의 아동문학가 속에 신고송의 이름을 올리는 수준에 머물렀는데, 이재철의 언급이 처음이었다.[12] 최근 박경수[13]는 프롤레타리아 동요집 『불별』을 소개하면서 신고송에 대한 아동문학가로서 면모를 실질적으로 드러내고자 했다. 그의 아동문학에 대한 종합적 연구의 필요성을 제기한 셈이다. 그리고 박태일과 한정호의 글[14]에서는 각각 나라잃은시기와 광복기 경남·부산지역 아동문학의 전개 양상을 매체를 중심으로 다루면서 신고송의 계급주의 아동문학이 지닌 중요성을 지적했다. 이러한 논의들은 희곡에 국한된 신고송의 문학 활동에 대한 이해를 넓혀 나가고자 했다. 그럼에도 아동문학을 전체적으로 파악하지는 못하고 있다.

둘째, 북한에서 신고송을 다룬 논의다. 희곡·연극 이론 쪽의 언급은 없고, 대체로 연극사 속에서 논의하는 특징이 있다. 먼저, 한효[15]는 나라잃은시기 극단 「신건설」시절의 프로연극 활동 모습에 초점을 맞추었다. 신고송의 연극 활동은 항왜적 사상을 지니고 있

---

12) 이재철, 『아동문학개론』, 문연당, 1997.
　　그가 쓴 책 뒷부분 부록에는 '한국아동문학관계 인명사전'에 신고송의 이름을 올려놓고 있는데, 인명사전 안에 신고송은 연극인이자 동요작가로 기록되어 있다.

13) 박경수, 「계급주의 동시 이해의 밑거름 – 프롤레타리아 동요집 『불별』에 대하여」, 『지역문학연구』8, 경남·부산지역문학회, 2003.
　　프롤레타리아 동요집 『불별』속에 신고송의 작품에 대한 이야기를 언급해 놓은 연구로 이순욱의 글도 있다. 이순욱, 「카프매체 투쟁과 프롤레타리아 동요집」, 『불별』, 『한국문학논총』, 제 37집, 한국 문학회, 2004.

14) 박태일, 「나라잃은시기 아동잡지로 본 경남·부산지역 아동문학」, 『한국문학논총』, 제37집, 한국 문학회, 2004.
　　한정호, 「광복기 아동지와 경남·부산지역 아동문학」, 『한국문학논총』, 제37집, 한국 문학회, 2004.

15) 한효, 『조선연극사 개요』, 북한국립출판사, 1956.
　　이 책에서는 신고송에 대한 기록은 소략적으로 소개되고 있다. 신고송이 창작한 「수양단」(一막)을 극단 「신건설」의 제1회 공연으로 올리려고 했으나 실패했다는 이야기를 옮겨 놓고 있다.

으며, 이것은 북한연극의 혁명성에 기초하고 있다고 강조한 것이다. 박태영[16]은 경인동란 이후 창작된 신고송의 희곡작품들을 소개하면서 당 정책을 정확하게 실현한 뛰어난 성과물임을 밝히고 있다. 리령[17] 또한 박태영과 같은 입장에 서 있다. 하지만 당 정책 수행과정과 희곡 전개 양상을 아울러 비교하고자 했다. 『조선 문학사』[18]에서도 신고송의 농촌극[19] 속에 등장하는 주인공들의 사회주의 건설 의지를 극찬하고 있다. 북한에서 신고송은 당 정책을 구현하는 작가이면서 연출가로 평가받아 온 셈이다.

이제까지 살핀 바와 같이 남북한 두 쪽에서 이루어진 신고송에 대한 논의와 연구는 부분적이거나 단편적이라는 한계를 피할 수 없었다. 실제 신고송의 문학 활동은 1920년대 중반에서부터 시작하여 광복기를 거쳐 북한에서 활동한 1960년대 중반까지 걸친다.[20] 그리고 그는 여러 문학 갈래와 영역에 매우 활발한 활동을

16) 박태영, 「시대와 함께 자란 극문학」, 『해방 후 우리문학』, 조선작가동맹출판사. 1958.

17) "우리 당 제6차 전원회의 이후, 1954년 11월 전원회의, 1955년 12월 전원회의 결정들을 실현하는 과정이 우리나라 농촌 경리의 사회주의적 개조는 급속도로로 승리해가고 있었다. - (줄임) - 이러한 실정에서 국립극장은 제3차당 대회 결정 실현을 위한 제2차 작가대회 정신에 립각하여 현실적 주제의 작품에서 왕왕 발로 되었던 종래 도식적인 편향을 반대하고, 현실을 심오하게 연구한 기초 우리 연극 ≪우리 마을≫을 창조하였다." 리령, 「해방 후 연극예술의 발전」, 『빛나는 우리 예술』, 조선예술사. 1960. 92쪽 참조.

18) 리기주, 『조선문학사 14』, 사회과학출판사. 1999. 204 - 209쪽 참조.

19) 신고송의 농촌을 소재로 한 희곡 「불길」, 「우리 마을」, 「선구자들」을 소개하면서 그의 희곡 속에는 미래를 향한 긍정적인 알맹이가 맥박치고 있다고 전한다. 그리고 천리마시대에 합당한 희곡창작을 바라고 있다. 한형원, 「신고송과 그의 농촌 주제 희곡들의 특성」, 『조선문학』, 조선작가동맹출판사. 1960.

20) 1925년 『어린이』를 통해 처음 문단에 이름을 얹혀 놓은 신고송은 나라잃은시기 아동문학과 연극부문에서 왕성한 문학 활동을 펼쳤다. 그리고 광복기에는 자신이 가졌던 계급의식을 주창하며, 북으로 넘어간다. 월북 후, 『문학예술』, 『조선문학』, 『조선예술』, 『문학신문』 등에 많은 작품과 평론을 발표하면서 정치적 이념을 내세운다. 또한 그는 북한문단에 불어 닥친 숙청의 피바람도 비껴가며, 주체사상이 고조되던 1960년대 중반까지 문학 활동을 이어간다. 1970년대는 간혹 짧은 수기 등을 발표하는데, 그 후 북에서 원로 문인의 대접을 받은 것으로 짐작된다.

보여주었다. 그럼에도 신고송의 문학 활동에 대한 앞선 논의들은 희곡갈래에 치우쳤을 뿐 아니라, 프로연극론 또는 당 정책 수행 노선 여부에 초점이 두어졌다. 그래서 신고송의 생애뿐만 아니라, 연구를 위한 1차 자료인 작품 발굴에도 관심을 기울이지 못했다. 신고송에 대한 연구는 생애를 복원하는 기반 연구부터 섬세하게 이루어져야 한다. 그 위에서 그의 문학 세계에 대한 전반적이 고찰이 요청된다 하겠다.

글쓴이는 신고송의 문학 활동 전반에 걸친 특성을 처음으로 고찰한다. 이러한 목표에 접근하기 위해서 신고송의 삶을 복원하고, 문학 활동 양상을 사적으로 정리해 그의 삶과 문학세계를 온전히 들여다보고자 한다. 그런 가운데 초기 문단 활동에서부터 북한에서 이루어진 문학 활동까지, 그의 생애 전반에 걸쳐 드러나는 문학 활동과 갈래의 특성이 드러날 것이다.

신고송의 문학 활동은 동시를 비롯한 동화, 아동극, 아동 평론을 아우르는 아동문학에서 시작된다. 그다음으로 대표적인 활동은 희곡 갈래다. 신고송은 연극서 희곡서 5권을 발간했을 뿐 아니라, 누구도 따르기 힘든 왕성한 연출활동을 보였다.[21] 게다가 다양한 평론과 함께 시, 소설, 수필에까지 문필 활동이 걸친다.[22] 이 글에서

---

21) 글쓴이가 남북한 자료 정리를 통해 발견한 신고송의 희곡서와 연극서는 총 5권이었다. 그 가운데 한 권은 미 발굴된 저서이다. 그의 희곡서와 연극서를 정리하면 다음과 같다.
① 『소인극 하는 법』, 신농림출판부, 1946. ② 『농촌연극 써클운영법』, 국립인민출판사, 1949. ③ 『자립연극지도법』, 문화전선사, 1950(미 발굴). ④ 『연극이란 무엇인가』, 국립출판사, 1956. ⑤ 『선구자들』, 조선작가동맹출판사, 1958.
신고송이 남긴 희곡서는 그의 희곡 창작을 뒷받침 해주는 근거로 삼을 것이다. 또한 그의 연출활동은 나라잃은시기 말기의 부왜극 연출과 광복기에 보여준 연출현황 기록이 있다. 이것을 정리하면 17편의 연출활동이 기록되어 있는데, 그의 희곡창작 과정과 연극운동에 포함시켜 논의할 것이다.
22) 글쓴이가 갈무리 한 신고송의 작품들 가운데 시는 「기녀도」(『풍림』, 1937) 1편이고, 소설

는 신고송의 문학을 나라잃은시기 가운데 초기 동시세계와 계급주의 문학 활동 시기로 나누어 살펴볼 것이며, 그 뒤를 이어서 광복기, 재북 시기로 나누어 그 특성과 전개 양상을 살펴볼 것이다.

신고송은 1925년 문단에 나와서 일본 유학을 가기 이전까지 동시를 중심으로 아동문학과 비평문학을 문단에 내놓았다.[23] 그의 아동문학은 동시, 아동극, 아동평론을 아우르고 있었으며, 비평 활동은 식민지 현실을 깨우치는 비판정신이 담겨져 있다. 하지만 무엇보다 신고송의 초기 아동문학 활동은 동시를 주목해야 한다. 그 작품의 질적이나 양적으로 다른 시기와 비교되지 않을 만큼 활발

역시 「임신」(『조선중앙일보』, 조선중앙일보사, 1935. 7. 10 - 7. 15) 1편뿐이라서 연구대상에서 제외한다. 일기문도 마찬가지로 「밧브든 일주일」(『어린이』, 개벽사, 1924. 5) 1편이다. 수기 형식의 수필과 강좌는 여러 편이 전하는데, 수필은 17편(남한에서 3, 북에서 14), 강좌는 모두 8편(남한에서 4, 북한에서 4)이다. 그 가운데 두 편 「연출에 대하여」(『문학예술』, 창간호, 문학예술풀판사)와 「연출의 길」(『문학예술』, 문학예술출판사1950. 2)번역물이며, 나머지는 연극연출과 희곡에 대한 내용을 담고 있다. 신고송이 남북한 통틀어 발표한 비평문학 활동은 Ⅱ장에서 그의 삶과 문학관을 살펴 볼 때, 참고로 할 것이다. 그리고 신고송의 작품의 목록은 이 글 뒷부분인 죽보기에 밝혀둔다.

23) 1925년에서 일본 유학 직전 무렵인 1930년까지 신고송이 발표한 문단 활동은 동시 27편, 아동극 1편, 아동평론 6편, 비평문학 3편에 이른다. 아동 평론과 비평문학 활동은 그의 삶과 작품 창작의 특성을 고찰할 때 참고로 할 것이다. 그리고 그의 아동극 「쇠바른 톡기」(『어린이』, 개벽사, 1927. 2)는 신고송의 첫 아동극이자 경남 최초의 아동극이라 할 수 있다. 이 시기 그의 아동극 작품은 한 편밖에 지나지 않고, 왜로 제국주의에 대항할 수 있는 항왜 정신과 함께 '선은 반드시 이긴다.'는 교육적인 효과를 드러내는 단순한 이야기 구조로 연구 대상에서 제외시킨다. 한편, 이명재가 쓴 『북한문학사전』(국학자료원, 1995)에서 「쇠바른 톡기」에 대한 평가를 계급주의 의식을 심어주기 위해 창작된 아동극이라고 했다. 힘센 호랑이를 브로주아 계급으로 나타내고, 프롤레타리아 계급인 토끼와 나무꾼이 지혜로 호랑이를 물리치는 장면에서 바로 계급의식 창출이라는 목적성이 드러난다고 했다. 하지만 이러한 평가는 신고송의 삶과 문단활동에 대한 전반적인 이해 없이 '계급주의 문학'이라는 연결고리로 묶으려는 의도로 보여 진다. 신고송은 자신이 술회한 바와 같이(「나의 회상」, 『문학신문』, 문학신문사, 1959. 8. 21) 자신의 문학 방향 전환은 카프의 방향전환에 있었다. 그리고 카프에 가입 한 후에도 그의 작품에는 계급주의 의식보다 겨레의 현실을 아파하는 민족적 색채가 강하게 드러난다. 그의 계급의식이 투철해지고, 작품 속에 녹아 흐르기 시작할 때인 1930년에 접어들어야 본격화 된다. 그래서 이 아동극에서 힘센 호랑이는 왜로 제국주의로 보아야 하며, 토끼와 나무꾼은 조선의 민중으로 보는 것이 타당할 것으로 보인다. 나무꾼의 첫 대사에서 왜로의 식민지 수탈정책인 '벌목사업'에 대한 이야기가 나오는데, 이것 역시 작가의 왜로 제국주의의 비난이 섞여 있다 할 수 있다.

한 활동을 했으며, 초기 아동문학사의 변화와 깊게 연계되기 때문이다. 그의 동시 속에는 소년 문사의 열정어린 시심과 교원생활을 통해서 바라본 어린이의 세계가 담겨져 있다. 게다가 확고한 동시관을 표방하면서 나라잃은 민족현실과 어린이들의 현실을 고심한 흔적을 드러내고 있다. 이를 통해 기존의 계급주의 문학에 머물렀던 논의들에서 벗어나 다양한 신고송의 문학 세계를 들여다볼 수 있을 것이다. 따라서 이 글에서 일본 유학을 가기 전에 신고송이 문단에 내놓은 동시 26편[24]을 대상으로 그가 생각하는 동시관과 어린이 세계를 고찰하고자 한다.

신고송은 일본유학과 귀국을 하면서 극렬한 계급주의 문학주의 활동을 펼쳐 나간다. 이 시기 그는 희곡 창작 활동과 연극운동을 연계해서 전개시켜 계급주의 문학의 선전도구로 사용하였다. 하지

---

24) 글쓴이가 조사한 신고송의 초기 동시는 27편이다. 그 가운데 「언니시집가든 날」(『어린이』, 개벽사. 1930. 5)은 누락이 되어 연구대상에서 포함시키지 못했다. 그리고 작품의 발표 년도 표기가 뒤인 작품 4편을 연구 대상에 포함시키는데, 이들 작품은 그 이전에 발표된 것이 재수록이 된 경우다. 그래서 모두 26편의 동시를 연구대상에 포함하도록 하겠다. 그 목록은 아래와 같다.
「우데통」, 『어린이』, 개벽사. 1925. 11. 「옵바를 차저서」, 『동아일보』, 동아일보사. 1926. 11. 3(동화시) 「진달네」, 『어린이』, 개벽사. 1927. 4. 「자장노래」, 『별나라』, 별나라사. 1927. 10(신말찬 이름으로). 「늙은 버들개지」, 『조선일보』, 조선일보사. 1928. 5. 8. 「귀ㅅ속임」, 『조선일보』, 조선일보사. 1929. 11. 5. 「동무」, 『조선일보』, 조선일보사. 1929. 11. 5. 「그들의 힘」, 『조선일보』, 조선일보사. 1929. 12. 3(鼓頌으로). 「굴밤」, 『조선일보』, 조선일보사. 1929. 12. 3. 「욕을 먹고서」, 『조선일보』, 조선일보사. 1929. 12. 4(동요). 「골목대장」, 『조선일보』, 조선일보사. 1929. 12. 11(동요). 「작년 봄」, 『조선일보』, 조선일보사. 1930. 2. 2(동요). 「닷돈 준 장갑」, 『조선일보』, 조선일보사. 1930. 2. 4(동요). 「석양 준 내 닭」, 『조선일보』, 조선일보사. 1930. 4. 3(동요). 「오나!」, 『조선일보』, 조선일보사. 1930. 4. 4(동요) 「상여ㅅ집」, 『조선일보』, 조선일보사. 1930. 4. 6(동요). 「우는 꼴 보기 실혀」, 『별나라』, 별나라사. 1930. 6. 「검은 얼골」, 『신소년』, 중앙인서관. 1930. 7. 「바다의 노래」, 『별나라』, 별나라사. 1930. 7. 「잠자는 거지」, 『신소년』, 중앙인서관. 1930. 8. 「고초장」, 『음악과 시』, 음악과 시사. 1930. 8. 「도야지」, 『별나라』, 별나라사. 1931. 8. 「돌다리」, 『조선동요백곡집』, 삼문당서점. 1933. 「쪼각빗」, 『조선동요백곡집』, 삼문당서점. 1933. 「가을날의 저녁」, 『아동가요곡선삼백곡』, 신농민사. 1938. 「J.O.D.K」, 『아동가요곡선삼백곡』, 신농민사. 1938.

만 희곡텍스트로 남은 자료가 없어서 그 특성을 살펴볼 수가 없다.[25] 그리고 이 당시 아동문학 활동에서 갈래의 변화를 가져오는데, 일본 유학 시절 창작한 동화와 아동극이 그것이다. 그는 산문이라는 새로운 문학적 장치를 통해 조선 어린이들에게 계급의식을 심어주고자 했다. 더불어 그의 동시는 『별나라』는 매체에 실리면서 강렬한 계급의식을 표출해 내고 있다. 그래서 글쓴이는 이 글에서는 계급주의 문학 운동을 전개했던 시기 그의 동시 9편과 동화 5편, 아동극 2편을 찾아내 연구 대상[26]으로 삼는다. 이를 통해 계급문학의 실천적 의지와 그 성장과정을 엿볼 수 있을 것이다.

광복기, 신고송의 문학 활동은 아동문학과 희곡 창작에서 두드러진다. 이 시기 그는 동시 5편과 아동극 2편, 동화 1편을 발표했다. 그러나 앞 시대와 같은 뚜렷한 자신의 세계를 보여주지 못한다. 그 까닭은 이미 발표된 작품들을 재수록하거나 월북 이후 지면에 실린 작품이 대부분이기 때문이다.[27] 그에 반해 희곡은 광복

---

25) 희곡작품은 「메가폰-슈프렛히콜」(극단 「메가폰」, 창단 공연작), 「수양단」(1933. 11. 23 – 24. 본정연예관에서 공연) 두 편이다. 하지만 희곡 텍스트로 남지 않아서 연구 대상에서 제외시킨다.

26) 계급문학 활동을 펼쳤던 시기 신고송이 발표한 동시 9편과 동화 5편, 아동극 2편의 목록은 아래와 같다.
동시: 「아버지의 편지-공장에서」, 『조선일보』, 조선일보사, 1931. 1. 24. 「껍질 먹는 신세」, 『불별』, 신소년사인쇄부, 1931. 9. 「기다림」, 『불별』, 신소년사인쇄부, 1931. 9. 「도야지」, 『불별』, 신소년사인쇄부, 1931. 9. 「우는 꼴 보기실혀」, 『불별』, 신소년인쇄부, 1931. 9. 「우리 들」, 『신소년』, 신소년사. 1932. 8(번역시 「잠자는 방아」, 『조선일보』, 조선일보사. 1933. 11. 14. 「미륵과 장승」, 『불별』,신소년사인쇄부, 1931. 9(합창). 「우리는 대장장이」, 『별나라』, 별나라사, 1932. 4(폭지스토이-니에서, 신고송 옮김).
동화: 「두더쥐와 아가씨」, 『별나라』, 별나라사, 1931. 2. 「모기와 미륵」, 『별나라』, 별나라사, 1931. 4. 「잉어」, 『별나라』, 별나라사, 1931. 6. 「원숭이와 곰」, 『별나라』, 별나라사, 1931. 12. 「피켓의 일기문 중에서」, 『별나라』, 별나라사, 1934. 2.
아동극: 「저녁밥 갓다주고」, 『별나라』, 별나라사, 1931. 3(아동극). 「삼조아비는 어듸갓나」, 『별나라』, 별나라사, 1931. 9(농촌 소년극).

27) 광복기에 발표된 신고송의 동시 가운데 자신의 사상성을 드러내 보이는 동시는 「아버지」(『새

정국에 민감하게 맞물려 남다른 적극성을 보여준다. 게다가 나라잃은시기 프로연극 이론을 실천적으로 구현하려고 노력했다. 이 글에서 글쓴이는 광복기 신고송 희곡 가운데 텍스트로 남아 있는 「철쇄는 끊어젓다」(『예술』, 1945. 12), 「서울갔든 아버지」(『우리문학』, 1946. 1), 「고갯길」(『전선』, 창간호, 1946. 3)을 대상으로 광복정국에 대한 신고송 문학의 현실 대응의지와 형식을 고찰할 것이다.

월북 후, 북한에서 보여준 신고송의 문학 활동은 당 정책 수행이라는 정치적 영향 속에서 전개될 수밖에 없었다. 그런 과정 속에서 왕성한 창작 활동을 통해 신고송 특유의 재능을 잘 보여준 갈래가 희곡이며, 그에 따른 비평 활동이다. 이러한 그의 희곡 창작 활동은 북한 문학계에서 극작가와 연출가로서 입지를 다지는 데 결정적인 영향을 미쳤다. 이 글에서는 현재 찾아볼 수 있는 그의 희곡 5편[28]을 통해 월북 이후 북한 체류 시기 신고송 문학의

동무」, 새동무사, 1946. 1) 1편뿐이다. 나머지 4편은 신고송이 월북한 후, 이미 발표된 작품들을 재수록 한 것으로 보인다. 아동극 5편도 마찬가지이다. 동화 작품 「평세와 평숙이」(『별나라』, 별나라사, 1945. 12. 15 - 1946. 2. 10) 2회에 걸쳐 실려 공산주의 우월사상을 조선의 어린이에게 심어주고자 했다. 하지만 신고송은 이 작품을 끝까지 마무리 짓지 못한 채, 월북한 것으로 보여 진다. 따라서 광복기에 발표한 신고송의 아동작품은 작품 수에서 적을 뿐만 아니라 그의 문학세계를 온전히 들여다보기에 완성도를 갖추지 못하고 있어 연구대상에서 제외시킨다.

28) 북한에서 발표한 희곡 가운데 남한에 소개된 신고송의 희곡 텍스트는 모두 5편이다. 그 목록은 아래와 같다.
① 「들꽃」, 『문화전선』, 문학예술출판부, 1946. 11. ② 「목화꽃 필 무렵」, 『종합 - 전막극집』, 문화전선사, 1950(창작은 그 이전으로 보고 있다). ③ 「우리 마을」, 희곡집 『선구자들』, 조선작가동맹출판사, 1958(창작은 1956년, 국립극장에서 공연). ④ 「선구자들」, 희곡집 『선구자들』, 조선작가동맹출판사, 1958 (황남도립극장에서 공연). ⑤ 「달래벌에 동이 튼다」, 『조선문학』, 문학예술출판사, 1964. 1.
신고송의 희곡 가운데 「들꽃」(『문화전선』, 문학예술출판사, 1946. 11)은 월북직후에 창작된 희곡으로 토지개혁법이 실시된 상황 속에 북한 인민들의 모습을 남고 있다. 이 작품은 왜로에게 강제 징집을 당한 갑순이가 공산주의 사회에서 겪는 애환과 지만과의 사랑에 집중한 멜로성이 강한 희곡이다. 북한에서 신고송이 창작한 사회주의 사실극이나 정책극에 합당하지 못하다. 그래서 집중적 텍스트 연구에서는 제외하고, 그의 삶과 문학관을 다룰 때 논의하고자 한다.

특성을 살펴 신고송 문학의 연속성을 살펴보고자 한다.

글쓴이는 이 글을 통해 신고송의 그늘진 삶과 문학이 새롭게 햇볕을 쬐고 그의 문학적 횡보가 총체적으로 파악되기를 바란다. 아울러 국가문학사 속에서 배제되고 잊혔던 신고송과 그의 문학이 경남·부산 지역문학사와 통일문학사 속에서 새롭고도 온당하게 자리 잡히기를 기대한다.

신고송의 삶과 문학관

Ⅱ 신고송의 삶과 문학관

신고송은 우리 근대 격동의 역사 속에서 잊혀진 문학예술인 가운데 한 사람이다. 그는 나라잃은시기부터 월북 이후까지 폭넓은 문학 활동을 펼쳤으며, 우리나라 계급주의 문학을 이끌었던 문학 실천가이기도 하다. 하지만 그동안 신고송은 우리 근대문학사는 물론이고 지역문학사에서조차 월북 작가라는 꼬리표 때문에 제대로 평가받지 못했다. 이렇듯 신고송을 우리의 문학사로 끌어올리는 첫 단계로 그의 기초적 문헌을 정리하고, 생애를 복원하는 일이 무엇보다 중요하다. 따라서 글쓴이는 신고송의 실질적 자료와 문헌을 통해 그의 문학 활동을 4기로 나누어 생애를 복원하며, 그의 문학관을 살펴보도록 하겠다.

1. 소년문사 시절과 교원 생활

신고송의 문학 1기는 출생에서부터 일본 유학에 오르기 직전인 1930년까지의 활동과정을 이른다. 이 시기, 신고송은 문학에 대한 열정을 불태우며, 작품 속에는 겨레 잃은 조선 민중에 대한 연민을 나타내고 있다. 뿐만 아니라 계급주의 문학에 눈을 뜨기 시작한 초기 문단 활동 모습을 살펴볼 수 있다.

신고송29)은 1907년 6월 9일 경상남도 언양면 서부리 구십 일번지에서 아버지 신건표와 어머니 이양순의 4남 2녀 가운데 막내로 태어났다.30) 본적은 경상남도 울산군 언양면 서부리 136번지이다. 신고송의 아버지 신건표는 조선말 지방 아전 출신이었으며, 한 집안의 장남이었다. 하지만 신고송의 아버지는 일찍 세상을 떴기 때

---

29) 신고송의 본명은 신말찬(申末贊)으로, 이름에서부터 한 집안의 막내임을 짐작케 한다. 그는 필명으로 고송(孤松)을 사용했는데, 그 뜻은 '외로운 소나무'라는 낭만적인 어감을 지니고 있다. 기록에 의하면 나중에는 전주되어 고송(鼓頌)이라고 불리어졌다고 한다. 하지만 그의 절친한 친구였던 윤석중에 따르면 문단활동 초기에는 필명을 고송(孤松)으로 사용했지만 나중에는 계급주의 문학을 널리 알린다는 뜻으로 고송(鼓頌)을 사용했다고 한다. 그리고 또 다른 필명으로 신찬(申贊)을 사용하기도 했다. 한편, 김봉희가 쓴 「신고송의 희곡 「선구자들」연구」, (『지역문학 연구』7, 지역문학학회, 2001)에서 박고송과 신고송을 같은 사람이라는 개연성을 두고 있다. 그러나 자료 조사한 결과 박고송은 우리나라 신파극과 대중가요에 이바지 한 작가이자 연기자였다. 박고송이 작사한 대표적 노래로는 김정구가 불렀던 「삼변통 아가씨」가 있다.

30) 족보와 주위 사람들의 기억에는 형님이 두 분(광호, 광찬)으로 남아 있다. 하지만 제적등본과 학적부에는 신고송은 정확히 4남으로 기재되어 있으며, 위의 형님들과 나이 차이가 열 살 이상 차이가 나는 것으로 보아 바로 위의 형은 아주 어릴 때 병으로 잃은 것으로 보인다. 다음은 족보를 토대로 하여 고령 신씨 23세손인 신고송의 집안 가계도를 옮겨 놓은 것이다. 신고송은 학렬에 따라 '말휴'로 기록되어 있고, 그의 조부와 아버지의 묘석에도 '말휴'로 기록되어 있다.

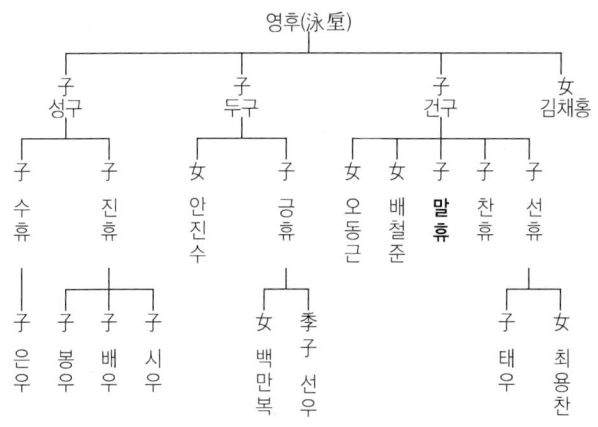

문에 당연히 그는 편모슬하에서 성장해야만 했다. 그래서인지 그의 큰 형인 광호씨를 아버지처럼 따랐다고 한다. 한편 신고송의 성격은 온순하며, 예의 바르고 재능이 많았다고 전해진다.

신고송이 열 살이 되던 해, 1916년 4월 1일 언양 공립보통학교[31]에 입학을 한다. 성적은 뛰어나 4년 동안 늘 10등 안에 들었다. 특히, 이때부터 국어과목에서 우수한 두각을 드러내면서 소년 문사로서 자질을 보였다. 그런 어린 그에게 막연하게나마 겨레 잃은 백성의 울분을 느끼게 한 계기가 있었는데, 그것은 바로, 기미년 만세의거였다고 그는 술회하고 있다.[32] 기미년 만세의거 이후, 언양에서는 종교계와 민족계열에서 만든 소년단체가 조직되는가 하면 조직적인 소년운동의 형태를 자리 잡아 가고 있었다. 이러한 지역적·조직적 소년운동 흐름 속에 신고송 역시 한 일원으로 동참하게 된다.

이 무렵, 그는 1920년 언양공립보통학교를 졸업한다. 하지만 그는 가난한 집안 형편으로 상급학교에 진학하지 못한 채, 동네 금융조합에서 한 달에 십 이전을 받으며 급사생활을 시작한다. 이 당시 급사생활은 그로 하여금 가난으로 멸시당하고, 불평등한 대접을 받는 프롤레타리아 계급의 삶을 체험하는 시간들이었다.[33] 반

---

31) 언양 공립보통학교는 지금의 언양초등학교이며, 울산광역시 울주군 언양읍 동부리 222 − 1 번지에 있다. 신고송은 4회 졸업생이다.

32) "3.1운동 이후에 이 고장에서 일어난 ≪청년 운동≫, ≪소년 운동≫에 열심히 동원된 한 소년의 생활에 적지 아니한 영향을 주었다." 신고송, 「나의 회상」, 『문학신문』, 문학신문사, 1959. 8. 25. 2면 참조.

33) "작년 봄이지요. 제가 보통학교를 졸업할 때 형님은 동생을 고등보통학교에 입학하라 하시며 매월 학자(學資)까지 보내주리라 하섯지요! 그 뒤에 동생은 조와서 긔다리는 것은 고사하고 형님은 갑자기 소식이 업서 젓지요! 동생은 그 때 얼마나 형님을 원망 하엿슬가요! 〈중략〉실 오락이 갓흔 내 손으로 한달을 애써 일해준 나머지 처음으로 돈의 힘을 안 그 때의 동생의 마음 무어라 하닛가!" 신고송, 「멀리가게신 형님에게 − 農村의 職業少年을 代身하야」, 『어

면, 그는 일을 하면서도 좌절하지 않고, 자신의 포부를 펼쳐 나가는 소년운동가의 모습을 갖추게 된다.[34] 그는 본격적으로 1923년 언양 소년단과 언양 조기회에 가입하면서 겨레 잃은 상황 속에서 소년들이 가져야 할 마음가짐을 배우고 익혀나갔다. 그리고 매년 새해에 열리는 '언양 소년소녀 가극대회'를 준비하면서 문학을 접하게 되고, 소년 문사의 꿈을 키워나가게 된다.[35]

진학의 꿈을 잃어버린 어린 그에게 문사의 꿈을 키워나가게 해 준 것은 아동 문예지 『어린이』와 『신소년』[36]이었다. 이러한 순수 아동문예지는 그에게 문학에 대한 갈증을 해소시켜 주는 역할을 했다. 그 보기로 1924년 이후 『어린이』와 『신소년』의 '독자란'을 통해서 신고송과 신말찬이라는 이름을 번갈아 가며 얹혀놓으면서 지역소식을 전한 것을 들 수 있다.[37] 게다가 '선외가작'으로 선정

린이』, 개벽사, 1927. 5. 24-25쪽 참조.

34) 언양 조기회에 활동 모습은 방정환이 쓴 「씩씩한 동모들-언양 조기회」, 『어린이』, 개벽사 (1925. 9)에도 담겨져 있다. 언양 조기회는 아침 일찍 일어나 언양 보통학교운동장을 개간하고, 다 같이 운동을 해서 바른 정신에 건전한 육체를 기르는 데 있었다. 오수환씨와 1차 면담(2005. 12. 3) 당시 개간한 언양 보통학교 운동장은 정구장으로 만들었는데, 신고송은 그 운동장에서 정구를 했다. 그는 정구 솜씨가 놀라울 정도로 뛰어난 다재다능한 남자라고 술회하였다. 그리고 면담 과정에서 재미있었던 일은 신고송의 옛집 바로 옆집이 정인섭의 생가라는 사실이다. 담하나 너머로 이데올로기의 벽을 실감케 했다. 그리고 1925년 8월 11일 『동아일보』에 실린 기사에 의하면 언양 소년회와 언양 청년회 주체 웅변대회에서 신고송이 일등을 차지한 사실을 알 수 있다. 제목은 '참다운 가정교육의 맛을 보여 주시요'이다. 이를 통해 신고송의 소년 운동가로서 적극적인 활약상을 알 수 있다.

35) 「밧브든 일주일간」은 언양 소년 소녀 가극회를 준비하는 과정을 담았다. 그의 작품이 제일 처음으로 아동지에 게재된 글이며, 일기 형식에 맞게 잘 쓰인 글이라는 평가를 받았다.

36) 신고송은 『신소년』1924년 3월호에서 1925년 1월 호까지 '독자 마당', '독자문예', '독자통신', '그림 맞쳐내기', '자유화', '상식 시험'을 통해 총 19회 얼굴을 내민다. 하지만 이 매체를 통해 작품은 싣고 있지 않다. 1930년 이후, 『신소년』 편집을 좌익 성향의 이주홍이 맡으면서 매체의 성격도 변화하기 시작했다. 신고송은 이 시기 『신소년』의 기성대접을 받으며, '지상좌담회'와 동시 1편을 발표한다.
신고송, 「검은 얼골」, 『신소년』, 신소년사, 1930. 7.
신소년 편집부, 「여름방학 지상좌담회-출석제선생」, 『신소년』, 신소년사, 1930. 8.

37) 1924년에서 1925년까지 『어린이』와 『신소년』에 올려진 신고송의 이름을 옮겨 놓으면 다음

되면서 작가로서 밑자리를 마련하고 있다. 특히 소파 방정환이 창
간한 『어린이』는 스스로 작가로 자랄 수 있게 해준 배양물일 뿐만
아니라 아동문학가라는 이름을 내걸게 해준 매체였다.

> 그 어여분 신년호가 나의 책상 압혜 나타날 째에 내마음은 항상 깃거워짐
> 니다. 소파선생의 우리 위해 노력하심에는 무어라고 감사할 말슴업슴니다.
> 그러고 그 유익하고 자미잇는 이솝프 이약이를 점더만히 내주십시오. ㅈ ㅎ
> 선생님쎄 감사를 들임니다. 그런데 ㅈ ㅎ 선생님은 누구신가요. 점아르켜주
> 십시오. (慶南彦陽少年團 申孤松)

> 긔자선생님 여러어른안녕하신지 궁금함니다. 송편을 만히해놋코 선생님생
> 각 펵 하엿슴니다.
> (彦陽少年團 申孤松)

> 어린이! 어린이! 참말 씩씩하게도 발뎐되어 갑니다. 우리들 불상한 됴선어
> 린이들을 위하야 항상 굿세고 씩씩한 긔운과 생명을 길녀주는 『어린이』의
> 네 번 째 돌날을 당하야 저의들은 한업시깃븐 마음으로 이날의 만세를 부름
> 니다. (大邱등대社 서덕출, 신고송, 문인암, 박태석, 황종철, 윤복진)

인용한 세 글은 신고송이 『어린이』의 '독자 담화실'에 보낸 글
가운데 일부분이다.[38] 위의 두 글은 모두 문단에 나오기 전에 쓴

과 같다.
『어린이』: (독자 담화실) 언양소년단 신고송. 1924. 2. 34쪽; 「소녀소녀작품」으로 「밧브든
일주간」, 1924. 5. 28쪽; (독자 담화실) 1924. 11. 47쪽; (제10회 현상당선발표) 1924.
12. 43쪽; (선외가작) 1925. 4. 44쪽; 대구 신고송. (입선동요) 「우톄통」, 1925. 11. 58쪽.
『신소년』: (선외가작란) 동요부, 울산 신고송, 신말찬, 작문부, 울산 신말찬 울산 신고송 (애독
자 명부) 울산군 언양면 서부리 신말찬 (그림 그리기) 울산 신고송 신말찬. 1924. 3.; (선외가
작란) 동요부 울산 신고송. 신말찬, 동화부 울산 신말찬 (독자통신) 울산 신말찬 (그림 맞쳐내기)
언양 신말찬. 1924. 4.; (선외가작란) 동요 울산 신말찬, 동화. 울산 신말찬-경남 울산군 언양
면 서부리 1924. 5.; (선외가작) 동요, 울산 신말찬, 동화 울산 신말찬 그림 그리기 3등-경남
울산군 언양면 서부리 신말찬. 1924. 7.; (상식시험 발표란) 경상도 신말찬 1925. 1.
38) 인용된 글 순서대로 나열하면 다음과 같다.
① 「독자 담화실」, 『어린이』, 개벽사, 1924. 2. 35쪽. ② 「독자 담화실」, 『어린이』, 개벽

글이며, 마지막 글은 등단 이후, 대구 「등대사」 시절에 쓴 글이다.[39] 인용 글에서도 알 수 있듯이 그에게 『어린이』는 친구이며, 선생님이었고, 희망이었다. 그리고 그는 '독자 담화실'에 이름을 자주 올려놓고, 여러 차례 선외가작에 오르면서 『어린이』 편집부와 친숙한 관계를 돈독히 가질 수 있었다. 그리고 당시, 그의 초기 작품에서는 순수하고 어린이다운 호기심을 자아낼 뿐만 아니라 어린이를 생각하고 배려하는 그의 자상한 성격도 나타내고 있다.

또한 『어린이』는 신고송과 여러 문우들이 교우할 수 있는 자리를 마련해주기도 했다. 그 보기로 윤석중, 이원수, 김순애, 서덕출과 「기쁨사」라는 동인 활동과 회람잡지 『굴렁쇠』를 엮는 등 활발한 아동문학 창작활동을 들 수 있다. 이 시기 『어린이』를 통해 만난 이들 동인은 우리나라 초기 아동문학의 초석을 닦는 소년문예가로서 중요한 입지를 가진다. 이렇듯 『어린이』를 통해 맺어진 교우관계는 신고송의 초기 문학을 열정과 순수 속에 꽃 피우게 하는 역할을 했다.

그 후 신고송은 『어린이』를 통해 동시 4편과 아동극 1편을 발표한다.[40] 그 가운데 동시는 순수한 어린이들의 발상과 체험이 묻어

사, 1924. 11. 46쪽. ③「독자 담화실」, 『어린이』, 개벽사, 1927. 3. 62쪽.

39) 1927년 8월 한여름, 「등대사」의 일원인 서덕출의 집에서 윤복진, 신고송, 윤석중이 만나 회포를 푼 일화는 서덕출의 아우 서수인 회고담에 싣고 있다. 그 날 모인 네 명은 날이 밝으면 헤어지기가 서운해, 한 연씩 돌아가며 동시 한 편을 적었다. 아래 동시가 바로 그날 네 명이 함께 적은 동시 「슬픈 밤」이다. "오동나무 비 바람에/잎 떠는 이 밤에/그리우던 네 동무가 모였습니다/이 비가 개이고/날이 밝으면/네 동무도 흩어져 떠나 갑니다/오늘밤엔 귀뚜라미/우는 소리도/마디마디 비에 젖어/눈물 납니다/문풍지 비바람에/스치는 이 밤/그리 우던 네 동무가 모였습니다"
또한 신고송은 동요를 직접 작곡도 하기도 하고, 미술, 음악, 사진 분야에도 남다른 재능을 보인 것으로 전해진다. 「슬픈 밤」의 악보는 『아동가요곡선 삼백곡』(신농민사, 1938) 85쪽에 실려 있다.

40) 『어린이』에 실린 신고송의 작품은 다음과 같다.

져 나온다. 그리고 아동극 「쇠바른 톡키」에서는 왜로 제국주의 수탈 속에서도 어린이들에게 꿋꿋하게 이겨낼 수 있는 용감한 정서를 심어주고 있다.

1925년, 그는 대구사범학교[41]에 입학했다. 같은 해, 11월에는 마침내, 『어린이』에 「우테통」이 입선동요로 뽑힌다. 이렇게 진학과 작가의 꿈을 동시에 이룬 신고송은 본격적으로 아동문학가의 길에 접어들게 된다. 한편, 그는 사범학교에 입학하면서 또 다른 문단 교우 관계를 형성하기 시작하는데, 그들이 문인암, 윤복진, 이상춘 등이다. 그는 그들과 독서회, 문단활동을 같이 하면서 계급주의에 눈뜨기 시작했다. 동시에 겨레 잃은 민족의 처치를 깨닫게 된다. 이것은 민족협동전선을 구축한 '신간회'가 결성되면서 민족운동노선의 변화에 발맞추어 자신들의 아동문학을 돌아보는 소년문예 운동가들의 현실에 대한 탐구과정이었다.[42]

이렇게 싹튼 계급의식은 1927년 카프의 회원이 되는 경로를 거친다. 하지만 이 시기 카프 내의 뚜렷한 활동 양상을 보이지 않는다. 또한 이 시기 『조선일보』에 실린[43] 대부분 작품에서도 마찬가

동시: 「우테통」, 『어린이』, 개벽사, 1925. 11. 「진달네」, 『어린이』, 개벽사, 1927. 4. 「언니 시집가든 날」, 『어린이』, 개벽사, 1930. 5. (작품 누락) 「골목대장」, 『어린이』, 개벽사, 1930. 9 (홍난파 작곡으로 악보 실림).
아동극: 「쇠바른 톡키」, 『어린이』, 개벽사, 1927. 4.

41) 경북대학교 사범대학의 전신으로 과정은 2년제, 3년제로 되어 있었다. 신고송은 2년 특과 과정을 이수한 것으로 보인다.

42) 신간회는 천도교의 민족주의자들이 사회주의자들과 연계하여 구축한 단체였다. 신간회의 결성은 소년운동에서 아동문예에 대한 새로운 방식에 대한 논쟁거리를 불러왔다. 신고송을 비롯한 소년 문예운동의 중심에 섰던 「기쁨사」동인들은 지금까지 자신들의 언어감각에 의존한 자세를 버리고, 현실과 내면 탐구에 몰두하게 된다. 곧, 겨레가 처한 식민지 현실을 어떻게 작품 속에 구현할 것인가에 대한 고민과 스스로 탐구하는 노력을 기울이게 된다. 이러한 과정에서 신고송은 민족의 현실, 조선 어린이의 현실을 작품 속에 드러내면서 그 문제의 해답을 계급주의에서 찾으려 한 것으로 짐작된다. 이 시기 그의 비평문학도 이러한 견지에서 전개되고 있음도 여기에 기인한다고 볼 수 있다.

지로 계급주의 의식은 확고히 자리 잡지 못한다. 차라리 그의 동
시는 겨레 잃은 슬픔을 딛고 일어서는 새로운 희망을 담아내려는
민족주의적 색채가 더 강하다고 볼 수 있을 것이다. 이러한 현상
은 식민지 현실 문제를 계급의식으로 구현하는 데 있어서, 완벽한
해결의 답을 내리지 못한 까닭에 있다. 이 시기 그는 스스로 계급
주의 의식 성장단계에 있음을 그의 작품세계에서 보여주고 있는
셈이다. 하지만 카프의 '방향 전환'은 신고송의 삶과 문학을 통틀어
사상적 변화에 지대한 영향을 끼친 계기가 된 것은 사실이다.[44]

신고송은 아동평론 4편과 문단 평론 2편을 『조선일보』에 싣는
다. 그의 동시가 순수한 어린이의 체험에 머물렀다면, 그의 평론은
무게 있는 날카로움이 드러나 있다. 그는 평론에서 안일한 태도를
지닌 문단의 기성문인을 질책하고, 문단을 향해서 프롤레타리아 대
중들을 위한 진보적인 작품을 창작하기를 당부한다.

> 우리는 째째로 精神喪失者들을 본다. 朝鮮을 써나 外國에서 멋 年만 써
> 돌다가 오면 朝鮮의 現實과 特殊性이라는 것은 씨슨듯이 니저버리고 거긔
> 서 배화온 못된 흉내를 朝鮮서도 建設코저하는 者가 잇스니 그러한 毒素를
> 가진 者를 우리는 除去하지 안흘 수 업다. 우리에게는 現實을 沒却한 大詩
> 聖 百人보다도 비록 詩人이란 일홈은 들어보지 못하였서도 우리 大衆의 生
> 活姿態를 正確히 把持한 荒唐한 詩 一篇 을 쓰는 한 사람이 必要하다.[45]

---

43) 신고송이 『조선일보』에 작품을 발표하기 시작한 년도는 1928년 5월에서 일본 유학에서 돌
  아온 1932년 5월까지 이어진다. 이 무렵 조선일보는 민족주의자들이 운영을 맡고 있어 '조
  선 민중의 신문'이라고 불리어지고 있었다. 신고송 자신 또한 1927년 카프에 입회하면서,
  문단 초기 자신이 가졌던 민족주의적 색체를 들어내기 위해 『조선일보』라는 매체를 선택한
  것으로 짐작할 수 있다.
44) 카프의 아동대상 기관라고 할 수 있는 『별나라』에 동요 「자장노래」를 싣게 되는데, 그는
  이미 기성 작가로서의 대접을 받게 된다. 이렇게 별나라와 인연은 계급주의 문학 활동의 연
  계성을 있게 해주는 중요한 역할을 하게 된다. 광복 이후까지 그 인연을 이어나게 된다.
45) 신고송, 「시단 일첨언」, 『조선일보』, 조선일보사, 1930. 3. 28 - 3. 29.

이 글에서 "정신상실자"는 왜로제국주의 억압에서 고통스러워하는 조선 민중의 처지와 현실을 파악하지 못하고, 예술지상주의를 꿈꾸는 일파를 일컫고 있다. 곧 그들은 기성문단 세력을 잡고 있는 순수시파를 말하고 있는 것이다. 그는 결코 문학은 학문의 전당에 높이 올라가 숭상하는 것이 아니라 대중들의 생활에 적극적으로 파고들어야 한다고 주장한다. 특히, 조선의 식민지 상황을 파악하지 못한 이들은 시대적·역사적 흐름을 거슬리는 과오자임을 강조하여 언급한다.

신고송은 날이 선 날카로움으로 예술지상주의를 꿈꾸는 일파에게 비난의 화살을 돌린다. 그들이야말로 시대적 흐름을 가로막고, 겨레의 현실을 망각하는 착오자임을 밝히고 있다. 곧, 이 시기 그의 문단 비평은 계급주의와 대립하는 순수시파의 감상성을 힐난하고 있다고 할 수 있다. 그들은 조선의 특수한 식민지 상황을 제대로 파악하지 못한 채, 비시대성에 젖어 신음하고 있는 기성문단의 안일함을 깨우치고 있다. 따라서 신고송의 초기 문학관은 나라 잃은 현실을 인식하는 민족주의를 띠고 있으며, 나아가 이러한 현실을 벗어나기 위해서는 계급주의 의식으로 무장하는 길임을 외치고 있다.

이 시기 신고송의 문학에서 또 하나 중요한 사실은 『별나라』와 맺은 인연이다. 신고송이 『별나라』에 얼굴을 내비친 것은 1927년 4월 동시 「자장노래」가 입선동요에 뽑힌 때부터이며, 그때부터 기성 대접을 받게 된다. 하지만 아직까지 무산 아동 계급잡지로 자라지 못한 『별나라』는 어떠한 사상적 색채를 띠지 못하고 있었다. 마침내 1929년 『별나라』가 카프 아동기관지 성격을 표방하게 되는데, 그는 몇 편의 동시를 싣는다. 이 작품들은 『조선일보』에 실린 작품들과 다른 계급적 대립의식을 확연히 드러내 보이고 있다. 이처럼 신고송 역시 『별나라』를 통해 자신의 이념을 드러내고자 했음을 알 수 있을 뿐만 아니라 매체 투쟁이라는 점에서 그 의의가 크다 하겠다. 이러한 매체 투쟁적 성격은 『음악과 시』46)로 이어지면서, 계급의식을 드러내는 기회를 마련한다.

이 무렵, 그는 대구사범학교를 졸업하고, 대구공립보통학교 훈도 교사로 발령을 받는다. 그러나 그는 불온사상을 가졌다는 이유로 1929년 청도 유천학교로 좌천되고 만다. 하지만 마음의 상처를 입은 그에게는 문학이라는 안식처가 있었다. 그는 좌천 이후에도 많은 편 수의 동요를 창작 발표하며 꾸준한 활동을 펼쳐나갔다. 당시 그의 동요 속의 어린이들은 더 이상 겨레의 처지를 슬퍼하지 않고 다시 일어서는 희망의 용기를 보여준다. 이것은 작가로서 자신의 마음과 일치했으리라 짐작할 수 있다.

또한, 그에게 새로운 용기를 불어 준 것은 가정을 꾸린 일이다. 그는 1930년 4월 9일에 김형근과 신해연의 차녀 김두이와 결혼을 한다. 그의 반려자 김두이는 신고송과 언양 공립보통학교 동기동창생이자 진주사범학교를 나온 교원이었다. 재충전의 시간도 잠시, 신고송은 '불온사상을 가진 교원'으로 내몰리면서 교원 생활과는 영원히 이별을 고하고 만다. 그리고 며칠 간 구금 생활을 겪게 된다.

그는 2년 간의 짧았던 교원생활을 접고, 비로소 카프의 맹원으

---

46) 『음악과 시』는 1930년 8월 15일 월간 통권 1호로 창간되었으나 다음 호로 이어지지 못하고 폐간된 문화예술 잡지다. 발행인 양창준을 비롯한 이주홍, 권환, 이구월, 김창술, 박아지, 박세영, 신고송 등이 의기투합하여 엮은 잡지이며, 동요, 시론, 악론 등 다양한 문화예술 갈래에 대한 음악적 양식 접근을 이루어냈다. 게다가 그 당시 그들이 지닌 진보적 계급주의 의식과 함께 문화예술운동의 대중화 과제에 대한 음악 양식적으로 방향제시하는 측면에서 주목해야 할 잡지다.

로 공개적인 활동을 시작한다. 1930년 10월 이상춘, 이갑기에 의해서 조직된 대구의 「가두극장」이 그 출발이 된다. 그는 극단에서 연출부를 맡으면서 사회주의 운동을 실천하기 위한 준비를 한다. 하지만 그의 사회주의 운동은 순조롭지 않았다. 그와 동지들이 11월 7일로 다가온 사회주의 혁명 기념을 준비하던 10월 어느 날, 왜로 순사들에게 체포되어 형무소에 한 달 동안 구금을 당하게 된 것이다.[47] 「가두극장」의 활동은 왜로의 탄압으로 인해 지속되지 못했지만, 그에게는 본격적인 연극 갈래에 대한 애착을 낳게 만들었다. 또한 신고송의 희곡창작 활동과 연극 이론에 지대한 영향을 끼친 시간들이었다. 우여곡절 끝에 구금에서 풀려난 그는 같은 해 12월에 임신한 아내를 두고 일본으로 유학길에 오른다.

앞서 살펴본 바와 같이 신고송의 문학 활동은 아동문학에서 출발했다. 『어린이』를 통해 순수한 어린이들의 세계를 드러내 보이면서 우리나라 초기 아동문학 형성에 지대한 영향을 주었다. 그리고 대구사범학교 시절인 1927년부터 계급의식에 눈 뜨면서 아동문학 작품 속에는 겨레 잃은 민족의 처지를 생각하는 민족주의자의 모습을 내비친다. 반면 그의 평론은 신랄한 비판과 인맥에 편중되지 않는 정념이 담겨져 있는 것이 특징이다. 그는 1929년 이후, 『별나라』를 통해서 계급의식을 뚜렷이 내보이면서 매체 투쟁을 시작하게 된다. 이러한 강렬한 계급의식은 일본 유학으로 이어졌고, 그를 본격적인 '계급주의 문학운동'에 뛰어들게 했다.

---

47) "마르크스주의를 당당히 강령으로 내걸기는 했으나 공연 한 번 못하고 유치장 구경만 하게 되었다." 신고송. 「죽은 동지를 보내는 조사(弔辭)」, 『예술운동』, 1945. 12.

2. 계급주의 문학관과 전향

신고송의 2기 문학은 일본 유학 시절과 귀국하여 이어지는 계급주의 문학운동에서 출발한다. 그리고 3년간의 감옥생활과 왜로제국주의 말기 부왜극 공연 활동까지가 해당된다. 이 시기에서는 그의 치열했던 계급주의 투쟁과 함께 사상 전환의 과정을 살펴볼 수 있다.

신고송은 일본으로 건너간 다음해인 1931년 3월, 동경시 경교(東京市 京橋)에 위치한 '축지소극장' 내에 있는 일본프롤레타리아 연극 연구소에 들어가게 된다. 그 연극연구소와 연계된 일본대학 전문부에서 약 3개월간의 연극훈련을 받게 되는데,[48] 훈련과정 동안 희곡창작 뿐만 아니라 연출, 연기 등 다양한 연극의 세계를 체험하고 익혀나간다. 그는 비로소 이곳에서 체계적으로 연극과 희곡에 대한 본격적 수업을 받게 된 것이다. 그에 발맞추어 그의 일본에서 활동은 프로연극 운동에 초점을 맞춰 전개된다. 이미 국내에서 대구「가두극장」을 운영하면서 계급주의 연극운동에 몰입되어 있던 상태였기에 가능한 일이었다.

한편, 그는 연극 활동뿐만 아니라 왜로 순사들의 눈을 피해「전협」노동자들의 비합법적 회합에 수십 차례 참여하기도 했다.[49] 이를 통해 직접적으로 이동극 공연 활동에 참여하는 등 활발한 연극운동의 실천현장에 서 있었음을 알 수 있다. 그는 그 속에서 일본

---

48) 「京本警高秘一二七八六號」,「출판물위반 及 기타 검거에 관한 건-우리동무 사건」, 1933. 12. 15.
49) 신고송, 「나의 회상」, 『문학신문』, 문학신문사. 1959. 8. 25. 2면 참조.

좌익극단들의 프로 연극 활동과 이론을 국내에 소개하였다. 이 무렵 그가 발표한 연극 평론은[50] 1930년대 카프연극의 실천화를 가져오는 동시에 국내 이동식 소형극장의 출범을 가져오게 된다. 게다가 그의 연극 평론에서는 조선의 프롤레타리아 계급들이 자신들의 세계를 담을 수 있는 극 전개 방식을 선보일 뿐만 아니라 계급주의 의식으로 전환해 나가는 연극운동의 형태를 보여주었다. 이러한 그의 연극운동 실천과 이론 전개는 침체된 조선의 프로연극 활동에 활기를 주었으며, 프로연극 이론의 기반을 마련해 주었다. 또한 일본 유학 시절 다진 희곡창작은 훗날 그 자신을 극작가라는 이름을 달게 해준 계기가 된다.

신고송은 일본에서 연극 활동을 하면서도 아동문학에 대한 관심의 끈을 놓지 않았다. 그러한 사실은 1929년부터 카프의 아동문학 기관지를 표방한 『별나라』를 통해서 알 수 있다. 그는 『별나라』에 자신의 근황을 알리며, 무산계급 어린이들에게 계급의식을 통한 꿈과 용기를 북돋워 주고 있다.

> 음악이란 것은 왜? 사람에게 필요할가? 하고 생각해 보왔고 우리 간난한 사람들은 엇더한 노래를 불너야 되나? 하고 그 불느는 법은 엇더케 해야하나 하고 생각해 본 일이 잇습니다. 그저 음악이란 흥에 겨워 하는 것인 줄만 알든 아버지와는 아조 달는 생각을 그때부터 나는 가젓든 것입니다. "적어도 우리들이 불늘 음악을 성공해노코야 말걸"하고 어린 나의 가슴은 퍽도 쮜엿든 모양입니다. [51]

---

50) 신고송, 「일본 푸로극장 동맹 제3회 방청기」, 『조선일보』, 조선일보사, 1931. 5. 27 – 5. 31.
　　신고송, 「연극운동의 출발」, 『조선일보』, 조선일보사, 1931. 7. 29 – 8. 5.
　　신고송, 「슈프렛히콜 – 새로운 형식」, 『조선일보』, 조선일보사, 1932. 3. 5 – 3. 10.
51) 신고송, 「성공하기 까지는」, 『별나라』, 별나라사, 1931. 4. 7쪽 참조.
　　그 외, 일본 유학 시절 자신의 근황을 알리며, 무산아동 계급을 일깨우는 수기와 강좌는 다음

그리고 기존에 동시를 중심으로 한 아동문학 활동에서 다양한 아동문학 갈래의 확대 양상을 꾀하게 된다. 당시 『별나라』에 실린 동화 4편과 아동극 2편이 좋은 보기로 들 수 있다.[52] 이러한 아동문학 갈래 변화는 조선의 무산아동 계급에게 왜로제국주의와 부르주아에 대항하는 의지를 심어주기 위한 문학적 장치라고 볼 수 있다.

신고송의 계급문학의 절정을 이룬 결실체는 이주홍, 엄흥섭, 손풍산, 김병호 등과 함께 엮은 '조선 프롤레타리아 동요집'『불별』이다. 신고송은 이 동요집에서 5편의 동시를 실어 계급대립 의식을 극렬하게 드러내며, 조선의 프롤레타리아 어린이들의 억눌렸던 마음을 달래주었다. 그 뒤, 그의 계급의식은 홍난파와 계급음악의 성립 여부를 논박하는 평론에서 두드러진다.[53] 여기서 그는 전문적 음악가와 논박에서도 뒤처지지 않는 해박한 음악이론과 논리성을 보여주었다. 또한 이 시기 조선 연극계의 현황을 일본 프로 연극계에 전하는 등 한일 연극계의 가교 역할을 했을 뿐만 아니라 맹렬한 계급주의 연극운동을 펼쳐 나갔다.

신고송의 투철한 계급운동으로 인해 일본에서도 공산주의 사상을 가졌다는 죄목으로 일본 경찰서에서 구금생활을 겪게 된다. 하지만 이미 불타오른 그의 투철한 계급의식을 잠재울 수는 없었

과 같다.
수기: 「육년 동안의 가치」, 『별나라』, 별나라사, 1931. 6.
강좌: 「조희연극」, 『별나라』, 별나라사, 1932. 4.

52) 동화: 「두더쥐와 아가씨」, 『별나라』, 1931. 2. 「모기와 미륵」, 『별나라』, 별나라사, 1931. 4. 「잉어」, 『별나라』, 별나라사, 1931. 6. 「원숭이와 곰」, 『별나라』, 별나라사, 1931. 12. 아동극: 「저녁밥 갓다주고」, 별나라사, 『별나라』, 1931. 3. 「삼조아비는 어듸갓서」, 『별나라』, 별나라사, 1931. 9.

53) 홍난파와 음악성에 반발하여 음악의 계급성을 주장한 평론은 다음과 같다.
「음악에 계급의식에 대하여」, 『동아일보』, 동아일보사, 1931. 3. 12 – 3. 14. 「계급음악의 확립」, 『조선일보』, 조선일보사, 1931. 5. 6 – 5. 12.

다.[54) 구금에서 풀려난 그는 같은 해 11월, 재일 조선인 문화운동 단체에서 설립한 「동지사」의 일원으로 활동을 이어간다. 다음 해인 1932년 2월 「동지사」가 「코프」(KOPE: 일본프롤레타리아문화연맹)의 산하기관 「조선코프협의회」로 흡수되면서 기관지 『우리동무』를 내놓는다. 그는 『우리동무』에 편집을 맡게 되고, 「프로트」 동경지부 조선위원회의에 소속되어 맹렬한 계급주의 운동을 펼쳐나갔다.

1932년 5월, 신고송은 어머니의 병 악화를 이유로 들어 조선으로 귀국한다. 이미 일본 유학시절에 견고하게 굳힌 프로연극관의 확립과 계급의식으로 무장된 신고송은 분주해지기 시작했다. 그는 먼저 카프의 신임 중앙위원을 맡으면서 극단 「메가폰」 창설에 앞장서게 된다. 동시에 극단 「메가폰」의 제1회 공연작으로 자신이 직접 창작한 희곡 「메가폰」을 내 놓는다. 이것은 그가 소개했던 프로연극 이론 '슈프레히콜'을 직접 연출하기 위함이었다. 하지만 프로연극의 기반적 토대가 약한 조선의 프롤레타리아 계급에겐 극의 흥미도 자아내지 못할 뿐만 아니라 구호나 선동적인 짧은 대사는 이해하기조차 어려웠다. 곧, 선진 독일 노동극 형식인 '슈프레히콜'은 너무도 생소한 연극이었다. 다만, 프로연극 이론을 실험한 데, 그 의의를 두어야 했다.

같은 해, 8월 극단 「메가폰」이 해산되고, 카프의 직속기관인 극단 「신건설」이 창단되면서 신고송은 연출부를 맡는 동시에 「신건설」의 기관지인 『연극운동』의 편집장을 맡게 된다. 그 당시 그는

---

54) 이 무렵, 신고송의 고향 언양에서는 아버지가 없는 가운데, 장남인 태우가 태어났다. 제적증명서에 보면 다른 자식들은 아버지 신말찬이 출생신고를 했지만 태우만 어머니인 김두이가 출생신고를 한 것으로 기록되어 있다.

이상춘과 경성의 안국동 88번지 문선관 여관 2층 다락방에서 하루에 두 끼 식사로 연명하는 어려운 생활 속에서 『연극운동』을 펴내고 있었다.[55] 그리고 송영과 함께 『소년문학』이라는 잡지를 출간하는데, 왜로는 "아동의 지주 자본가에 대한 반항의식 고취"라는 명목 아래 창간호를 출판금지를 시킨다.[56] 이런 와중에 신고송은 '코프조선협회' 기관지인 『우리동무』를 배포했다는 이유로 기거하고 있던 문선관 여관에서 이찬과 함께 본정서(本町署)에 검거되었다. 신고송의 검거로 인해 극렬한 계급주의 활동은 일시에 중단되는데, 그의 문학 활동의 위기인 동시에 나라잃은시기 프로연극 운동의 위기를 맞게 된다.

신고송은 1932년 8월 30일에 끌려가서 넉 달 동안 모진 고문에 시달리다가 "공산주의 사상 전파"라는 죄목으로 1933년 8월 서대문 감옥으로 옮겨간다. 그는 감옥 안에서도 서적을 통해서 사상적 기초로 닦는 작업에 몰두하면서 사회주의 10월 혁명을 맞이하기도 했다. 그의 재판은 사상범이라는 죄목 아래 진행예정이었으나 각계 인사들이 많이 붙잡힌 관계로 연기되어[57], 결국 1934년 12월 15일 『우리동무』배포 사건과 『연극운동』격문 사건의 병합심리에서 10개월의 금고형을 받게 된다. 그로부터 10개월 후인 1935년 9월, 신고송은 석방된다.

자유를 찾은 신고송은 행복하지 못했다. 제2차 「신건설」사건으

---

55) 신고송, 「죽은 동지에게 보내는 조사」, 『예술운동』, 조선예술동맹, 1945. 12, 74쪽 참조.

56) 「조선출판경찰월보 제40 - 51호」, 「불허가 출판물 요지」, 1932. 11. 8.

57) 이 당시 신고송뿐만 아니라 다른 사상범들의 재판이 연기되고 있었다. 이것은 왜로제국주의의 대륙 식민지화를 위한 억압정책의 일환이었다. 실제 재판관보다 잡아온 그들이 말하는 사상범 수가 많았기 때문이다.

로 동지들은 검거되었고, 계급주의 문학의 구심점인 「카프」가 이미 해산된 상황이었기 때문이다. 감옥살이에서 나온 그는 당시 사회주의 신문이라고 불리던 『조선중앙일보』에 카프해산 이후 침체일로를 겪고 있는 문단 상황을 비판하는 평론을 내놓는다.

> 日本內地에서 藝術의 ××××化가 提唱되엿다고 그것을 直譯하야 朝鮮서 그것을 곳 模倣한 것이 아니오. 日本內地에서 社會主義레알리즘이 論議된다고 朝鮮서도 그에 따라 云謂한 것이 아니며 日本內地의 藝術團體를 解散햇다고 카프를 解散한 것도 아니다. 또 日本內地에서 轉向이 流行한다고 朝鮮에서도 轉向派가 생긴 것이 아니다. 모다 그때그때의 社會的 特殊한 原因과 動機가 잇섯기 때문이다.
>   公判中에 잇는 前날의 카프의 藝術家들이 멀지 안허서 文壇이라는 城郭 안으로 돌아올 것이다. 그들이 오면 또 한판 떠들썩 할 것이오. 東에서 西로만 불고 잇는 지금의 文壇의 바람이 北에서 南으로도 불기 시작할 것이며 氣流의 交叉도 생기고 逆流도 생길 것이다.[58]

신고송은 이 글에서 일본 내지와 소비에트 동맹, 그리고 국내 예술단체가 해산당하고, 작가들이 수감당하거나 전향하는 풍조를 같은 흐름에서 보지 말 것을 일러두고 있다. 사회주의적 사실주의가 소련에서 일본으로 다시 국내로 들어온 것은 사실이지만 각 나라 안의 사회적 원인과 동기를 간과해서는 안 된다고 역설한다. 그래서 당시 일본 내지의 좌익문학가들이 전향하는 것은 카프와는 상관이 없음을 강조한다. 그 이유는 수감 중이거나 재판 중에 있는 카프의 맹원들은 전향을 하지 않을 뿐만 아니라 이들이 돌아온다면 우리 문단은 다시 활기를 찾을 것이라고 확신했기 때문이다.

그리고 소련에서 유입된 '사회주의적 사실주의'를 기반으로 한

---

58) 신고송, 「문단시감 – 카프해산이후 문단」, 『조선중앙일보』, 조선중앙일보사, 1935. 11. 14 – 11. 15.

투철한 계급주의 의식이 우리 문단에 불어 닥칠 것을 의심하지 않고 있다. 이러한 시대적 흐름에 흔들리지 않고, 카프문학의 전통아래 우리 문단을 지켜나갈 것을 결의하고 있다. 그는 그 뒤로 아동문학의 활기를 되찾자는 아동평론 「아동문학 부흥론」을 발표하는 등 진보적 계급의식을 표방하지만 뚜렷한 행적과 작품 활동을 남기지 못한다.

이 시기 특이한 것은 소설 「임신」을 『조선중앙일보』에 연재했다는 사실이다. 이때까지 소설 갈래에 대한 작품 창작은 없었다. 그러던 그로서 소설을 연재한 까닭은 생계 유지차원도 있었고, 출감후에 자신의 심경을 담아내기 위해서였다.[59] 또한 그는 『풍림』을 통해서 「기녀도」라는 시를 발표한다. 하지만 그의 문단 활동은 1937년 이후에 중단되고 마는데, 왜로의 살벌한 감시망 때문임을 짐작할 수 있다.

1936년 2월 신고송은 아내 김두이의 교원 발령지인 김해군 김해읍 지내동 94번지로 이주해간다. 그는 김해에서 가산이 파산된 이상춘의 가족에게 양복점을 열어주면서, 이상춘의 옥바라지를 한다. 그런데 그의 생활이 불안했는지 김해에서는 주소의 이전이 많이 나타나고 있다.[60] 그는 김해에서 차남 해우와 삼남 상우를 보게

---

59) 그의 소설 「임신」의 큰 틀은 자신의 동경 유학 시절과 감옥살이를 다녀온 뒤에 아내의 임신 이야기가 주를 이룬다. 하지만 그 당시 자신의 무능력과 임신과 중절에 대한 아내와의 갈등이 감추어져 있다. 그리고 자신에 비해 능력이 뛰어난 의사집안의 가정과 비교하는 계급대립 의식이 내재되어 있다. 따라서 그의 소설은 자전적 소설로 짐작할 수 있다.

60) 실제 주소지는 김해군 김해읍 지내동 94번지로 되어 있지만 아들들의 출생 주소와 김두이의 사망지 주소가 각각 다르게 나타난다. 이것은 왜로의 감시망에서 자유롭지 못했던 신고송의 불안한 생활을 보여준다 하겠다. 다음은 신고송 가족이 김해에서 주소가 변경된 것을 나열한 것이다.
김해군 김해읍 지내동 94번지(1936. 2 - 등재 상 주소)→김해군 김해읍 지내동 107번지→김해군 김해읍 북내동 107번지→김해군 김해읍 답화리 240번지

된다. 하지만 삼남 상우가 태어난 지 일 년도 못된 1939년 아내 김두이가 사망한다. 신고송은 부인을 잃은 슬픔을 느끼기도 전에 아들 셋을 부양해야만 했다. 하지만 생계가 막막해졌다. 그는 하는 수 없어서 둘째 아들인 해우를 언양에 있는 둘째 누이 집에 맡겨두고, 김해와 언양을 오가는 불안한 생활을 하게 된다.[61]

그 무렵, 왜로의 제국주의 팽창 야욕은 급기야 '태평양 전쟁'을 불러일으키고, 조선을 군참 기지로 삼게 되었다. 이러한 상황 속에서 대부분의 문학인들은 왜로의 속박에서 자유로울 수 없었다. 그래서 왜로에게 끌려 다니거나 붓을 꺾고 살아야만 했다. 이러한 문단 상황 속에서 신고송은 1941년 호구지책으로 '조선악극단'[62]에 가입하게 된다. 그가 하는 일은 공연 끝 부분에 진행되는 연극을 연출하는 일이었다. 왜로제국주의에 항거하며 감옥살이를 했던 그에게는 치욕스러운 일이 아닐 수 없었다.

그는 동경 공연이 있던 어느 날 그의 친구 윤석중에게 "세상이 뒤집히면 우리 같은 놈들은 다 죽어야 해."[63]하며 괴로운 심정을 털어놓았다고 한다. 그는 총독부의 강요에 의해 부왜적인 글을 쓰며, 부왜극에 동참해야만 했다. 그리고 '제2회 국민연극대회'에서

---

61) 오수환씨의 2차면담(2006. 3. 22)에서 김두이가 사망 한 후, 오수환의 숙모 곧, 신고송의 둘째 누님이 둘째 아들을 맡아서 키우게 되었다고 한다. 동네 사람들이 늘 해우를 보면 어미 없는 자식이라며 측은해 했고, 신고송은 김해와 언양을 오가면서 간판 그림과 사진을 찍으면서 생계를 이어 갔다고 한다. 해우는 광복이 되기 전, 신고송이 새 가정을 꾸리면서 데리고 갔다고 한다.

62) 1938년 쇼 흥행의 귀재라고 하는 이철이 만든 'OK 그랜드쇼'단이 1939년에 와서 '조선악극단'이라는 이름으로 개명 하였다. 이 악극단은 연극공연을 하는 단체가 아니고, 주로 노래와 쇼를 위주로 하였다. 간혹 쉬는 시간에 신파적인 연극을 올렸다. 신고송은 그 연극대본을 고쳐주기도 하고, 연기를 지도하기도 했는데, 주된 멤버는 아니었다. 그는 단지 새로 꾸린 가정과 아이들을 지키기 위한 생계수단으로 악극단에 가입한 것으로 짐작된다.

63) 윤석중, 『어린이와 한평생』, 범양사출판부, 1985.

김태진의 작품인 「아름다운 고향」의 연출을 맡아 수상하기도 하고, 부왜극 집단 연출을 맡아 공연을 올리기도 했다. 그 뒤, 신고송은 여러 극단을 전전하면서 극작과 연출을 맡아 보게 된다.[64] 광복이 되기 전인 1945년 7월 1일에는 송영, 김태진과 함께 극단 「태양의 진용」을 창단[65]하지만 창단 작품을 발표도 하지 못한 채 막을 내린다. 이렇게 신고송은 생계유지를 하기 위해서 부왜극에 동참하는 오명을 남긴 채, 광복을 맞이한다.

---

64) 왜로제국 말기 연극 공연 시에는 국어극과 일어 극을 각각 한 편씩 올려야 했는데, 신고송은 일어극을 창작해서 올릴 때는 '만대신'이라는 왜로 이름을 써서 올렸던 것으로 보여 진다. 또한 신고송의 희곡작품이 공연되거나 연출활동을 한 극단은 여러 극단이었다. 이러한 상황은 호구지책의 수단이었으며, 당시 공연예술의 인맥으로 연결되어 있었던 것으로 짐작된다. 그 보기로 「건설무대」에서는 김욱이 연출, 강호가 무대장치를 맡고 있었고, 「고협」에서는 신파극의 최고 흥행 극작가 임선규와 송영이 터를 잡고 있었다.
왜로제국주의 말기 신고송의 희곡 작품 목록은 다음과 같다.
① 「비행기는 이렇게 만든다」(만대신 작 - 일어극) ② 「懷しき街」(만대신 작 - 일어극) ③ 「豊年の水車」(만대신 작 - 일어극) ④ 「인정 나룻배」(신고송 작 - 국어극) ⑤ 「金の國, 銀の國」(만대신 작 - 일어극)
왜로제국주의 말기 신고송의 연출 현황은 아래와 같다.
① 「비행기는 이렇게 만든다」(건설무대 : 만대신 극작, 신고송 연출, 제일극장 1944. 11. 16 공연) ② 「아름다운 고향」(고협 : 김태진 극작, 신고송 연출, 부민관 1943. 12. 2 - 12. 4 공연) ③ 「그리운 거리」(고협 : 임선규 극작, 신고송 연출, 부민관 1944. 5. 20 - 5. 24 공연, 제일극장 1944. 11. 8 공연) ④ 「흰 독수리」(고협 : 김내성 극작, 신고송 연출, 약초극장 1944. 12. 31 - 1945. 1. 4 공연, 제일극장 1944. 4. 21 - 4. 25 공연) ⑤ 「懷しき街」(고협 : 만대신 극작, 만대신 연출, 약초극장 1945. 5. 1 공연) ⑥ 「해당화 피는 섬」(고협 : 송영극작, 신고송 연출, 제일극장 1944. 8. 30 - 9. 3 공연) ⑦ 「목련화」(반도가극단 : 조명암 극작, 만대신 연출, 중앙극장 1945. 4. 21 공연) ⑧ 「樫丁」(신생가극단 : 송영 극작, 만대신 연출, 제일극장 1944. 7. 26 - 7. 30 공연) ⑨ 「홍매화」(약초가극단 : 백운영 극작, 만대신 연출, 약초극장 1944. 10. 12 - 10. 18 공연) ⑩ 「인정나룻배」(조선악극단 : 신고송 작, 신고송 연출, 동양극장 1944. 1. 22 - 1. 31, 1944. 5. 30 - 6. 3 공연) ⑪ 「金の國, 銀の國」(조선악극단 : 만대신 작, 만대신 연출, 동양극장 1944. 2. 27 - 3. 4, 1944. 5. 30 - 6. 3 공연) ⑫ 「제비나라」(조선악극단 : 송영 작, 만대신 연출, 동양극장 1944. 2. 27 - 3. 4 공연) ⑬ 「백마」(황금좌 : 김건 작, 신고송 연출, 제일극장 1945. 4. 12 공연) ⑭ 「삼십년」(황금좌 : 김건 작, 신고송 연출, 중앙극장 1944. 11. 30 - 12. 7 공연) ⑮ 「怒濤の町」(황금좌 : 中江良夫 작, 만대신 연출, 중앙극장 1945. 6. 11 공연) 민병욱, 『한국 희곡사 연표』, 국학자료원, 1994.

65) 극단 「태양의 진용」 창단, 각본 부 : 송영, 김태진, 안영일, 임선규, 김승구 연출 부 : 안영일, 나웅, 신고송 연기 부 : 박학 매일신보편집부, 『매일신보』, 매일신보사, 1945. 7. 1.

앞선 그의 문학 활동 시기를 정리하면 다양한 갈래의 변화를 통해 계급주의 의식을 반영하는 시도를 꾀하였다. 게다가 프로연극 운동의 선봉장에 서서 진보적인 극작가와 연출가의 모습을 보여주었다. 반면, 투철한 계급주의 문학 활동으로 투옥과 고문을 반복적으로 겪어야만 했던 그에게 나라잃은시기 말기 부왜극 가담은 치욕스러운 일이었다고 할 수 있다. 이처럼 신고송의 제2기 문학은 굴곡이 심한 시절이었으며, 시대적 상황과 작가적 양심이 대결하던 시기이기도 했다.

3. 광복기 문단활동과 월북

신고송의 3기 문학은 을유 광복에서 월북하기 직전까지인 1946년 4월 중순 무렵까지를 일컫는다. 다른 시기보다 그 기간은 짧았다. 하지만 신고송은 자신이 지녔던 정치적 신념을 강력히 부르짖었으며, 왕성한 희곡 창작과 공연 활동을 펼쳐보였다. 또한 나라잃은시기 프로연극을 계승하여 몸소 실천에 옮겼던 시간이었다.

왜로의 오랜 폭정에서 벗어난 조국 광복은 환희의 물결이었다. 그러한 분위기는 연극계도 마찬가지였다. 그동안 펼쳐졌던 부왜극 공연이 중지되면서 극단들이 해체되고, 인맥을 통한 새로운 극단들이 난립하기 시작했다. 하지만 연극계에서는 극단보다 한발 앞서 단체들이 조직되었는데, 광복 다음 날 만들어진 '조선연극건설본부'가 그것이다. 신고송 역시 '조선연극건설본부'의 위원으로 이름을 올려놓고 있었으나 구체적인 활동은 하지 않은 것으로 짐작된다.[66]

겨레의 광복은 환희였지만, 이내 좌·우익이라는 이데올로기 분열이 장벽이 되었다. 신고송은 이름만 얹어 있던 '조선연극건설 본부'에서 탈퇴하여 송영, 김승구와 함께 '조선푸로레타리아 연극동맹' 조직에 가담한다. '조선연극건설본부'가 가지고 있는 사상에 대한 반발 때문이었다. 이것은 광복 이후 처음으로 자신의 이데올로기를 드러내는 움직임이었다. 뒤이어 '조선연극건설본부'와 '조선푸로레타리아 연극동맹'이 결합한 '조선연극동맹'이 결성되면서 그는 중앙집행위원의 책임을 맡게 된다.[67)

이 무렵, 그는 발 빠르게 자신이 가졌던 사회주의 이념을 창작 희곡과 평론을 문단에 내놓는다.[68) 또한 이념을 표방한 매체 잡지들이 속속들이 발간하는 시점에 신고송은 본격적인 매체활동을 통해서 진보적 문학운동에 동참하고 나섰다. 그는 희곡을 자신의 이념을 가장 잘 표현할 수 있는 선전·선동의 무기로 삼았고, 그의 희곡은 곧장 무대 위로 공연되어 강력한 파급 효과를 불러왔다.

그가 제일 처음으로 공연물로 올린 작품은 「결실」이다. 이 작품은 잡지 『신건설』[69)주최로 공연되는데, 농민조합이 만들어지는 과

---

66) "해방이 되자, 우후죽순처럼 극단이 난립하기 시작했다. 그때의 관례는 일제시대에 조직한 모든 단체는 자동 해체로 간주하고, 처음부터 모두 새롭게 시작하는 것이었다. 게다가, 조선연극문화협회 시절의 극단 설립 절차에 대한 규제가 없어져, 아무나 극단을 등록할 수 있었다. 두 사람만 모이면 단체가 생기던 시절이었다." 고설봉, 『證言 演劇史』, 도서출판 晋陽, 1990. 105쪽 참조.

67) 지난 20일 연극동맹결성대회가 열렸는데, 그 위원은 다음과 같다.
위원장: 송석하, 부위원장: 조영출, 서기장: 김승구
중앙집행위원: 김일신, 박구, 김용환, 박학, 한일송, 이재현, 서일성, 변용, 이해랑, 이서향, 김창근, 나웅, 박상진, 신고송, 한태천, 김건, 김승구, 이광래, 김환, 김단약, 한설야, 황철, 박고송
서울신문 출판부, 「조선연극동맹 결성됨」, 『서울신문』, 서울신문사, 1945. 12. 23.

68) 창작희곡: 「결실」, 『신건설』, 민성사, 1945. 11. 「철쇄는 끊어젓다」, 『예술』, 건설출판사, 1945. 12. 「서 울 갔든 아버지」, 『우리문학』, 우리문학사, 1946. 1. 「눈날리는 밤」, 『여성공론』, 여성공론사, 1946. 4.
평론: 「연극운동과 그 조직」, 『인민』, 인민사, 1945. 12.

정에서 농촌의 봉건적 세력과 싸우는 프롤레타리아의 투쟁을 담고 있다. 그리고 『예술』창간호에 희곡 「철쇄는 끊어졌다」와 여성 노동자들의 근로 개선을 요구하는 노동쟁의를 담고 있는 「서울갔든 아버지」를 『우리문학』70)에 발표한다. 특히, 이 작품들은 프로연극의 이론이라 할 수 있는 '슈프렛히콜' 형식을 통해서 자신의 이념을 점층적으로 표현하고 있다. 이러한 움직임은 1930년대 프로연극 운동의 계승이라고 할 수 있으며, 조선의 사상적 재무장을 실천화하는 과정을 표현했다. 그는 자신의 창작 희곡 「결실」, 「철쇄는 끊어졌다」 두 작품을 가지고 전국 순회공연을 가지기도 했는데, 고향인 언양에서 공연은 뜨거운 호응과 관심을 불러 일으켰다고 한다.71)

우리들 조선연극인은 의식적으로 무의식으로 총결속하야 살인 교사와 평화교란의 선전연극을 상연하고도 애꾸진 목숨을 보명하였든 것이다. 우리 연극인들은 가장 불유쾌하고 불명예하며 치역적인 시기에 지은 민족적 계급적 죄업을 속죄청산하기 위하야는 무자비한 비판과 장구하고 경건한 노력이 필요할 것이다. 〈중략〉
한편 극단을 총망라한 무색무취의 협의체를 두고 우리들이 따로이 우리들의 주체적 조직인 조선프롤레타리아연극동맹의 기빨 아래 결속하고 전기 협

---

69) 1945년 12월에 창간호를 낸 잡지로 민성사에서 출판했다. 이 잡지는 1932년에 창단된 「신건설」의 정신을 계승한 잡지이기도 하다. 신고송의 희곡 「결실」은 1946년 1월호에 실려 있다.

70) 『우리문학』은 1946년 2월 10일 창간된 문예지이며, 3월 통권 2호로 종간 되었다. 편집 겸 발행인 홍구를 비롯한 진보적인 성향을 가진 문학인들이 만든 대표적인 좌익 문학인들의 작품을 발표하는 매체였다. 『우리문학』 창간호의 편집후기에 잡지가 가진 성향을 밝혀두고 있다. "『우리문학』은 별다른 까다로운 主張이라는 것은 없다. 너무 옛날 殘滓를 사랑스럽게만 알지 말고 進步的「이데」밑에 現實을 觀察하는 모든 글 쓰는 사람(文學)의 참다운 公器로 이바지하고자 한다."

71) "신고송이가 언양에 온다고, 언양이 난리가 났지. 신고송이가 온다고. 공연 작품 제목은 생각은 잘 안 나고, 신고송이 작품 한 개, 연출한 것 한 개. 그렇게 공연을 했다. 고향 사람이 연출한다고 언양 바닥이 시끄러 웠제." 오수환씨 1차 면담. 2005. 12. 3. 오후 3시 오수환씨 댁.

의기관을 통해서 각 단체에 영향을 주고 조직적으로 지도를 해가는 방법은
어떠할까. 이것이 타당한 방법이 아닐까. 그러기 위하여는 역시 먼저 우리들
의 주체적인 조직이 필요치 아니할까.72)

   신고송은 그의 평론 「연극운동과 그 조직」에서 겨레를 되찾은
자유의 물결 속에서도 나라잃은시기 연극인들의 행동과 양심에 따
른 속죄가 따라야 함을 이야기하고 있다. 그러한 속죄의식을 바탕
으로 조선의 연극은 사상적으로 재무장하고 예술적으로는 백지로
환원할 것을 내세웠다. 게다가 광복 후 분열되어 있던 연극조직을
나열하며, '프로 연극동맹'이라는 주체적인 조직 결성을 부르짖고
있다. 여기서 계급적 사상으로 뭉쳐진 신고송의 뚜렷한 신념을 엿
볼 수 있다.

   이 무렵, 신고송은 연출과 기획자로도 활발한 활동을 이어 나갔
다. 대표적인 작품으로는 노서아 혁명 기념일을 맞아 「해방극장」
에서 올린 「어머니」를 꼽을 수 있다.73) 그리고 일본 유학시절 '동
지사'에서 함께 일했던 김정한과 극단 「희망좌」를 운영하면서 희
곡을 창작하며 무대공연에 힘을 기울이게 된다. 하지만 미군정 아
래의 예술운동은 힘겨웠으며, 자유롭지 못했다. 왜냐하면 미군정의
폭압 앞에서 공연이 중단되거나, 경찰서에 연행되어 가는 경우도
허다했기 때문이다. 미군정은 조선인들과 잦은 마찰이 일어나자 나

---

72) 신고송, 「연극운동과 그 조직」, 『인민』, 인민사, 1945. 12.
73) "解放劇場이 勤勞大衆의 絕對的인 支持아레 誕生하였고 「어머니」의 上演에 意外의 聲
   援이 있었음에도 不拘하고 演技陣의 擴大强化를 成功치 못한데 對한 우리의 困難은 至
   極히 컸었다. 「어머니」役의 人選이 이 公演의 成不成을 左右하는 問題가 되었다. 適役者
   獲得을 많이 努力했고 贊助出演을 받기 위해도 힘을 썼으나 結局은 우리 劇團의 가진 演
   技陣으로 强行할 수밖에 길이 없었다. 이 結果 우리는 좋은 演技者를 大衆 앞에 새로 紹
   介할 수 있는 幸福을 얻었다." 신고송, 「「어머니」연출에 대하야」, 『예술신보』, 예술신보사,
   1945. 12.

라잃은시기 부왜 인사들을 재등용시켜, 모든 일처리를 맡겼다. 한 마디로 왜로 잔재청산이 전혀 이루어지지 못한 상태에서 공연료 인상, 대본의 검열 등 전 시대의 횡포를 반복하게 되었던 것이다. 그 당시, 신고송이 쓴 간단한 수기를 보면 극장계의 폭리와 왜로 잔재 청산이 되지 않은 시국을 비탄해 하는 심정을 알 수 있다.[74] 이처럼 신고송은 광복된 조국 땅 아래 연극운동에 적극 가담했지만 한계에 부딪치고 말았다.

그리고 이 시기 아동문학 작품을 발표하여 지면에 신게 된다. 대표적인 갈래는 동시로 모두 7편인데, 『새동무』에 발표된 「아버지」를 제외하곤 그가 지닌 이념의 표출을 찾아볼 수 없다. 그래서 대부분 작품들이 광복기 이전에 발표된 작품을 재수록 한 것으로 여겨진다. 아동극 역시 마찬가지이다. 동화는 한 편을 남겼는데, '소년 일기문'이라는 형식을 빌려서 미군정에 대한 비판과 반발 정신을 담아냈다. 뿐만 아니라 소련군의 항왜정신과 함께 정권정복의 정당성을 담아내고 있다. 이를 통해 남한의 소년들에게 공산주의 사상의 우월성을 깨우쳐 주고 있다.

한편, 첫째 부인의 사망으로 신고송은 1941년에서 1942년 무렵에 새로운 가정을 꾸렸는데, 그의 아내는 계급주의 운동을 함께한 동지였다. 하지만 그의 가정은 평온하지 못했다. 아내는 전처의 자식들을 구박하고 학대했고, 그 장면을 직접 그가 목격했다. 생각과

---

74) "상연한 각본 중에 巡査가 등장하는 것이 있었다. 그 다음날 여관에서 수갑을 찼었다. …… 보안주임은 약 삼 시간 동안 나를 세워두고 경관을 侮辱햇다는 이유로 첫마디부터 凶惡卑怯한 惡魔와 辱說을 퍼부었다. 결국 쓰지는 아니했으나 始末書를 쓰라는 말까지 나고 脚本을 押收까지 당했다. …… 일제시대 보다 조곰도 못지않은 이런 京官의 現在함을 놀랬드니 과연 그는 일제시대의 잔재 京官이었고, 고등계 근무까지 한 惡質分子였다는 것이다." 신고송, 「一人一言 -謀利輩와 문학인」, 『현대일보』, 현대일보사, 1946. 4. 15.

사상이 깬 여성이라고 믿어왔던 아내에게 느끼는 배반감은 실로 충격적이었다. 신고송은 배반감을 애써 감추고 자신의 가정을 지키려고 무던히도 애를 썼다고 한다.[75]

신고송은 미군정 아래 자신의 정치적 신념을 펼칠 수 없었으며, 자유로운 예술 활동까지 제재를 받아야만 했다. 게다가 위기를 맞은 가정도 돌봐야 할 상황이었다. 그때, 그가 선택한 길은 '월북'이었다. 그에게서 월북은 자신의 사상과 예술을 모두 펼칠 수 있는 길이었으며, 어느 정도 안정된 지위를 보장받을 수 있는 선택이었다. 그는 1946년 4월 중순 무렵에 가족을 모두 데리고 북으로 향한다.[76] 고향 땅, 언양 평대리에 잠들어 있는 아버지를 남겨둔 채, 이념을 좇아 사회주의를 선택했던 것이다.

신고송의 광복기 문단활동은 1년이 채 되지 못한다. 하지만 좌·우익의 격랑의 시간 속에서 어느 시기 못지않은 진보적인 연극운동 활동과 희곡창작 활동에 주력했다. 그와 같은 실천 작업은 월북 초기로 이어져 있어 신고송 자신의 문학적 연속성을 마련한다. 또한 그의 문학 활동의 근본 사상에는 왜로 제국주의의 억압

---

75) 신고송은 월북 직전까지 서울시 녹번동에서 살았다고 한다. 그리고 이 책에서 윤석중 씨는 가정을 되살려 보겠다는 의지도 월북을 강행한 이유 가운데 하나로 보고 있다. 윤석중, 앞의 책, 참조.

76) 월북 후에도 신고송의 작품이나 저서는 남한에서 단독 정부가 수립되기 이전까지 잡지에 게재되거나 출판·공연된다. 그가 가진 진보적인 성향과 작품세계를 인정받고 있었기 때문이라고 짐작되어진다.

저서: 『소인극 하는법』, 신농민사, 1946. 8.

잡지게재 작품: 「굴렁쇠」, 『주간소학생』, 조선아동문화협회, 1946. 6. 10. 「고개」, 『어린이 신문』, 어린이신문사, 1947. 2. 8. 「아침」, 『어린이 신문』, 어린이신문사, 1947. 2. 8. 「진달내」, 『어린이 신문』, 어린이신문사, 1947. 2. 22. 「소년행진곡」, 『어린이 신문』, 어린이 신문사, 1947. 11. 22.

연극 공연: 「부활기」, 『예술신문』, 1947. 8. 10-8. 12. 마산지국 주최로 마산극장과 시민극장에서 공연, 이호영 연출, 정진업, 유광석 출연.

에서 벗어나서 진정한 조국 광복을 찾고자 하는 정신이 있다. 그가 생각하는 진정한 조국 광복은 조선 인민들이 모두 평등하게, 억압 없는 곳에서 살 수 있는 사회주의 건설에 있었다. 이러한 바탕을 기초로 하여 그의 문학 활동은 이어진다.

4. 재북 시기의 문학 활동

신고송의 4기 문학은 월북 이후 북한 사회체제에서 활동한 시기를 이른다. 분단이라는 특수한 사항으로 남한에 소개된 몇몇 잡지의 기록을 통해 조사된 결과물이기 때문에 총체적인 활동양상을 고찰하는 데 부족한 점이 많다. 남한에 소개된 자료에 의하면 신고송의 문학 활동은 월북 후인 1946년 4월에서 주체문학이 형성되기 시작한 1966년까지 이어지고 있다. 또한 그의 재북 시기 활동은 정치적인 문단 흐름을 좇으며, 희곡창작과 공연예술에 왕성한 활동을 보여주고 있다.

광복 후, 북한 연극은 카프 출신 연극인들의 월북으로 활기를 띠었다. 북한에서도 항왜정신 계승을 앞장세워 그들의 활동을 전폭적으로 지지하고 나섰다. 그런 면에서 신고송의 문학 활동은 굳건한 지지기반과 함께 정당성을 구축해 나갈 수 있었다. 그가 월북한 같은 해인 10월, 북한에서는 '북조선예술총동맹'이 '북조선문학예술총동맹'으로 개편되었다. 그 과정에서 그는 전문분과인 '북조선연극동맹'의 부위원장이라는 중임을 맡는다. 그리고 월북 초기 작품 활동을 살펴보면 1930년대 프로연극 이론 가운데 하나였던

'소인극 운동'을 전개시키기 위한 희곡작품을 발표한다. 그 대표적인 작품으로 「들꽃」, 「목화꽃 필 무렵」[77)이 있다. 그리고 『농촌써클 연극』이라는 소인극 저서를 편찬한다.[78]

월북 다음 해인 1947년, 북한에서는 '고상한 사실주의'가 도래한다. '고상한 사실주의'는 사회적 영웅의 행동을 통해서 인민들의 현실에서 이탈하지 않는 한도 내에서 현실 이상으로 향상시키는 것을 말한다. 곧 '혁명적 낭만주의'를 북한 사회에 정착시키고자 한 것이다. 그에 따라 신고송의 희곡창작방법도 달라지기 시작한다. 광복 이후, 선전·선동의 정치성을 띠던 짧은 단막극에서 장막극으로 전환하기 시작했다. 그 대표적인 희곡작품으로 「수정골 사람들」, 「3.1전후」, 「최후의 날」을 들 수 있다.

이 무렵 월북문인과 예술인들로 북한의 문화·예술 활동은 절정기에 오르게 된다. 그 보기로 1947년 8월 9일에서 9월 초순까지 진행된 '북조선 문학축전'을 들 수 있다. 이 행사에 출품된 문학작품 수가 9백여 편에 달하게 되는데, 신고송도 자신의 작품을 선보인다. 같은 해, 『조소문화』[79)와 『문학예술』이 창간되면서 '북조선 문학동맹 전문분과위원회' 명단[80]이 발표되는데, 그는 이 명단에서

---

77) 「들꽃」은 『문학예술』 창간호에 실린 작품으로 월북 후, 곧바로 창작된 작품으로 여겨진다. 그리고 「목화꽃 필 무렵」은 1946년에 창작된 작품으로 안함광이 엮은 『종합-전막희곡집』에 실려 있는 소인극 대본이다.

78) 신고송, 『농촌연극 써클운영법』, 국립인민출판사, 1949.

79) 『조소문화』의 창간호는 『문화건설』이란 이름으로 1만부가 발간되었는데, 비슷한 이미지의 잡지가 있어 이름을 개편 하였다. 그것이 『조소문화』로, 2호부터 개명되었다. 그리고 이 잡지는 1949년 10월에 『조쏘친선』으로 개제되었으며, 따로 『조소문화』가 창간되어 이론부문을 맡았다.

80) 北朝鮮 文學同盟 專門分科委員 名單
소설위원: 이태준, 이기영, 한설야, 최명익, 김사량, 윤세중, 이동규, 현향준, 이북명, 최인준, 석인해, 유향림, 김화청.

희곡위원, 평론 위원, 아동문학 위원 세 영역에 이름을 올려놓고 있다. 그의 문학 전 갈래에 대한 관심과 활발한 문단 활동을 확인할 수 있다.

소련군이 북한에서 철수하면서, 소련과 북한 간에는 경제와 문화 협조를 결의하게 된다. 이 시점에서 소련의 철강과 여러 주요 산업들이 북한에 소개되고 시험에 들어간다. 이 무렵, 구시대의 낡은 사고방식과 소련의 신기술 사이의 갈등을 다룬 신고송의 대표적인 희곡 「불길」이 창작된다. 이 작품 속에 갈등은 공산주의 사회라는 주체적 이념 안에서 보장되는 안정된 갈등양상의 형태를 지니게 된다. 이것은 사회주의 건설 사업에 초석을 마련하는 중요한 작품으로 북한 연극사에 손꼽히는 작품으로 남는다. 이른바 '고상한 사실주의'의 모범적인 희곡 작품이며, 소련과의 견고한 친선관계를 담고 있는 정치성이 강한 작품이기도 하다.

그리고 이 당시 신고송의 아동문학 활동도 드러나고 있는데, 아동극집 『새나라 어린이』와 아동극 「우리들의 즐거운 야영생활」이 그것이다. 이것은 사회주의 건설 시기에 새로운 기상을 북한의 어린이들에게 심어주고자 하는 의도를 나타내고 있다. 그의 아동문학에 대한 애정은 전쟁기에도 비춰지고 있는데, 아동극 「야지마을 사람들」이 그것이다. 작품 속에는 전쟁 중에 개인적인 시련을 겪

시 위원: 이정구, 이찬, 박세영, 박팔양, 민병균, 박석정, 백인준, 김우철, 김상오, 이원우, 김북원.
희곡위원: 박영호, 송영, 김사량, 김승구, 신고송, 한태천, 남궁만, 김일룡, 김태진.
평론위원: 안막, 김두용, 안함광, 한효, 윤세평, 정건, 신고송, 전봉수, 엄호필, 한식.
아동문학 위원: 박세영, 송영, 신고송, 이동규, 정산, 강소천, 노량근.
외국문학 위원: 정건, 백석, 박리순, 엄호필, 최호, 김상오.
조선작가동맹, 『문학예술』, 창간호, 문학예술출판사, 1947.

은 소년들이 후방에서 맡은 일을 다 하는 충성스러움을 담아내고 있다. 이러한 아동극은 사회주의 건설과 조국 해방이라는 커다란 과제를 위한 선동적인 역할을 하는 목적성을 띠고 있다.

1950년 6월, 신고송은 허정석, 박길웅 등과 함께 친선사절단으로 소련을 방문한다. 곧이어 그는 경인 전쟁이 발발했다는 소식을 접하고 귀국하게 된다. 그리고 8월 25일 인민군이 점령한 서울 시내로 들어와 100명의 대 예술단을 인솔하여 부민관에서 공연을 관장한다. 그는 자신의 수기에서 당시의 감격을 전하고 있다.[81] 다시 전세가 역전되어 유엔군이 북으로 진격할 당시, 신고송은 평양 외곽지대에서 몸을 숨기고 있었다. 그곳에서 농촌의 봄 농사를 돕고 있었던 것으로 전해진다.

> 농민들의 꿈이 실현된 후 두 번째의 추수 때에 원쑤들은 들어왔다. 당과 정권에서는 농민들에게 식량을 땅에 묻고 놈들의 락탈에서 구하라는 지시를 주고 후퇴하였다. 〈중략〉
> 이미 봄보리 파종에 우수한 성적을 내고 시인민위원회의 표창을 받은 농민들은 벼농사에 착수할 만반의 준비를 하고 있다.
> 여성들은 몇날 전까지 수로보수공사에 매일 동원되었다. 〈중략〉
> 자연현상으로서의 봄은 변함없는 계절변화를 가져온다. 그러나 원쑤들에 대한 미움이 불타오르며 전쟁은 승리하고 자유해방통일의 조국을 이룩하려는 강렬한 투쟁을 하는 조선 민족에게 맞어지는 봄은 보통때의 봄보다 많이 다르다.
> 꺾일 줄 모르고 강인한 조선민족의 투쟁 모습의 한토막을 나는 이 지역 농민들의 춘경사업에서 본다.[82]

인용 글은 전쟁 시기에 신고송이 쓴 수필의 일부분이다. 전쟁

81) 신고송, 「아름다운 시절의 노래」, 『문학신문』, 문학신문사. 1961. 4. 14. 3면 참조.
82) 신고송, 「굴할 줄 모르는 인민」, 『문학예술』, 문학예술출판사, 1951. 5.

속에서도 춘경사업에 임하는 당당한 인민들의 모습을 통해 남한과 미군에 대한 반발심을 드러내고 있다. 전쟁의 포화 속에서 활기찬 춘경사업이 실제로 진행되었는지 의문으로 남는다. 하지만 전쟁 속에서도 농경사업에 열중인 인민들의 활기찬 모습을 담아 인민들의 자유해방 통일 의지를 각성시키고자 하는 의도가 엿보인다.

그 후 신고송은 문학 활동보다는 정치적 활동에 주력하면서 당 정책을 구현하는 데 앞장서 나갔다. 1951년 6월 '조선문학 예술총동맹' 중앙지도 기관과 산하 각 동맹 열성자 회의에서 선출한 '조선문학예술총동맹 위원'과 '연극동맹 위원장'[83]으로 선출된다. 그리고 같은 해 10월에는, 나웅의 뒤를 이어 제2대 국립극장 총장과 무대 배우동맹 위원직에 오른다. 당시, 그는 여러 중요한 직책을 맡게 된다. 이것은 인민들의 사상적 단결과 전후 복구에 복무하는 중책들이었다. 이렇듯 이 시기 신고송은 문학 작품 활동보다는 대내외적인 정치적 삶을 걸었던 것을 알 수 있다.

1953년 7월에 휴전이 협정되면서 북한은 사회복구에 온 힘을 기울이게 된다. 같은 해 10월, 『조선문학』창간에 발맞추어 '조선문학예술총동맹' 조직 개편을 단행하는데, 그는 '중앙위원'과 '희곡분과 위원' 자리에 오르게 된다. 다음 달 소련을 두 번째로 방문하게 되는데, 그곳에서 3개월간 머물면서 공연 활동과 더불어 사회주의 건설에 복무하기 위한 예술 형태를 체험하고 돌아온다. 하지만 소련에서 돌아온 북한의 상황은 싸늘한 숙청의 바람이 부는 냉담한 분위기였다. 북한은 1955년 '교조주의와 형식주의' 퇴치를 내걸고 박헌영 일파들을 처형시키고, '조선로동당' 체제를 구축하기 시작

---

83) 『문학예술』, 문학예술출판사, 1951. 6, 35쪽.

했다. 곧이어, 1956년에는 종파주의 사상이 대두되면서 임화, 김남천, 이태준 등을 종파분자로 숙청한다. 그가 살벌한 북한 정세에서 살아남을 수 있었던 까닭은 자신이 가지고 있는 희곡 창작 능력과 연극현장 경험을 통하여 당의 노선을 지지하며 순응했기 때문이었다.

이러한 신고송의 문학적 활약은 1956년 10월에 개최된 '제2차 조선작가대회'에서도 발휘된다. 이 무렵, 북한은 문학이 도식주의에서 벗어나지 못하는 이유는 작가들이 생활의 진실을 반영하지 못하는 원인에서 비롯되기 때문이라고 결정을 내렸다. 그래서 나름대로 도식주의를 극복하기 방안으로 '창작기법'에 주목한 문예이론들이 배출되었으며, 작가들의 쇄신을 독려하게 되었다. 그에 발맞추어 북한 문학계는 조선작가 동맹의 조직을 개편하고[84], 『제2차 조선작가대회 문헌집』을 편찬하였다. 신고송은 이 문헌집에서 극문학의 도식주의를 극복하기 위한 방안을 제시하고 있다.

> 작품의 중심적 갈등에 관계되거나 복조되지 않는 생활적인 단편들은 결코 현실의 진수를 반영하는 것으로 되지 못하는 것이다. 또 한번 말한다면 중심 갈등이 허약하고 지실하지 못할 때 부분적으로 있는 생활적인 단편들이 그 소재, 그 복선, 그 언어들에서 다소간의 진실이 있다 하더라고 그것을 결코 진정한 갈등이 될 수 없는 것이다.
> 희곡 ≪새길≫, ≪진달래꽃≫, ≪어선 전진호≫ 등이 다소 좋게 평가됐다면 그것은 중심적 갈등의 예리성에 있는 것이 아니라 부차적 소재들 즉 그 인물들의 성격, 에피소드, 언어들에 나타난 소위 생활적인 것에 현혹되어 그것을 진정한 갈등으로 과찬한 데 그 원인이 있을 것이다.
> ≪새길≫이나 ≪진달래꽃≫에 대하여 극구찬양하면서 매우 생활적이라고 평가한 일부 사람들에게 있어서는 이 작품에 그려진 생활을 다만 여행가가

---

84) '제2차 조선작가대회' 이후, 북한 문학은 조선작가 동맹 안에 새로이 '남조선 문학 분과'와 '고전문학분과'를 신설하게 된다. 그리고 기존의 원고 심의제도를 편집위 중심의 원고 심의제로 변경하는 등 문예창작기법에 주목한 새로운 문예비판론이 일어나기 시작한다.

느낀 이국적 취미에 많이 기초했다고 말할 수 있다.

　　보지 못하던 신기하고 색다른 생활에 대한 동경은 물론 필요한 것이며, 귀여운 것이며, 때로는 믿음직하기도 하다.

　　그러나 이것은 어디까지나 우리 나라의 역사적 현실에 기초를 두어야 할 것이다.[85]

　　그는 이 글에서 '무갈등론'이 북한 희곡의 유해로운 도식주의를 이끌고 있다고 밝히고 있다. 단편적으로 진실을 담고 있다고 해서, 또는 생활의 일상들이 나열하고 있다고 해서 결코 생활의 진실을 담았다고 할 수 없다고 주장한다. 극작품 속에서 중심적 갈등이 약하고 진실하지 못하다면 결코 진정한 갈등의 양상을 포착하지 못한 것이나 진배없다는 것이다. 그는 때로는 연극 공연 작품을 통해서 인물의 성격, 에피소드에 현혹되어 갈등이 잘 드러나고 있다는 오류에 접할 경우가 있다. 그 보기로 좋은 평가를 얻었던 「새길」, 「진달래꽃」은 다만 이국적 여행 체험기에 기초한 것이지 우리의 현실을 반영한 작품은 아니라는 설명을 덧붙이고 있다.

　　또한 이 글에서 그는 극문학의 도식주의를 극복하기 위해서는 기존의 극 분야의 하위 갈래들이 지니고 있는 형식과 내용에 있어서 변증법적 통일체를 이루어야 한다고 밝히고 있다. 다시 말해서 하위 갈래들의 유기체적 통합을 통한 '드라마의 다양성'을 지향해야 할 것을 제시하고 있다. 특히, 북한 연극에서 가장 취약한 갈래인 심각성을 담고 있는 비극과 예리함이 깃든 희극의 결핍을 불러왔다고 주장하고 있다.

　　신고송은 도식주의에 한 부분인 '북한 극작품이 왜 흥미가 적은

---

85) 신고송, 「극문학 발전을 위한 몇 가지 중심문제」, 『제2차 조선작가대회 문헌집』, 조선작가동맹출판사, 1956.

것인가'에 대한 해답을 제시하고 있다. 그는 극작품의 진정한 흥미는 수용 관객층이 공감할 때 느끼는 감정이라고 말한다. 아울러 극의 흥미는 작가의 주관이나 일부 소수층 관객에 의해서 평가되는 것이 아님도 밝히고 있다. 극의 진정한 흥미를 확보하기 위해서는 갈등의 진실성과 예리성, 창조적 표현 등 극작가들의 부단한 연마에 의해서 결정된다고 보았다. 그는 우리가 살아가는 현실에는 갈등이 없을 수 없고, 그 갈등을 통해서 삶의 진정성을 그려낼 수 있다고 설명하고 있다. 더 나아가 인민대중 생활의 진실성을 포용한다면 극의 흥미까지 확보할 수 있다고 이야기한다.[86] 이처럼 그는 희곡창작에 대한 자신의 수련과 고민을 통해서 당의 정책에 기여하는 작품을 창출했음을 알 수 있다.

특히 신고송이 숙청의 바람에서 자유로울 수 있었던 까닭은 그의 희곡작품의 특성에서도 찾을 수 있다. 전후복구 시기에 경제계획을 일찍 달성한 북한은 1958년부터 공산주의 문학이 도래하게 되고, 당성에 비켜선 것은 모두 부르주아적인 것이라고 비판하였다. 그리고 농촌이나 노동현장에 투입되어 그들이 땀 흘려 일궈낸 노동자 영웅, 협동조합의 영웅적인 모습을 그려낸다. 이 당시 그의 희곡문학에서는 중요한 점이 발견되는데, 그것은 농촌을 소재로 한 농촌 장막극에 초점이 맞춰진다는 것이다. 이것은 농촌의 사회주의 개조와 농업협동조합 구축이라는 당 정책에 대한 수행결과에서 비

---

86) 신고송의 극적 흥미에 대한 의견과 부합되는 박태영의 글을 옮겨 놓으면 다음과 같다. "우리의 긍정적 주인공들이 동일한 사상적 기초와 원칙에서 출발하였다고 하여, 그의 전진 방법과 과정까지도 같아야 한다는 법은 없는 것이다. 왜냐하면 그들의 성격은 동일하지 않기 때문이다. 가장 모범적인 표현. — 개성적이면서도 일반성 있는 투쟁 형상 — 이것이야 말로 작가의 창작적 빠포스와 교양적 의도가 발동되는 고리인 것이다." 박태영, 「희곡의 흥미에 대하여」, 『조선문학』, 문학예술출판사, 1955. 5.

롯된다. 이 시기 대표적인 작품은 「우리 마을」(1956), 「풍요의 가을」(1957), 「선구자들」(1959)이다. 이 작품들은 연극이 인민대중의 생활 속에 얼마나 깊이 들어갈 수 있는가를 보여준 작품이었으며, 그 뒤를 이은 '천리마 운동'의 기폭제 역할을 한다. 또한 이러한 작품의 공연은87) 북한 연극에서 신고송의 위치를 재확립시킨 계기가 된다.

그 후 그는 더욱 투철하게 조선로동당에 복무하는 정치적인 삶의 면모를 보여준다. 1958년에는 조소친선협회 위원장과 '조선노동당 중앙위원회' 선전선동부 본부장을 역임하면서, 인민공화국 창건 10주년 대표 단장으로 일행을 이끌고 세 번째 소련을 방문하게 된다. 신고송의 소련 세 번째 방문은 '조선민주주의 인민공화국' 창건 10주년 경축대회에 참가하기 위해서였다. 그리고 우리즈기 제1연초공장을 견학하면서 공산당의 노동력을 과시하며, 조소의 사회주의 경쟁을 체결하는 데 목적이 있었다. 천리마 작업을 강행한 1959년에는 작가동맹위원과 국립연극학교 교장을 역임하면서 당에 복무하는 문화예술 인력을 배출하는 중임을 맡는다. 그리고 같은 해 7월 24일, 제7차 '세계청년학생 전' 북측 단장으로 오스트리아에 두 주일간 머물면서 '사회주의 문화예술'을 알리고 귀국한다.

---

87) '조선인민군 창건 5주년 기념 문학 예술상' - 제4회 수상작품(문화 부문)
　　1. 산문 부문: 2등 중편소설 「첫 수확」 리근영, 2등 단편소설 「방임하지 말아야한다」 박태민.
　　2. 운문 부문: 1등 시초 「평남 관객 시초」 리용악, 2등 시집 「한줌의 흙」 조학래, 3등 시초 「삼각산이 보인다」 조벽암.
　　3. 아동문학 부문: 1등 동시 「버들노래」, 「떠돌던 귀속노래」, 동화시 「뛰어난 흙소」, 동요 「강강수월래」
　　4. 극 문학 부문: 1등 장막희곡 「승냥이」 각색 서만일, 류기홍 2등 장막희곡 「우리 마을」 신고송. 조선작가동맹, 『조선문학』, 문학예술출판사, 1957. 7. 144쪽.
　　또한 「우리마을」은 국립극장에서 공연, 「선구자들」 1958년 황남 도립예술극장에서 공연된 바 있다.

1960년대에 들어서면서 북한은 '천리마 운동'을 본격적으로 진행시키면서 경제력을 확보하고, 사회주의 건설에 매진한다. 이 무렵, 그는 민족예술극장을 관장하면서 천리마 작업을 수행하는 인민들의 활기찬 모습을 창극과 연극에 담아 공연으로 올린다.[88] 다음 해인 1962년 최고인민회의 대의원선거에서 최고인민위원회 제3기 대의원으로 선출되어, 아시아·아프리카 단결위 부위원장과 평화옹호위원장을 동시에 역임한다. 동시에 그는 네 번째 소련방문 길에 오른다. 1963년에는 '조선월맹 인민투쟁지지위 부위원장' 역임하면서 조선노동당을 대표하는 정치 일선에 나서게 된다.

이 시기 신고송은 국립극장 단장을 역임하면서 천리마 작업의 완수와 빛나는 공산주의 건설을 찬양하고 나섰다. 창극 「강 건너 새노래가 들려온다」와 희곡 「달래벌에 동이 튼다」는 모두 이러한 맥락에서 창작된 작품이다. 그리고 이 시기부터 그의 평론에서는 남한정책을 노골적으로 비난하는 자세를 드러내고 있다. 반면, 북한의 공산주의 위대한 과업에 대한 찬양의 목소리를 높이고 있다. 이것은 당시 북한이 공산주의 체제를 확고히 다지며, 김일성 주체사상으로 진행되어가는 과정의 한 단계임을 보여준다고 하겠다.

1965년 이후, '김일성 주체사상'이 부각되면서, 대부분 개인적인 예술창작보다는 집체로 이루어지는 경우가 허다했다. 김일성의 항왜 투쟁을 그리는 경희극들이 앞 다투어 공연되었다. 이러한 흐름 속에서 신고송은 「그날을 두고」[89]라는 창작희곡을 발표한다. 이

---

88) 천리마 운동을 소재한 창극 「강 건너 마을에 새 노래 들려온다」(『극문학』, 1960)는 4막으로 이루어졌으며, 국립민족예술극장에서 공연하였다. 창작 희곡으로는 「달래벌에 동이 튼다」(『조선문학』, 문학예술출판사 1964. 1)가 있다.

89) 1965년에 창작한 「그날을 두고」는 북한 문학사에서 두 가지 측면에서 높은 평가를 받고 있

작품은 북한 연극사에서 대남 선동 희곡 가운데 최고의 작품으로 꼽고 있다. 이 무렵 다시 문학 예술인들에 대한 숙청의 피바람이 불어 닥친다. 이 숙청은 대부분 월북 문학인들이 그 대상이 되었는데, 이용가치가 떨어진 월북 문인들이 '김일성 주체사상'에 걸림돌로 작용했던 것이 그 원인이다. 하지만 신고송은 숙청 대상에서 제외되었다. 그는 김일성에 대한 변함없는 충성심과 시기마다 변하는 당 정책을 작품 창작 활동으로 순순히 잘 이행했기 때문이었다.

그 이후 그는 당에서 내린 직책 때문에 창작활동에 게을리했다는 이유를 스스로 밝히고, 황북도와 평북도 몇 개의 협동농장을 돌면서 창작활동에 몰두한다. 하지만 집체 작이 주를 이루면서 기록에 남을 만한 작품을 남기지 못한 채 북한 연극계의 원로로서 대접을 받고 삶을 영위한 것으로 보여 진다. 한편 그는 북한에서 안정된 생활을 하면서 자녀들을 양육한 것으로 알려져 있는데, 첫째 부인에게서 출생한 3남과 함께 5남매의 자녀를 두었다.[90] 그리고 최근 신문 보도에 의하면 그가 1992년 까지 생존했다는 사실이 전해지고 있다.[91]

이처럼 월북 이후 신고송의 문학 활동은 희곡창작과 문학비평 활동에 초점이 맞추어진다. 그리고 문학 활동과 함께 정치적 삶을

다. 첫 번째는 주인공 하경민의 사상적 인물 형상의 깊이 있게 형상화 되어 나타난 점이다. 하경민은 근본적으로 의리가 있는 남조선 노동계급이지만 계급적 각성이 부족하고 투쟁방법을 알지 못하는 인물이었다. 그러나 그는 혁명가의 영향 아래서 노동계급의 자각된 투사로 자라는 과정을 진실하게 보여주었다는 평가를 받고 있다. 두 번째는 극의 구성이 1장을 제외하고 나머지를 남한으로 잡았다는 사실이다. 그래서 남한과 북한의 판이한 현실을 대조적으로 드러냄으로써 조국통일과 남조선 혁명의 주제성을 부각시키고 있다고 기술되어 있다. 한국비평학회, 『혁명전통의 부산물: 납·월북문인이후』, 신원문화사, 1989. 참조.

90) 신고송, 「아름찬 행복을 안을 때마다」, 『조선문학』, 문학예술출판사, 1970. 9.

91) 세계일보 편집부, 「해방 6·25전후 납·월북 문인 50여명의 현주소」, 『세계일보』, 세계일보사, 1992. 8. 12.

통해 북한의 사회주의 건설에 복무하였다. 이러한 그의 뚜렷한 정
치적 족적은 문학 활동과 연계되어 철저히 당 정책을 강력하게 수
행하고 있다. 그래서 재북시기 그는 그가 가진 문학·예술적 역량
으로 당 정책을 수행하며, 북한 연극의 토대를 마련한 선구자의
역할을 수행했다 하겠다.

초기 동시에 나타난 민족 현실

Ⅲ 초기 동시에 나타난 민족 현실

아동문학은 어린이를 주 독자층으로 삼고, 어린이의 세계를 전제로 창작된 문학이다. 그래서 아동문학 속에는 온전히 어린이의 입장과 생활이 묻어나게 마련이다. 마치 어린이의 세계를 꾸며낸 듯한, 흉내 낸 듯한, 아동문학은 진정성을 담을 수 없을 것이다. 이런 점에서 신고송은 나라잃은시기에서 시작하여 광복기를 거치고 월북한 뒤에까지 고른 아동문학 활동을 보여준 작가 가운데 한 사람이다.

신고송의 아동문학 활동은 우리 문학사에서 '아동문학의 황금기'라고 불려지는 1920년대 중반부터 시작된다. 아동문학 발흥의 분위기를 타고, 본격적인 아동문학 활동이 전개되던 시기다. 신고송의 아동문학 가운데 가장 활발한 창작활동이 이루어진 갈래는 바로 동시이다. 그의 동시 속에서 겨레를 잃은 조선의 어린이에 대한 사랑을 유감없이 드러내고 있다. 그에게 동시는 어린 시절 진학의 꿈을 잃지 않게 해주는 희망이었으며, 문사로서 정식 문단 활동을 보장해주는 통로였던 것이다. 게다가 그의 동시 창작은 그의 초기 문학 활동 양상을 가늠하는 좋은 잣대가 된다. 이 장에서는 먼저, 초기 신고송이 발표한 동시 26편을 갈무리하여 그가 지닌 어린이 세계와 나라 잃은 현실 감각을 읽어낼 수 있을 것이다.

1. 아동 생활과 순수 동심

나라를 잃은 조선 어린이들은 정신적, 물질적으로 가난했다. 이러한 어린이들의 목마름을 해소해주고, 어둠 속에 빛이 되어 준 것이 바로 순수 어린이 잡지 『어린이』이다. 『어린이』가 표방한 세계는 어린이의 순수한 동심, 어른들이 흉내 낼 수 없는 천진난만함이었다. 이른바 '천사주의 동심관'로 이름 붙여진 이러한 성향은 조선 방방곡곡으로 퍼져 어린이들에게 순수한 동심의 세계로 젖어들게 했다. 경상남도 한 벽촌에서 문학도의 꿈을 키우고 있었던 신고송에게도 『어린이』는 하나의 희망이었다. 따라서 신고송의 초기 동시에서는 『어린이』가 지향했던바 어린이의 생활 체험이 묻어나는 순수함이 많이 그려진다.

초기 신문과 잡지에 발표한 신고송의 동시는 모두 27편에[92] 이르며, 여러 작곡가들에 의해서 8편이 곡조에 실리기도 했다.[93] 이것은 그의 동시가 어린이 세계를 잘 반영하여 불려 지기 쉬운 까닭이라고 할 수 있다. 그 가운데 12편[94]이 어린이들의 생활 속에

---

92) 초기 신문, 잡지 목록에서 조사된 그의 동시는 총27편이다. 갈무리 되지 못한 작품은 「언니 시집가든 날」(『어린이』, 개벽사. 1930. 5) 1편이다.

93) ① 「골목대장」, 『어린이』, 개벽사 1930. 9 – 홍난파 곡. 『아이생활』, 1932. 9 – 박태준 곡. 『조선동요백곡집』, 삼문당서점. 1933 – 홍난파 곡. ② 「귀속임」, 『아동가요곡선삼백곡』, 신농민사, 1938 – 신고송 작사 · 작곡
③ 「돌다리」, 『조선동요백곡집』, 삼문당서점. 1933 – 홍난파 곡. 『아동가요곡선 삼백곡』, 신농민사, 1938.
④ 「쪼각빗」, 『조선동요백곡집』, 삼문당서점. 1933 – 홍난파 곡. ⑤ 「진달내」, 『조선동요백곡집』, 삼문당서점. 1933 – 홍난파 곡, 『어린이신문』, 어린이신문사, 1947. 2. 22. – 김순남 곡. 『아동가요곡선 삼백곡』, 신농민사, 1938 – 강신명 곡. ⑥ 「고초장」, 『아동가요곡선삼백곡』, 신농민사, 1938. ⑦ 「가을의 저녁」, 『아동가요곡선 삼백곡』, 신농민사, 1938. – 신고송 작사 · 작곡 ⑧ 「J.O.D.K」, 『아동가요곡선 삼백곡』, 신농민사, 1938.

94) 신고송의 초기 동시가운데 12편이 아동생활 속을 통해 순수한 동심을 그려내고 있다.

여러 가지 일들을 순수한 어린이의 눈으로 담아내고 있다.

1) 호기심과 자연 친화

우리나라 초기 동요 일 세대에서 나타나는 동시는 정형화된 7.5
조의 음율 속에 갇혀 있었다. 그래서 대부분 동시들은 슬프고 애
잔한 느낌의 정서를 심어주는 한편, 동시의 소재 면에서도 다양하
지 못했다. 이러한 기존 동시의 흐름을 파괴시키면서 등장한 이들
이 소년문예가들이었다. 그 가운데서도 신고송을 비롯한 서덕출,
윤석중, 윤복진, 이원수 등으로 구성된 「기쁨사」동인들은 동시를
밝고 쾌활하면서 건강한 리듬에 담고자 노력했다. 신고송의 초기
동시 속에서도 익살스럽고 명랑한 어린이의 호기심 세계를 표현하고
있다.

① 길가에 **쌁**안 동이
옷독 우테통

六十이 넘어도
맘이 어려서

쌁안 상투 **쌁**안 바지

---

① 「우테통」, 『어린이』, 개벽사, 1925. 11. ② 「진달네」, 『어린이』, 개벽사, 1927. 4. 『조
선동요백곡집』, 삼문당 서점, 1933. 『아동가요곡선삼백곡선』, 신농민사, 1938. 『소년조선일
보』, 소년조선일보사, 1940. 4. 28. ③ 「자장노래」, 『별나라』, 별나라사, 1927. 10. ④ 「귀
ㅅ속임」, 『조선일보』, 조선일보사, 1929. 11. 5. ⑤ 「굴밤」, 『조선일보』, 조선일보사, 1929.
12. 3. ⑥ 「작년 봄」, 『조선일보』, 조선일보사, 1930. 2. 2. ⑦ 「석양 준 내 닭」, 『조선일보』,
조선일보사, 1930. 4. 3. ⑧ 「오나」, 『조선일보』, 조선일보사, 1930. 4. 4. ⑨ 「상여시집」,
『조선일보』, 조선일보사, 1930. 4. 6. ⑩ 「돌다리」, 『조선동요백곡집』, 삼문당서점, 1933. ⑪
「가을날의 저녁」, 『아동가요곡선삼백곡』, 신농민사, 1938. ⑫ 「J.O.D.K」, 『아동가요곡선 삼
백곡』, 신농민사, 1938.

쌝안 저고리

얼골까지 쌝앗케
차리고 서서
작은 편지 큰 편지
가리지 안코

주는 대로 삼키고
웃득 서 잇네

- 「우테통」⁹⁵⁾

② 작년 봄
　일즉이
　다녀서 가신

　바눌장수
　할머니는
　웨 안오실가

　벽에다
　이리저리
　그려 두고간

　바눌갑
　그림은
　검정지는대⁹⁶⁾

　　인용한 두 편의 동시는 사물에 대한 어린이의 호기심을 그려 놓
은 작품이다. 하지만 두 동시는 사물을 바라보는 관점에서 큰 차
이점을 드러내고 있으며, 분위기에서도 대조적이다. 첫 번째 「우테

---

95) 신고송, 「우테통」, 『어린이』, 개벽사, 1925. 11.
96) 신고송, 「작년 봄」, 『조선일보』, 조선일보사, 1930. 2. 2.

통」은 신고송의 문단 처녀작이다. 이 동시를 읽으면 길가에 서 있
는 우체통을 궁금해하면서 호기심 어린 눈초리로 관찰하고 있는
어린이의 모습이 떠오른다. 화자는 우선 우체통 모습을 온통 빨갛
게 표현하고 있다. 해묵어도 마음이 어린 우체통을 나타내기 위해
서다. 작은 편지, 큰 편지 가리지 않고 받아주는 우체통의 마음을
어여쁘다고 담아내고 있다. 자칫 지나칠 수 있을 작은 우체통을
빌려 순수한 동심을 담아낸 발상이 돋보이는 작품이다. 하지만 사
물에 대한 깊은 탐색 없이 단순한 언어의 리듬감에 의존해 있다.

두 번째 인용된 「작년 봄」은 그의 초기 동시 가운데서 발표 연
도가 늦은 작품이다. 이 무렵, 그는 교직생활을 통해서 어린이들과
직접 생활을 했으며, 이미 카프의 일원으로 활동하던 시절이다. 그
럼에도 그는 어린이의 자세로 순수한 동심 세계 속에서 몰입하고
있다. 화자인 어린이는 호기심 어린 눈길로 벽에 아무렇게나 그려
놓은 '바늘 갑'을 쳐다보고 있다. 바늘 장수 할머니가 그려놓고 간
낙서 같은 글씨를 쳐다보면서 올해 자신의 동네를 찾지 않은 할머
니를 걱정하고 있다. 이 동시 속에 어린이의 호기심은 벽에 그려
놓은 글씨가 아니라 바늘 장수 할머니에게 모아진다. 혹시 병이
나지 않았을까, 다치지는 않았을까하는 정감어린 걱정이 함께 배어
져 나온다. 이것은 사물에 대한 작가 자신의 내면적 탐구가 깊어
져 있음을 보여주고 있다 하겠다.

신고송의 초기 동시에서 어린이 눈으로 쳐다보는 자연의 세계가
소재가 되어 나타난다. 자연의 모습은 동시의 주요 소재로 자주
사용되어진다. 하지만 자연을 어떻게 수용하느냐에 따라 읽는 이의
마음은 전혀 다르게 나타난다고 할 수 있다. 신고송의 초기 동시

속에서 자연은 단순하게 아름다운 소재로 관념성에 머물러 있지
않다. 그가 바라본 자연은 우리의 생활의 일부분이다. 그래서 그의
동시 속에 자연들은 친숙한 분위기를 자아내고 있다.

① 산비탈 양달에도
　봄이 왔다고

　진달네 보라꼿이
　픠픠여남니다.

　나무**꾼** 점심밥도
　양지쪽에서

　진달네 향내 밋헤
　열리임니다.

– 「진달네」97)

② 굴밤이 데굴데굴 써러짐니다
　한 알 두 알 저절로 써러짐니다
　독기소래 울려서 써러짐니다

　굴밤이 데굴데굴 써러짐니다
　자죽마다 한 알 두 알 써러짐니다
　산쑥지선 **싹**새가 **싹싹** 웁니다

– 「굴밤」98)

③ 뷘 논들로 걸어가는 내 그림자가
　길다랗게 길다랗게 빠저감니다

　산넘에서 날너온 갈가마귀떼

---

97) 신고송, 「진달내」, 『어린이』, 개벽사. 1927. 4.
98) 신고송, 「굴밤」, 『조선일보』, 조선일보사. 1929. 12. 3.

저멀니로 저멀니로 날너감니다

집집마다 올너오는 저녁연기가
뽀이얗게 뽀이얗게 퍼저갑니다
등에 얺인 우리아기 잠을 깨여서
젓달라고 젓달나고 울음웁니다.

- 「가을의 저녁」99)

「진달네」는 자연 현상에서 우러나오는 아름다움을 시각, 청각적 이미지를 중심으로 살려내고 있다. 산비탈까지 찾아온 봄은 진달래 꽃망울을 터트린다. 온통 산을 보랏빛으로 물들인 진달래 향내 아래서 나무꾼이 잠시 쉬면서 점심밥을 먹는다. 그때 향긋한 진달래 향기, 봄 냄새가 물씬 풍겨온다. 1연, 2연의 단순한 시상 제시에 이어 3연, 4연에서 '나무꾼의 점심밥과 진달래 향내'를 통해 봄의 생동감을 동시에 살려내는 시상 전개가 돋보인다. 이를 통해 진달래 피는 봄의 아름다운 정서보다는 봄의 향기 속에서 나무꾼의 즐거운 점심이 연상되어 나타난다.

두 번째로 인용된 「굴밤」에서도 떨어지는 굴밤에서 시작하여, 먼데 산꼭대기에 있는 딱새까지 그려 놓은 원근감 있는 영상미가 아름다운 동시이다. 이미지 역시 시각과 청각을 조화롭게 사용하여 쓸쓸한 가을날의 정서보다는 밝고 활기찬 자연의 이미지를 부각시켜놓고 있다. 게다가 시적화자의 시선이 한 공간에 머물러 있지 않고, 위에서 아래로, 다시 위로 상승시켜 놓고 있다. 언어의 경쾌한 분위기는 동시의 재미까지 보태고 있다.

마지막으로 인용된 「가을의 저녁」은 7.5조의 리듬을 이용하여

---

99) 신고송, 「가을의 저녁」, 『아동가요곡선삼백곡』, 신농민사, 1938. 121쪽.

가을날의 쓸쓸하고 호젓한 분위기를 자아내고 있다. 이 동시도 마찬가지로 시적화자의 시선 이동이 자유롭게 펼쳐 있어서 단순한 자연의 감상성에서 벗어나고 있다. 특히, 3, 4연에서 나타난 "집집마다 올아오는 저녁연기"와 "젓달라고" 우는 아기의 모습을 대조적으로 나타내고 있다. 그로 인해 가을날에 느낄 수 있는 정서뿐만 아니라 우리의 생활 모습을 포착하고 있다. 곧, 아기를 업고 있는 화자의 마음과 가을의 풍경을 잘 조화시켜 놓고 있다.

이처럼 신고송의 초기 동시 속에서 어린이의 호기심과 자연의 일부가 되어 나타나는 어린이의 순수한 동심 세계가 펼쳐지고 있다. 문단 등단 시에는 밝고 명랑한 어조로 어린이들의 호기심을 그린 반면 뒤에 발표된 동시 속에는 우리 생활과 연관된 호기심을 담아내고 있다. 자연과 우리 생활을 연계하는 친숙한 이미지를 부각시켜 놓고 있다.

2) 생활 체험과 유희 정신

아동문학에서 계급주의 문학 운동이 본격화되기 이전 조선의 민족운동은 부르주아 민족주의 좌파와 사회주의 세력이 신간회를 조직하면서 새로운 분기점을 마련한다. 소년문예운동도 마찬가지 양상을 띠고 있었다. 이러한 흐름 속에서 소년문단도 점차 식민지 현실에 눈을 돌리기 시작하면서 기성 아동문단에 대한 비판을 담은 비평 활동과 창작이 이루어진다. 그 흐름에 주도적인 역할을 한 작가 가운데 한 명이 신고송이다.

그는 초기 동시 활동을 하면서 6편의 아동 평론[100]을 발표하면서 기성세대에 안일함과 동시에 관념에 찬 창작활동에 대한 비판을 하고 나섰다. 그는 아동 평론에서 그가 생각하는 어린이 세계관과 사상을 곁들어 평하고 있다. 덧붙여, 동요를 창작하는 작가로서 자세뿐만 아니라 어린이의 정서를 배려한 자상함이 묻어져 나온다. 그의 동시 창작활동은 그의 동요 이론에 부합되는 결과를 낳고 있다.

① 석양준 내 닭이 알을 나엇네
　내 주먹에 들고 남는 알을 나엇네

　요놈을 먹을가 모두어 둘가
　노렁이알 마시고 곤밤을 굴가

　만지면 부저질나 두면 먹을가
　아버지쎄 인냥밧고 말아버리자

　　　　　　　　　　　　　　－「석양준 닭」101)

② 어머니!
　어머니!
　나 왔습니다

　학교 갓다
　쒸여 나와
　불러 봣더니

---

100) 초기 아동문학 활동 가운데 그는 아동 평론 6편을 발표한다. 그의 아동 평론은 다음과 같다. ① 「童心에서부터－旣成童謠의 錯誤點, 童謠詩人에게 주는 몃말」, 『조선일보』, 조선일보사, 1929. 10. 20－10. 30. ② 「새해의 童謠運動」, 『조선일보』, 조선일보사, 1930. 1. 1－1. 3. ③ 「童謠와 童詩 이군에 게 답함」, 『조선일보』, 조선일보사, 1930. 2. 7. ④ 「동심의 계급성－조직화와 제휴함」, 『중외일보』, 중외일보사, 1930. 3. 7－3. 9. ⑤ 「公正한 批判을 바란다」, 『조선일보』, 조선일보사, 1930. 3. 30－4. 2. ⑥ 「동요 운동의 당면문제」, 『중외일보』, 중외일보사, 1930. 5. 14, 5. 18.
101) 신고송, 「석양준 내 닭」, 『조선일보』, 조선일보사, 1930. 4. 3.

코쓰모쓰
곱게 핀
장독 싼에서
오냐! 하는
어머니
소리납니다

— 「오냐!」 102)

③ 심부름길 멀어서 날이 어뒀네
공터압 상여집을 어이 지낼가

신버서 손에 쥐고 돌 하나 쥐고
단숨에 상여집압 쒸여 지낫네

숨길을 허덕이며 뒤도라 보니
저 길에 사람 하나 이리로 오네

— 「상여ㅅ집」 103)

　　인용한 동시는 모두 『조선일보』1930년 4월에 발표된 것들이다.
이 무렵 이미 신고송은 카프 맹원으로서 활동을 한 시기이며, 공
산주의 교원이라는 명목 아래 청도 유천공립보통학교로 좌천을 간
뒤였다. 하지만 이 작품에서는 계급주의 성향이 드러나지는 않는
다. 오히려 어린이의 생활 체험을 반영하겠다는 의도가 앞서 보인
다. 시골 어린이들이라면 어린 시절 한 번쯤은 겪었거나 느껴봄
직한 정황을 잘 그려냈다. 이 점은 신고송이 주장했던 '동심의 순
수화'와 일치한다.104)

102) 신고송, 「오냐!」, 『조선일보』, 조선일보사, 1930. 4. 4.
103) 신고송, 「상여ㅅ집」, 『조선일보』, 조선일보사, 1930. 4. 6.
104) 신고송이 발표한 「童心에서부터 – 旣成童謠의 錯誤點, 童謠詩人에게 주는 멫말」(『조선일
보』, 조선일보사, 1929. 10. 20 – 10. 30)과 「새해의 동요운동 – 童心純化와 作家誘導」(『조

「석양 준 닭」은 어린이의 심리적 갈등을 재미있게 표현한 작품이다. 석 냥을 주고 산 닭을 애지중지 길러온 아이는 달걀 낳기만 기다렸을 것이다. 드디어 닭이 제법 커다란 달걀을 낳았다. 어린이는 기쁨도 잠시 마음속에서 갈등이 일어난다. 이 먹음직스러운 놈을 먹을까, 아니면 모아둘까. 심지어 달걀을 먹고 난 뒤에 아버지께 꿀밤 맞을 일까지 생각해본다. 결국 아이는 "아버지께 인냥 밧고 말아 버리자"라고 결론을 내린다. 이 동시는 농촌 어린이라면 한 번쯤 경험했을 상황을 설정하여, 어린이다운 심리적 갈등을 앙증맞게 드러내고 있다.

두 번째로 옮긴 「오냐」에서도 그러한 아이들의 순수함이 잘 드러난다. 어릴 적 학교에서 돌아온 아이는, 흔히 어머니가 계시는지 출타 중인지 제일 먼저 확인하게 된다. 만일 어머니의 계시지 않은 것을 확인하게 되면 알 수 없는 공포감까지 일제히 밀려오게 될 것이다. 그런데 어머니가 "오냐!" 하는 대답이 들린다. 일순간 가졌던 무서움은 다 사라지고 안도의 한숨을 쉬게 되는 것이다.

마지막으로 인용된 「상여ㅅ집」은 한밤중에 심부름 다녀온 길에 어린이가 겪는 심리를 나타낸 동시이다. 이미 한밤중이라는 무서움에다 "상옛집" 앞을 지나쳐 와야 하는 어린이에게 무서움이 가중

선일보』, 1930. 1. 2)에서 '동심의 순수화'를 외치고 있다. 「童心에서부터 – 旣成童謠의 錯誤點, 童謠詩人에게 주는 멧말」에서는 그릇된 동요들을 열거하면서 관념적인 동심은 어린이 체험을 반영하지 못했다고 지적하고 있다. 그리고 지나친 정형률의 병폐를 들어 짜 맞추기 동요는 참다운 동심으로 스며들지 못한다고 열거하고 있다. 「새해의 동요운동 – 童心純化와 作家誘導」는 1930년 새해벽두부터 우리 문단에 아동문학이론에 대한 여러 글들이 논거 되는 계기를 마련한다. 핵심논단은 '동요와 동시의 분리냐, 아니냐.'에 초점이 맞춰져 있다. 신고송에게 가열 찬 비판한 사람은 송완순이다. 그는 '구봉산인'이라는 필명으로 「비판자를 비판 – 자기변해와 신군동요 관평」(『조선일보』, 조선일보사, 1930. 2. 19 – 3. 19)을 21회 연속으로 싣고 있으면서 동시와 동요의 구별을 고의로 변별하는 신고송의 어리석음을 말하고 있다.

된다. 이러한 공포를 이기기 위해서 어린이는 신도 벗어 손에 쥐고, 돌멩이도 하나 쥐고 냅다 뛰어 상엿집을 벗어난다. 그런데 뒤를 돌아보니 한 사람이 걸어오고 있어 안심을 한다. 이것은 어린시절 한밤중에 심부름을 다녀온 기억이 있는 사람이라면 겪어본 두려움과 긴장감이다.

이처럼 신고송의 동시에는 어린이의 일상생활이 반영되어 있음을 알 수 있다. 그가 생각하는 바람직한 동시는 어린이의 세계에 동화되는 것이다. 사물을 관조적으로 쳐다보거나 감상에 도취된 동시는 이미 순수성을 잃어버리고 만다고 주장한다[105] 그런 점에서 신고송의 동시 속에는 유희적인 체험이 담겨 있다. 유희야말로 어린이들이 추구하는 동심의 세계, 그 자체를 표방하고 있다 하겠다.

> ① 해지려는 저녁쌔
> 　아희 셋이
> 　길가에 모혀서
> 　귀ㅅ 속입니다
> 　래일도 여긔서
> 　모히자고요
>
> 　깃으로 도라가는
> 　참새 세 마리
> 　아희들의 하든 말

---

105) 신고송의 평론에서도 감상성에 도취된 동심은 그릇된 어린이 세계이며, 그 원인을 밝히고 있다. "詩는 槪念이 아닐 것이다. 쌀아서 童謠는 槪念이 아닐 것이다. 新聞雜誌에 發表되는 童謠를쓸쌔 그것이 擧皆가 개념을 노래한 것이다. 그 原因을 차즈니 그는 『첫제』童謠는 짓는 것으로 아는 싸닭이다. 『둘제』童心에 도라가서 노래하지 안는 싸닭이다. 『셋제』作者가 어린이가 아니고 어른인 싸닭이다. 童謠로 노래할 아모 『쏙크』와 實感이 업는데도 不願하고 나도 童謠를 하나 짓겠다는 虛慾으로 된 말안된 말 집어쓰고 보니 어린이로서는 아모 興味를 갓지못할 槪念에 지나지 못하는 것이 되고만다." 신고송, 「童心에서부터-旣成童謠의 錯誤點-童謠詩人에게 주는 멫말」, 앞의 글 참조.

모다 엿듯고
　　활개치고 놉아 써선
　　다라납니다.

- 「귓ㅅ속임」106)

②　다리걸에 아해 셋이 돌다리 쒸네
　　하나두울 열두 번을 뛰고 또 뛰네
　　나는 열 살 너는 열두 살 분이는 세 살
　　우리집 한아버지 예순다섯 살

　　둘만 뛰면 내 나이 것 다 뛰것만은
　　예순다섯 한아버지 대신 웃뛸세
　　팔작팔작 아해 셋이 돌다리 뛰네
　　하늘에는 조각달이 웃고 또 웃네

- 「돌다리」107)

　　인용한 동시들은 어린이들이 놀이를 하면서 느끼는 감정을 노래
한 동시이다. 「귓ㅅ속임」은 아이들이 해질 무렵 각자 집으로 돌아
가기 전의 모습을 그려놓고 있다. 하루 종일 같이 논 아이들은 헤
어지기가 싫어 서로에 귀에 대고 내일같이 놀자고 약속한다. 사실,
내일이면 다시 모여서 놀 것은 당연한 일이지만 아이들에게는 이
러한 귓속삭임을 통해 비밀을 공유하게 된다. 그런데 이것을 몰래
엿듣고 참새들이 놀리듯 도망가는 내용이다. 이것은 참새들을 의인
화하여 어린이들의 순수한 마음을 앙증맞게 옮겨 놓고 있다.

　　어린이의 놀이에는 규칙이 있다. 자신들의 세계를 그대로 드러
내는 규칙성인데, 그것은 바로 어린이의 세계를 들여다볼 수 있는

---

106) 신고송, 「귓ㅅ속임」, 『조선일보』, 조선일보사. 1929. 11. 5
　　　이 동시의 악보는 신고송 자신이 직접 작곡하여 『아동가요곡선 삼백곡』(신농민사, 1938)
　　　에 실려 있다. 그리고 광복기에 발표한 자신의 아동극 『해가지는 싸닭』(『별나라』, 별나라
　　　사. 1946. 9)에 아이들이 부르 노래로 활용 되어 아이들의 유희에 알맞게 삽입되어 있다.
107) 홍영순 편사, 『조선동요백곡집』, 삼문당서점. 1933. 33쪽.

통로이기도 하다. 「돌다리」는 돌다리를 건너뛰면서 어린이들이 놀고 있는 모습을 리듬감 있게 살려낸 작품이다. 이 놀이의 규칙은 자기 나이만큼 돌다리를 뛰는 일이다. 하지만 자신의 나이는 다 뛸 수 있는데, 할아버지의 나이는 너무 많아 힘들어 뛰지 못한다고 한다. 어린이의 순수함과 솔직함이 돋보인다. 그리고 재미있는 것은 첫 행에 "다리 걸"과 같은 경상도 지역어를 쓰고 있다는 것이다. 이러한 지역어 사용은 놀이의 흥미로움과 어린이다운 순수세계를 나타내고자 했던 신고송의 동시관에 잘 부합하는 장치다.[108]

이처럼 신고송의 초기 동시는 '순수한 동심' 세계를 만들어가고 있다. 그는 어린이들의 천진난만한 생각과 발상 속에 희망찬 동심이 자라날 수 있음을 표현하며, 어린이들의 생활을 동시 속에 반영하려고 노력했다. 그런 점에서 신고송의 동시 속에 표현된 어린이들의 생활 체험은 관념적이거나 낯설지 않다. 왜냐하면 그것은 누구나 어린 시절 한 번쯤 경험했을 법한 순수한 추억의 세계이기 때문이다.

2. 민족 현실과 현실주의 동심

1920년 말에서 1930년대 초기에 이루어진 소년문예운동의 방향 전환을 모색하는 과정에서 '동심파악'과 '현실반영' 문제가 제기된

---

108) "어룬의 말 가운데 어린이가 解할 수 업는 것이 있는 것과 가티 어린이의 말에도 어룬들이 몰을 말이 잇슬 것 갓다. 이런 意味에서 童謠에 반드시 標準語를 쓰지 아니하여도 될 것이다. 言語統一에는 矛盾이 될지 몰으나 어린이의 世界에 쓰는 말이 반드시 標準語라야 된다는 것은 不自然한 것이다." 신고송, 「童心 에서부터 - 旣成童謠의 錯誤點, 童謠詩人에게 주는 몃말」, 『조선일보』, 1929. 10. 30.

다. 여기서 현실주의 동시가 비롯되었다 할 수 있다. 현실주의 동시는 천사주의 아동문학에 대한 비판과 반성 위에서 현실에 대한 깊은 애착과 적극적인 반응이라 할 수 있다. 게다가 어린이는 사회 속에서 성장하는 존재이며, 현실과 떨어질 수 없는 입장을 표방한 것이다. 이것은 당시 어린이의 현실과 인식을 달리하는 자세였다. 신고송 역시 치열한 현실 문제를 그의 동시 속에 담아내고 있다.

신고송의 초기 동시 가운데 동시 11편이 민족 현실과 현실 반영 의지를 담고 있다.109) 이에 속하는 동시들은 조선의 어린이들에게 나라잃은 민족처지를 인식시키고, 더 나아가 현실모순 상황을 그려내고 있다.

1) 식민 현실과 극복의지

왜로 제국주의는 한민족의 정신을 말살하기 위해 조선의 어린이들에게 철저한 식민지 교육을 펼쳤다. 그들은 영구히 조선을 지배하겠다는 야욕으로 일본어를 보급하고, 특수학교에는 조선인의 입학을 허용하지 않았다. 따라서 조선의 어린이들은 '군국주의 교육'을 받은 식민지 노예로 자랄 수밖에 없는 실정이었다.110) 신고송은

109) 신고송의 초기 동시 가운데 민족현실과 현실주의 동심 세계를 그린 작품은 아래와 같다.
① 「늙은 버들개지」, 『조선일보』, 조선일보사, 1928. 5. 8. ② 「동무」, 『조선일보』, 조선일보사, 1929. 11. 5. ③ 「그들의 힘」, 『조선일보』, 조선일보사, 1929. 12. 3. ④ 「욕을 먹고서」, 『조선일보』, 조선일보사, 1929. 12. 4. ⑤ 「닷돈 준 장갑」, 『조선일보』, 조선일보사, 1930. 2. 4. ⑥ 「우는 꼴 보기 실혀」, 『별나라』, 별나라사, 1930. 6. ⑦ 「검은 얼골」, 『신소년』, 신소년사, 1930. 7. ⑧ 「바다의 노래」, 『별나라』, 별나라사, 1930. 7. ⑨ 「잠자는 거지」, 『신소년』, 신소년사, 1930. 8. ⑩ 「고초장」, 『음악과 시』, 음악과 시사, 1930. 8. ⑪ 「도야지」, 『별나라』, 별나라사, 1930. 10.

110) 초등교육 기관의 경우 일본이 소학교 6학년제였던데 비해, 조선의 그것은 4년 내지 5년제

이러한 암담하고 참혹한 민족의 처지에 눈길을 깊이 주고 있다.

① 새벽거리 돌가루길
　　별도 자는데
　　헌 구두신고 더북더북
　　공장에 가네

　　구두소리 내지 말구
　　삽푼 지나자
　　은행집의 쇠문 압헤
　　안자서 자는

　　한울안에 집도 업고
　　형제도 업는
　　가이업슨 어린 거지
　　괴론잠 쌜나

　　　　　　　　　　　　　－「잠자는 거지」가운데[111]

② 행길가에 써러진 쪼각빗 하나
　　어느 색시 머리에 꼿치던 걸가
　　길가는 사람마다 발길로 찰쌔
　　녯님자 그 색시가 그리웁겟네

　　찬 바람에 구즘 비 훗날닐 제면
　　낫 닉은 고흔 경대 더그릴 것은
　　이 길가 저 길가로 채여만 다녀
　　쪼각빗의 신세가 가엽습니다.

　　　　　　　　　　　　　　　－「쪼각빗」[112]

의 보통학교로 운영되었다. 각급학교에 '수신(修身)'시간을 두어 일본의 '황실과 국가에 대한 관념' 등을 가르침으로써 조선인에 대해서도 '황국신민'화를 강요했다. 강만길, 『고쳐 쓴 한국 현대사』, 『창작과 비평사』, 1994, 175쪽 참조.

111) 신고송, 「잠자는 거지」, 『신소년』, 신소년사, 1930. 8.

112) 홍영순 편사, 『조선동요백곡집』, 삼문당서점, 1933. 13쪽.
　　이 동시는 『조선동요백곡집』(삼문당서점, 1933) 홍난파 곡과 『아동가요곡선 삼백곡』(신농

앞의 인용한 「잠자는 거지」에서는 우리 민족의 처량한 신세를 가엽은 '어린 거지'에 비유하고 있다. 어린 거지는 제대로 눕지 못한 자세로 잠을 청한다. 그야말로 꿈이라도 제대로 꿀 수 없는 괴로운 잠일 것이다. 가난한 식민지 백성인 우리 겨레의 처지도 집 잃고, 형제마저 잃은 거지 신세임에 틀림없다. 신고송은 어린 거지를 애처로운 시선으로 지켜보면서 언제 이런 거지 신세를 면할까 걱정한다. 이것은 바로 왜로 제국주의의 폭압 속에 가난한 식민지 백성이 겪는 참담한 나라 현실을 노래하고자 한 것이다. 그리고 동시 속에 시적 화자 역시 별도 자는 꼭두새벽부터 공장에 나가야만 하는 노동하는 이들의 모습임을 강조하고 있다.

「쪼각빗」역시 행 길가에 떨어져 있는 '조각 빗'을 우리 민족의 현실에 비유하고 있다. 조각 빗은 옛날에는 고운 경대 위에서 수줍은 색시의 머리를 빗겨주던 소중한 물건이었다. 하지만 지금은 조각나 아무도 돌보지 않고, 아껴 주지 않는 버려진 빗이 되었다. 게다가 찬바람, 궂은비에 시달려 "이 길가 저 길가로 채여만" 다니는 가엽은 신세가 되고 말았다. 이에 화자는 길가에 떨어져 있는 조각 빗을 쳐다보면서 우리 민족의 애달픈 현실을 슬픈 목소리로 토로하고 있다.

하지만 신고송은 민족의 처지를 비관적으로만 보고 있지 않다. 그는 그의 동시를 통해 나라잃은 조선의 어린이에게 희망의 빛줄

민사, 1938)에 박태준 곡으로 실려 있다. 하지만 두 악보는 곡 해석에서 아주 대조적으로 나타나고 있다. 일단 두 곡은 4분의 2박자로 곡조는 같으나 홍난파 곡은 다장조로 민요풍으로 부를 것을 밝히고 있고 곡의 이미지는 빗속에 떨어진 조각 빗을 관조하는 자세이다. 하지만 박태준의 곡은 라단조의 음계를 통하여 비에 젖어있는 조각 빗을 동정하는 마음으로 곡 해석을 하고 있다.

기를 비추어주고자 했다. 비록 나라를 잃고 가난한 삶을 꾸려나가지만 어린이의 미래를 좌절시킬 수 없는 일이다. 성장해 나가는 어린이들에게 나라의 현실을 인식시켜, 고난과 시련 속에서도 꿋꿋하게 이겨낼 수 있는 용기를 불어주고 있다. 이것은 바로 그가 표방한 "意氣잇게 싸홀 어린이로 指導"[113]하라는 그의 동시관에 부합하는 자세다.

> ① 봄바람에 굽이치는 물결에
>   그다지 놉흐다만은
>   보리피리 장단에
>   흥겨운듯이 닐어난다.
>
>   강가에 늙은 버들개이지
>   닙히 풀어저 슬허하나
>   보리피리 들어올네
>   **쏘**물 고랑엔 보리키가 한 자인데
>
>   ─「늙은 버들개지」[114]
>
> ② 이 나라의 아들아
>   두팔을 그저라
>   천길만길 그 미테
>   살길을 차저내자
>
>   집체가튼 물결!
>   호랑이가튼 물결!

---

113) 신고송, 「童心에서부터 ─ 旣成童謠의 錯誤點, 童謠詩人에게 주는 멧말」, 『조선일보』, 조선일보사, 1929. 10. 20.
    신고송은 그의 동요 평에서 양우정의 「풀배」속에 그려진 정서에 대해서 비판하고 있다. 그는 동요 작가들에게 무엇을 가르치려고 하는지 물음을 던진다. 그리고 "비록 이쌍의 百姓이 굼주리고 헐벗고 눈물과 설음으로 산다해도 어린이에게 이것을 敎示"한다는 것은 부끄러운 일이며, 모순된 가르침이라고 명시한다. 따라서 그는 "敗北! 敗北하는 어린이보다 우리의 어린이는 意氣잇게싸홀어린이로" 가르쳐야 할 것이라고 주장하고 있다.
114) 신고송, 「늙은 버들개지」, 『조선일보』, 조선일보사, 1928. 5. 8.

이 나라의 아들아
이 위에다 배저라
파도가 두려워?
호랑인들 두려워?
힘나는 바다!

우리맘가튼 바다
바다를 뒤집허서
살길을 찻자!
바다를 싸대여서
살길을 찻자!

-「바다의 노래」

「늙은 버들개지」는 힘없이 맥이 풀어져 잎이 나풀거리는 "늙은 버들가지"를 나라를 잃은 우리 민족의 모습에 비유하고 있다. 이미 생기를 잃어버린 늙은 버들가지에게는 따스하게 부는 봄바람도 힘에 부친다. 그러나 이런 버들가지에게 힘이 되어주는 것은 보리피리 장단이다. "보리피리"는 봄바람에 잘 자라고 있는 조선 어린이들의 천진난만한 웃음을 담아내고 있다. 비록 우리 민족의 처지는 가혹한 식민지 아래에 있지만 어린이들은 겨레를 다시 일으킨 보리피리 장단임을 강조하고 있는 것이다.

「바다의 노래」는 '바다'를 소재로 하여 『별나라』(1930. 7)에서 기획한 동시이다. 의도된 기획 속에서 바다의 이미지는 포용성 있는 넓은 마음, 힘찬 기상으로 고정되어 있다. 하지만 그의 동시 속에 물의 이미지는 뛰어넘어야 할 대상이자 동경의 대상이 되는 이중성을 지녔다. 바닷물은 식민지 현실의 시련과 가난 등 부정의 모든 것을 만들어내고 있다. 거칠고 쉼 없이 몰아치는 두려움을 만들어 내기도 하고, 천 길 낭떠러지를 만들어 내고 있다. 작가는 이러한 거친 물결을 뛰어 넘을 수 있는 용기를 불어 일으키고 있다. 단지 바다는 두려움의 존재가 아니라 식민 현실에서 벗어날 수 있는 한 통로임을 밝히고 있다. 이것이 바로 민족현실이며, 그 속에서 조선의 어린이들이 가져야 할 용기 있는 자세라 할 수 있다.

이렇듯 신고송의 초기 현실주의 동시세계 속에서는 뼈아픈 민족의 현실과 어린이의 체험이 고스란히 담겨져 있다. 그의 눈에는 조선 민족은 찬바람에 나뒹구는 낙엽과 같이 가엽고 처량한 존재로 보인다. 다시 말해서 그의 작품은 갈 곳 없이 떠도는 민족의 부재를 그려내고 있는 것이다. 그러나 그의 시선은 절대로 부정적이지 않다. 이미 생기를 잃어버린 민족이지만 보리피리 장단에 다시 춤추고, 바다를 뒤집는 용기로 민족의 현실을 극복하고자 했다. 신고송은 그의 동시 속에서 현실은 비록 굶주리고 헐벗고, 눈물과 설움 속에 산다고 해도 어린이에게는 한탄과 눈물만 줄 수 없다는 것이다. 앞으로 성장할 그들에게 현실의 괴로움보다 희망과 용기를 심어주어 민족의 밝은 그날을 향해 날개 짓을 하도록 돕고 있다.

2) 계급 대립과 현실 모순

신고송의 동시는 1920년대 후반에 접어들면서 '현실 반영'을 뛰어넘어 현실문제에 대한 깊은 고민을 하게 된다. 그의 동시에는 가난하고 착취당하는 조선의 프롤레타리아 어린이들의 현실을 끌어안고 있다. 그들에게 현실 모순적 상황을 일러주면서 계급현실을 깨우쳐 주고 있다. 그리고 그는 이 무렵 카프의 아동문학 기관지인 『별나라』, 『신소년』, 『음악과 시』에 동시를 실어 무산 아동들에게 계급현실을 깨우쳐 주고 있다.

그의 초기 동시 가운데 계급 현실을 심은 동시들은 소박하지만 조선 어린이들의 가난한 삶과 노동 현실 속에서 계급대립의식을 다져나가고 있다. 이 시기의 동시들은 뚜렷한 목적의식을 지니지 못하지만 계급투쟁으로 넘어가는 과도기적 과정에 놓여 있다고 할 수 있다.

① 항아리속 고초장 맛을 보다가
　　발보당이치면서 우는 꼴봐라
　　와아와 먹엇누
　　배가 곱하 먹엇듸

　　마님 눈 살피하며 맛을 보다가
　　혀끗이 짜갑다고 쥐는 꼴봐라
　　와아와 먹엇누
　　배가 곱하 먹엇듸
　　　　　　　　　　　　　　　　　　　　－「고초장」가운데115)

② 두 달이나 별르다 산 장갑이란다
　　울아버지 닷돈 주고 사 주섯단다
　　날마다 밤새우며 봉투 바르는
　　피오닐 내 손꾸락 포근하단다

　　김주사네 셋재 아들 비단장갑
　　새ㅅ빨간 내 장갑에 대일수 잇나

　　찬 바람이 제 아모리 몹시 불어도
　　새ㅅ빨간 내 장갑은 포근하단다
　　　　　　　　　　　　　　　　　　　　－「닷돈 준 장갑」116)

---

115) 신고송, 「고초장」, 『음악과 시』, 음악과 시사, 1930. 8.

③ 왼종일 철쭉 밋에 긔다렷다네
   그에탄 오두록 긔다렷다네

   사차미 차다 가고 밤 차가와도
   날 욕한 애 탄 차지는 오지도 안해
   쥔 주먹도 두놋코 도라를 가네

   ─「욕을 얻어먹고서」[117]

앞에 인용한 「고초장」은 굶주리고 고된 노동에 시달린 우리 민족 현실을 우의적으로 표현하고 있다. 동시 자체가 주는 재미와 상황에서 오는 우스꽝스러움이 느껴진다. 하지만 그 안에는 배고픈 민족의 신세가 서글프게 내포되어 있다. 가난한 식민지 상황에서 배고픔은 누구나 있기 마련이다. 여기서 시적 화자는 프롤레타리아 계층의 어린이다. 그는 마님 눈을 피해서 몰래 고추장을 훔쳐서 먹고 난 다음, 그것을 감추지 못하고 혀끝을 따가워 팔딱팔딱 뛴다. 그런 고통은 아무래도 좋다 배고픔만 참을 수 있다면 말이다. 그래서 화자는 곧 바로 "와아와 먹엇누"하고 물어본다. 그 대답은 단순하고 명료하게 "배가 곱하 먹엇듸"라고 나온다. 따라서 이 동시는 배고픈 민중들의 현실을 우의적으로 표현하여 나라 잃은 현실을 강조하고 있다.

위의 시 「닷돈 준 장갑」은 본격적인 계급대립 의식을 표면적으로 드러내고 있다.[118] 시적 화자인 어린이는 가난 때문에 밤을 새

---

116) 신고송, 「닷돈 준 장갑」, 『조선일보』, 조선일보사, 1930. 2. 4.

117) 신고송, 「욕을 먹고서」, 『조선일보』, 조선일보사, 1929. 12. 4.

118) "어느 階級의 兒童이든지 조흔 것을 실허 하지 안을 것이다. ○○의 兒童이라도 브나도 조흔 것을 要求하고 마지 안치만은 自然發生的으로 생긴 ○○○○과 生活狀態의 把握과 生産關係의 認識等은 ○○와 ○用의 範圍까지도 規定하며 짤하서 不足한 것에도 滿足이 생기며 光榮과 敬喜까지 생기는 것이다. 닷돈 짜리 무명장갑을 사려고 별럿다 아

우며 봉투를 바르는 일을 한다. 힘든 노동은 여린 손가락에 상처를 입히고, 피를 맺게 한다. 하지만 어린이의 마음은 포근하기만 하다. 비록 "김주사네 셋재아들 비단장갑"같이 비싸고 좋은 장갑은 아니지만 두 달이나 벼르다가 산 새빨간 장갑은 아버지의 사랑이 담겨져 있기 때문이다. 화자는 열악한 환경 속에서 노동을 하지만 자신의 처지를 비관하지 않고, 오히려 아버지의 사랑에 상기되어 있다. 하지만 이 동시 역시 뚜렷한 계급문학의 목적의식 보다는 조선의 프롤레타리아 어린이들의 현실을 깊이 그려내 놓고 있다 하겠다.

나라잃은시기 어린이들은 대부분 도보로 먼 곳을 다녔으며, 기차를 탄다는 것은 참으로 부잣집 아이들에게만 허용되는 호사스러운 일이었다. 「욕을 얻어먹고서」는 이러한 부잣집 아이의 횡포를 담아내고 있다. "긔차 탄 아희" 곧, 착취계급인 부르주아의 아이는 자신의 부유함을 내세워 기차 바깥에서 일하고 있는 아이에게 욕을 해대고 자존심에 상처를 입힌다. 욕을 얻어먹은 아이는 주먹을 쥘 만큼 분하지만 오지 않는 아이 때문에 다시 분함만 안고 돌아간다는 내용이다. 하지만 이 동시에서 착취계급의 횡포는 선명하게 그려내고 있는 반면, 피착취 계급인 시적 화자의 계급의식은 끝까

버지의 하로의 收入은 食口 모두가 살어 가기에도 너무나 不足하든 것이다. 닷돈이란 큰 돈이 아니건만은 이 닷 돈을 엇기에 두 달을 ○○○○○○ 헤매엿든 것이다. 우리의 兒童은 이 事實을 잘 앎으로 이 닷 돈의 價値가 如何히 크다는 것을 잘 짐작하고 그 닷 돈 준 장갑의 價値와 任務(봉투 바르는 손을 포근하게 하는)를 짐작하고 닷냥싸리 김주사네 셋재 아들의 비단장갑보다도 훨신 낫다는 것을 自認하는 것이다." 신고송, 「동심의 계급성 −조직화와 제휴함」, 『중외일보』, 중외일보사, 1930. 3. 7−3. 9. 참조.
신고송은 자신의 동시 「닷돈 준 장갑」(『조선일보』, 조선일보사, 1930. 2. 4.)을 동심의 계급성에 충실한 작품이라 보기를 들어 설명하고 있다. 그의 설명은 프롤레타리아 계급의 어린이들의 유년 성장기 과정 속에 동심의 계급성을 다루어야 한다고 주장한다.

지 치닫지 못한 아쉬움이 남는다. 다만 착취계급인 부르주아에 대한 적개심, 분노만 표출하고 있을 뿐 행동에 옮기지 못하고 있다. 그리고 "기차 탄 아이"가 그대로 호의호식하는 일본인 학생을 암시하는 데서 그의 계급 이해가 지닌 민족성을 포괄하는 폭을 지녔다.

같은 시기 『별나라』와 『신소년』에 실린 현실주의 동시들은 앞서 다른 신문과 잡지 매체보다 뚜렷한 계급대립의식을 드러내고 있다. 게다가 적대 계급인 부르주아를 향한 반발의식까지 덧붙여 한걸음 나아간 계급아동문학의 실례를 보여주고 있다.

> ① 미운 놈 아들놈이
>   조흔 옷 입고
>   지개진 나를 보고
>   욕하고 가네
>
>   처주자니 우는 꼴
>   보기도 실코
>   욕하자니 내 입이
>   더러워지네
>
>   엣다 그놈 가다가
>   소똥을 밟아
>   밋그러저 개똥에
>   코나 다쳐라
>
> — 「우는꼴 보기실허」[119]

> ② 내 얼골이 검다고 웃는놈봐라
>   내 얼골이 웨이리 검은줄아나
>   우리들은 업스니 일해야 먹지

119) 신고송, 「우는 꼴 보기 실허」, 『별나라』, 별나라사, 1930. 6.

너의가치 언제나 노란얼골로
　방구석에 누어서 알기나하고

- 「검은 얼굴」120)

　「우는 꼴 보기실허」는 앞선 동시들 보다 계급 대립이 뚜렷이 나타나는데, 그 대립은 "미운놈 아들 놈"과 "지개 진 나"로 변별될 수 있다. 동시 내용은 좋은 옷을 입고 다니며 욕을 해대는 착취계급의 아들을 때려 주고 싶으나 우는 꼴이 보기 싫고, 욕을 해주자니 자신의 입이 더러워 진다는 조소가 묻어나고 있다. 게다가 미운 놈 아들의 뒤통수에 대고 "소똥을 밟아 밋그러저 개똥에 코나 다쳐라"라 하는 비난의 언사를 퍼부어 대고 있다. 이러한 행동은 부르주아 계급에 대한 분풀이인 동시에 그 상황에 상상력을 덧붙이면 우스꽝스러운 모습으로 연상 작용을 일으키게 된다. 따라서 이 동시는 부르주아에 대한 경멸과 조소를 함께 드러내는 계급 대립 의식이 깔려 있다.

　「검은 얼굴」은 계급대립 의식을 전면적으로 내비추고 있다. 계급대립은 '검은 얼굴'과 '노란 얼굴'로 대별되어 반감을 확연하게 표현하고 있다. 열심히 일한 노동자는 검은 얼굴로, 방에서 누워서 앓기나 하는 노란 얼굴로 제시하고 있다. 노란 얼굴은 방에 누워서 노동자에게 얼굴이 검다고 놀린다. 반면, 노동자는 일하지 않고 놀기만 하는 부르주아는 노란 얼굴에게 조소와 더불어 진정한 노동의 가치를 일깨워 준다. 곧, 이 동시에서는 프롤레타리아 어린이와 부르주아 어린이의 일상을 극렬하게 대비시켜 놓고 있다. 그래

---

120) 신고송, 「검은 얼골」, 『신소년』, 신소년사. 1930. 7.

서 일하지 않는 자들이 실속을 챙기는 사회적 모순과 노동의 진정성을 알지 못하는 부르주아 계급의 무지함을 드러내고 있다.

신고송의 초기 동시 가운데 현실모순을 통한 계급대립 의식은 식민지 현실을 간과할 수 없다. 나라 없는 백성이긴 마찬가지지만 현실은 그렇지 못하다. 프롤레타리아 계급의 어린이들은 노동과 가난에 시달려야 했고, 부르주아들은 제 이속 챙기기에 급급하다. 그의 동시에는 이러한 현실을 담아내기 위해 노력하고 있다. 하지만 단순히 도식되는 계급대립과 뚜렷한 계급 투쟁적 의지보다는 그들에 대한 조소로 일관하고 있다.

앞서 살펴본 바와 같이 그의 구체적인 동심세계를 펼쳐 보이는 동시들은 두 가지 범주로 나누어진다. 첫째, 생활체험에서 우러나는 순수한 동심의 세계이다. 생활에서 직접 경험한 일들을 어린이다운 발상과 심성으로 들여다보고 있다. 그 속에는 어린이들의 호기심과 재미있는 유희가 담겨져 있다. 둘째, 겨레를 잃은 민족의 처지를 통해 조선 소년의 현실을 나타내고 있다. 비록 민족은 왜로의 폭압 속에 시름하고 있지만 그 속에서 새로운 희망을 찾아내고 있다. 게다가 조선의 무산 아동계급에게 현실 상황적 모순과 함께 계급현실을 깨우치고 있다. 이처럼 그는 다양한 동시 세계를 통해 어린이를 위한 아동 문학가의 모습과 조선 민족 현실을 극복하고자 하는 실천가의 모습을 보여 주었다. 게다가 계급문학가로 한정되었던 그의 문학세계를 폭넓게 다시 들여다볼 수 있는 계기를 마련한다고 할 것이다. 덧붙여, 신고송은 자신의 동요이론에 부합되는 아동창작 작품에 힘을 기울였음을 알 수 있다.

IV

계급주의 문학의 정착과정

Ⅳ 계급주의 문학의 정착과정

1920년대 중반 마르크스 사상이 전파되면서 기존 문단의 세력과 계급주의 문학 간의 사상논쟁과 비판이 오고 간다. 이러한 논쟁은 식민지라는 조선의 특수한 상황을 문학 속에 투영시킨 진보적 성향의 작가들에게 기울기 시작했다. 마침내 1930년대에 접어들면서 계급문단이 세력을 점하게 되었고, 조선의 문학 전반이 카프의 영향 아래 놓이게 된다. 이에 발맞추어 카프는 '제2차 방향전환'을 통해 대중조직 활동을 전 문학·예술 분야로 확대 개편하면서 노동자·농민에게 공산주의를 선전하는 '아지·프로' 형태를 띤다.

이 무렵, 신고송 역시 '카프'의 영향 아래서 계급운동을 펼쳐 나갔다. 바로, 일본유학과 귀국을 통해서 활발한 연극운동과 계급투쟁 시기와 일치한다. 당시, 그가 소개한 프로연극 이론은 카프 연극 이론이자 구체적인 연극운동의 실천 방안이었다. 하지만 공연 예술인 연극의 특수한 사정 때문에 희곡텍스트가 남지 않아 연구 대상에서 제외한다. 반면, 아동문학은 동시, 동화, 아동극뿐만 아니라 아동평론에 이르기까지 폭넓고 다양한 활동을 보여주고 있다. 이것은 그가 조선의 어린이들에게 계급현실을 일깨워주는 문학 장치로 활용했을 뿐만 아니라 어린이를 다음 세대의 변혁 주체로 파악하는 작가의 자세를 읽을 수 있다.

이 장에서 신고송이 계급주의 문학 활동을 하던 당시 발표한 아동문학 작품을 갈무리하여 동시, 동화, 아동극의 갈래적 특성을 살펴보고자 한다. 이를 통해 그의 아동문학에 나타나는 계급의식 성장과 정착 과정을 살펴볼 수 있을 것이다. 또한 계급 현실 속에서도 어린이를 대상하는 아동문학의 본질을 효과적으로 활용한 아동문학가로서의 자세도 살필 수 있을 것이다.

1. 계급투쟁과 동시의 전개

신고송의 동시가 실제적으로 계급의식을 드러내기 시작한 것은 1930년 후반부터다.[121] 그 무렵 이미 공산주의 교원으로 몰려 교사로서 역량을 제대로 펼쳐보이기 어려웠고, 가난한 조선 어린이의 현실을 몸소 확인할 수 있었을 때였다. 이러한 상황에서 그의 계급인식은 일본으로 건너가서 카프 동경지부에서 맹원으로 활동한 시기에 더욱 심화되었다. 그런 까닭에 신고송의 동시에는 왜로의 폭압 속에서 등장하는 몰인정한 착취계급의 횡포가 중요한 모티브로 등장한다. 그리고 그의 동시들은 앞선 초기 현실주의 동시의 소박성에서 벗어나 뚜렷한 계급대립을 통한 투쟁에 대한 확신이 담겨져 있다.

이 시기에 발표한 그의 계급주의 동시는 모두 8편이다.[122] 그의

---

121) 1930년에 들어서면서 그의 작품의 매체 전환이 이루어지고 있다. 그 이전에는 대부분의 작품을 『조선일보』에 싣고 간혹 『어린이』에 싣고 있다. 하지만 그 후에는 카프 아동기관지라 할 수 있는 『신소년』과 『별나라』에 작품 대다수를 싣고 있으며, 작품의 성격도 계급대립적인 성향을 강하게 드러내고 있다.

122) 계급주의 문학 운동을 하던 시기 신고송이 발표한 계급주의 동시 8편은 아래와 같다.

계급동시를 통해 현실 속에 드러나는 조선의 무산 아동들의 계급 대립 비판의식과 그 형상화를 살펴보고자 한다.

1) 적대 계급에 대한 비난과 조롱

현실주의 동시에서 드러나는 계급대립 의식은 지배계급에 대한 비난과 삶의 고발적인 형태를 지니게 된다. 그의 비난은 단순한 계급에 대한 반감의식을 넘어서 그들에게 대항하는 자세를 보여주고 있다. 신고송은 프롤레타리아 동요집『불별』을 통해 적대 계급인 부르주아 세력의 이기적인 모습과 무산 아동 계급의 삶을 대조시켜 나타나고 있다. 이를 통해 제 실속만 차리는 부르주아에게 강렬한 비난을 퍼붓기도 하고, 조롱이 섞인 조소를 보내고 있다.

> 도야지가 **꿀꿀**
> 뱃대기가 **쑹쑹**
> 배가 불러도
> 작구만 먹네
>
> 콧구멍이 킬킬
> 눈**까**리가 실눅
> 제만 먹으면
> 되는줄 아네
>
> -「도야지」123)

---

① 「아버지의 편지 - 공장에서」,『조선일보』, 조선일보사, 1931. 4. ② 「껍질 먹는 신세」,『불별』, 신소년사인쇄부, 1931. 9. ③ 「기다림」,『불별』, 신소년사인쇄부, 1931. 9. ④ 「도야지」,『불별』, 신소년사인쇄부, 1931. 9. ⑤ 「우는 꼴 보기 실허」,『불별』, 신소년사인쇄부, 1931. 9. ⑥ 「미륵과 장승」,『불별』, 신소년사인쇄부 1931. 9. ⑦ 「우리는 대장장이」,『별나라』, 별나라사, 1932. 4(번역시). ⑧ 「우리들」,『신소년』, 1932. 8.
123) 신고송, 「도야지」,『불별』, 신소년사인쇄부, 1931. 9.

인용한 「도야지」에서 계급 대립이 표면화되어 있지는 않다. 하지만 돼지 모습으로 의인화된 부르주아를 자신만 아는 이기주의자로 그려내고 있다. 돼지의 모습과 소리를 흉내낸 "꿀꿀", "쭁쭁", "킬킬", "실눅"과 같은 단순한 낱말 사용은 동시의 리듬을 살려 조소가 재미있게 묻어나게 한다. 그리고 자신만 알고 남을 배려하지 못하는 이기주의적 착취계급의 몰골과 형태를 표현하고 있다. 하지만 단순한 언어적 감각만을 살려 계급대립을 관념적으로 형상화시킨 점은 계급주의 동심의 모순점이라 할 수 있다.

　　한편, 신고송의 동시에는 '무노동, 무임금'이라는 노동의식도 나타난다. 일하지도 않으면서 좋은 옷, 좋은 음식만 먹는 착취계급에 대항하는 분위기를 담아낸다. 하루 종일 노동에 지친 가난한 어린이들은 굶주림에 시달리고 있고, 부잣집 어린이는 갖은 호사를 다 누리며 어리광을 부리고 있는 사실을 안타깝게 여긴다. 모든 사람들이 평등하게 일하고, 평등하게 나눠먹는 노동의 진실성을 강조하고 있다. 그러한 노동의 가치를 모르는 부르주아 계급에 대한 비난의식을 담고 있다.

　　① 눈코 잇고 네 팔다리 다 성한데도
　　　　일 안 하고 배부른 놈 미력이라오

　　　　눈코 잇고 네 팔다리 다 성한데도
　　　　일 안 하고 노는 놈은 장승이라오

　　　　일 안 하고 배부른 놈 말도 못하오
　　　　일 안 하고 노는 놈은 먹도 못하오

미럭 장승 낫작에다 똥칠해 줘도
제가 어찌 끽소린들 감히 할라고

우리땅에 미럭 장승 얼마나 잇노
그놈들의 낫짝에다 똥칠해 주자

-「미럭과 장승」124)

② 깍거서 버리는 외껍질이야
　주어서 먹기도 예사일텐데

외껍질 줏는다고 우리를 보고
함부로 욕해주는 저 심술봐라

껍질 먹는 신세는 엇전 신세고
알속 먹는 신세는 엇전 신센고

동무야 껍질을 주서 모아서
욕하는 그 놈의 뺨을 쳐주자.

-「껍질먹는 신세」125)

인용한 두 편의 동시들은 앞선 「도야지」와는 달리 계급대립을
통한 반감이 극렬해지면서 보복심리가 들어져 있다. 「미럭과 장승」
에서는 일하지 않고 노는 부르주아 계급에 대한 비판이 더욱 가열
차진다. 부르주아 계급을 미럭과 장승으로 빗대어 육체적·정신적
으로 다 멀쩡한데도 일하지 않고 먹기만 하는 착취계급을 비판하
고 있다. 자신의 실속을 챙기고, 남이야 어떻게 되든지 상관이 없
는 그들에게 야유를 퍼붓는다. 게다가 땀 흘려 일하지 않는 자는

---

124) 신고송, 「미럭과 장승」, 『불별』, 신소년사인쇄부, 1931. 9(합창곡).
125) 신고송, 「껍질먹는 신세」, 『불별』, 신소년사인쇄부, 1931. 9.

말도 하지 말며, 먹지도 말라는 엄포까지 놓는다. 더욱 계급의식이 고조되는 부분은 "그놈들의 낫짝에다 똥칠해주자"하는 마지막 행이다. 이 동시에서는 피착취 계급은 이제 더 이상 계급 대립 양상에서 밀려나지 않는다. 그들은 실천적인 행위를 진행시킬 준비가 되어 있음을 암시하고 있다.

「껍질 먹는 신세」는 화자의 계급대립 의식이 앞선 시들보다 강렬하게 표출되고 있다. "외껍질을 주어서" 먹는 "껍질 먹는 신세"인 프롤레타리아 어린이와 "함부로 욕"을 하고 "알속 먹는 신세"의 부르주아 어린이들의 삶의 모습을 적나라하게 드러내고 있다. 왜로제국주의에게 나라를 잃은 신세는 같지만 부르주아 어린이들은 가난과 굶주림으로 외 껍질을 주워 먹는 무산 계급 어린이들에게 욕을 해대며 심술궂게 대한다. 이에 무산 계급의 어린이는 분노를 표출하고 있다. 그 분노는 앞선 동시들처럼 희화화[126]된 것이 아니라 "껍질을 주서 모아서 그 놈의 뺨을 쳐주자" 직접적인 실천 행위를 나타내고 있다. 결국, 이 동시 속에 무산 계급 어린이들은 일방적으로 분노를 삭이고 있지 않다. 심술궂은 부르주아 계급에 대항할 수 있는 용기 있는 모습으로 형상화하고 있다. 덧붙여, 개인적인 분노 표출 수준에서 머물러 있지 않고 무산 계급 어린이들의 단합적 대항 의지를 강렬하게 담아내고 있다.

앞서 살펴본 신고송의 계급주의 동시 속에는 적대계급인 부르주아 세력에 대한 비난과 조소가 배어져 있다. 그 비난은 제 실속을 챙기는 돼지의 모습으로 단순하게 형상화되기도 하고, 일하지 않고

---

126) 그의 현실주의 동시 가운데 「검은 얼골」(『신소년』, 신소년사, 1930. 7)과 「우는 꼴 보기 실허」(『별나라』, 별나라사, 1930. 6)에서 적대계급에 대한 분노를 희화화하여 사용하고 있다.

먹고 놀기만 하는 게으른 '미륵과 장승'으로 비유되기도 한다. 하지만 적대계급에 대한 비난은 더 이상 희화화에 머물러 있지 않다. 착취계급의 심술에 대한 실질적인 응징을 행동화에 옮기기고 있기 때문이다. 동시에 신고송의 계급의식이 성장과정을 넘어 정착단계에 들어섰음을 보여주고 있다.

2) 계급 현실 인식과 투쟁 의지

식민지의 현실은 조선의 무산 아동 계급에게는 가혹함 그 자체였다. 가난과 굶주림으로 인해 노동현장으로 내몰려야 했다. 노동현장으로 투입된 그들의 삶은 순탄치 않았다. 노동현장에서는 부르주아 계급의 착취에 시달려 심한 육체적인 고통을 받아야 했고, 가난한 삶은 더욱 가중되었다. 계급주의 아동 문학가들은 이러한 실제적 계급현실을 형상화하며, 아동잡지를 통하여 계급의식을 교양하는 한편 대중적 조직 규합에 힘썼다. 신고송 역시 그의 동시 속에 계급 현실인식을 담아내어 당대 투쟁과 과업을 달성시키기 위한 투쟁적 목소리를 높이고 있다.

> 공장에서 아버지가 보낸 편지를
> 엄마하고 머리대고 낡었습니다.
>
> 아들아 노동자인 나의 아들아
> 시골의 겨울밤이 몹이 차가운데
> 뚤어진 창틈으로 바람부는데
> 이밤도 어미하고 주리고 잇나
>
> 오늘도 일마치고 뷘벤또차고

맥없이 별을 보며 도라를 간다
싹전이 오늘붙어 또나렷단다
너이들 생각하니 기만막이네

문풍지가 뜨는데 아버지편지
엄마하고 울면서 낡었습니다.
- 「아버지의 편지 - 공장에서」[127]

인용한 「아버지의 편지 - 공장에서」는 일하는 어린이의 가족 삶
을 담은 극시 형태의 동시이다. 멀리 떨어진 공장에서 일하고 있
는 아버지로부터 받아든 편지 한 통은 조선의 프롤레타리아 계급
의 현실을 고스란히 담아내고 있다. 시골에 있는 일하는 어린이는
아버지를 그리며 어머니, 동생과 함께 살고 있다. 아버지는 오직
어린 자식들에게 가난과 배고픔에서 해방시켜 주고자 힘든 노동을
하고 있다. 하지만 노동 현실은 착취계급의 핍박 속에 노동에 대
한 제대로 된 임금을 받을 수 없는 형편이다. 이러한 현실 속에
아버지는 오늘도 굶주리고 있는 자식들 걱정으로, 시골에 어린이와
어머니는 아버지의 애처로운 모습에 눈물을 자아내고 있다.

또한 이 시는 연극의 극중극 형식을 도입하여 1연과 2연, 3연과
4연의 시적 화자와 청자의 역할을 뒤바꾸고 있다. 아버지의 편지
는 동시 가운데 부분에 자리를 잡고 있어 노동현실과 계급 모순적
상황을 잘 그려놓고 있다. 그래서 이 동시는 선전적 연극으로 활
용할 수 있는 개연성을 지니고 있다.

그러나 신고송의 계급주의 동시는 계급현실을 드러내는데 그치
지 않고, 부르주아 계급을 타파하자는 투쟁의지를 더 높이고 있다.

---

127) 신고송, 「아버지의 편지 - 공장에서」, 『조선일보』, 조선일보사, 1931. 1. 24.

이것은 조선의 무산계급의 단합적 의지를 통한 프롤레타리아의 혁명에 대한 전망을 높이고 있다.

① 집보는 내마음이 웨이리설나
두주먹을 꼭쥐고 용기를 내자

아버지는 오늘도 쌈난공장에
배부른 그놈들과 쌈하러갓네
어머니도 싸홈한 여공과 가치
이집저집 차즈며 장사나갓네

불켜두고 오기만 바라고잇자
조흔소식 가지고 도라오겟지

-「기다림」가운데128)

② 우리들의 고함소린
비바람에 불려서
왼세상의 동무에게
널리널리 울려라

공장에서 들판에서
바다에서 산에서
우리동무 고함소린
높이높이 들린다.

-「우리들」가운데129)

「기다림」에서는 시적 화자 어린이가 처해져 있는 현실은 계급모순 상황에 처해 있다. 노동쟁의를 하는 아버지와 배부른 놈들의 대립, 그 속에서 쫓겨난 어머니는 생계 때문에 이집저집 찾아다니

---

128) 신고송, 「기다림」, 『불별』, 신소년사인쇄부, 1931. 3.
129) 신고송, 「우리들」, 『신소년』, 신소년사, 1932. 8.

며 장사를 해야 한다. 시적 화자는 이러한 현실이 슬프기만 하다. 하지만 이 어린이는 좌절하지 않는다. 왜냐하면 아버지는 분명 좋은 소식을 가지고 오리라는 믿음 때문이다. 이미 시적 화자는 계급모순 상황을 뛰어넘어 계급투쟁과 승리에 확신이 차 있다. 이것은 계급대립과 그 속에 모순적 상황을 인식하여 결국에는 '프롤레타리아 계급 투쟁의 승리'를 심어주기 위한 작가의 현실대응의지라 할 수 있다.

「우리들」은 신고송이 번역하여 옮겨 놓은 동시이다. 작곡가의 이름을 실리지 않은 채, 악보만 실려져 있다. 이 동시에서 "우리들의 고함소리"는 현실을 각성한 프롤레타리아의 투쟁의 목소리이다. 이 목소리는 어떠한 어려움 환경 속에서도 기죽지 않고, 프롤레타리아 계급을 뛰어넘어 "왼 세상의 동무"를 규합시키고 있다. 이러한 조선의 프롤레타리아 계급들을 단합하고 있는 직설적인 어조는 악보에서도 그 분위기를 짐작할 수 있다. 4박자의 곡조로 강약의 리듬이 조화롭게 사용된 군가 형식을 띠고 있다. 그래서 이 동시는 노동쟁의나 행사시에 합창곡으로 사용하면 선전·선동의 효과를 높일 수 있다.[130]

신고송의 동시에는 계급현실과 어린이들의 고달픈 현실이 담겨져 있다. 가난이 대물림되는 현실 속에서 가난과 노동을 인식해야 하는 어린이의 삶이 녹아져 흐른다. 하지만 무산계급의 어린이들은

---

130) 신고송의 번역동시는 2편으로 알려져 있다. 한 편은 본문에 인용한 「우리들」(『신소년』, 신소년사, 1932. 8)이고, 다른 하나는 「우리들은 대장쟁이」(『별나라』, 별나라사, 1932. 7)이다. 두 동시는 내용면에서도 프롤레타리아의 단합적 규합을 선동하는데 별 차이가 없다. 그리고 곡조 역시 4박자의 곡조로 힘찬 기상을 담아내고 있는 점이 동일하다. 신고송의 번역동시 두 편은 기성세대를 뛰어넘어 무산계급의 어린이들을 다음 세대의 변혁주체를 삼고, 그들을 규합하는 계급아동문학의 전형을 보여준다 하겠다.

슬픔과 비탄에만 젖어 있지 않다. 비록, 지금은 어려서 뚜렷한 계급투쟁 현장에 앞장서지 못한다 하더라도 비참한 현실을 각성하여 앞으로 변혁의 주체로서 앞장설 것을 다짐하고 있다. 그리고 이러한 무산 계급 어린이들의 단합된 힘은 조선의 프롤레타리아 혁명을 꿈꾸게 하고 있다. 이것은 바로, 우리나라의 계급아동문학의 전형이자 신고송 자신이 가졌던 프롤레타리아의 해방인 것이다.

신고송이 계급주의 문학운동을 활발하게 진행하던 시기 그의 동시에는 나라잃은 조선 어린이들의 가난과 노동 현실의 고통이 깔려있다. 그 속에서 같은 민족을 핍박하고 착취하는 계급에 대한 불만과 울분을 토로하고 있다. 이러한 착취 계급은 제 실속을 차리기 위해서 나라도, 민족도 없는 몰인정한 횡포를 저지른다. 신고송은 일하지 않고 자신의 배만 불리는 착취계급을 향해 주먹을 쥐기도 하고, 야유를 퍼붓기도 하고, 조소도 보낸다. 하지만 그의 동시에서는 계급대립 상황 속에 분노만 터트리고 있지는 않다. 이미 계급의식의 성장과 각성을 통해 두 주먹을 쥐고 프롤레타리아 혁명을 부르짖고 있다.

2. 계급 대립과 동화의 형식

동화는 어린이라는 특수한 독자를 대상으로 하여 환상이라는 창작원리를 통해 동심의 눈으로 여과된 현실 수용을 특징으로 삼는다. 그러면서 동화 안에서 어린이는 성장하는 존재, 사회적인 존재라는 인식을 갖는 것이 기본적이다. 곧, 어린이를 현실 사회와 동

떨어진 별개의 존재로 인식하지 않으며, 현실 속에서 인격체로서 성장하는 모습이 담겨져 있어야 한다. 이러한 측면에서 볼 때 신고송의 동화는 조선의 어린이들이 겨레 잃은 현실상황 속에서 싸워 이길 수 있는 용기를 심어주고자 하는 교육적 효용을 뚜렷이 드러내고 있다고 볼 수 있다.[131]

1) 확대된 환상과 우의적 세계

신고송이 나라잃은시기 발표한 동화는 모두 5편이다. 그 가운데 4편은 그가 일본에 유학을 갔을 당시에 창작된 것으로 모두 '우의적 환상'이라는 형식을 빌고 있다. 우의적 환상이란 동물이나 식물과 같은 무생물에게 인격을 부여하는 의인화 수법을 말한다. 이러한 수법은 상상을 자극하여 독자들을 감정이입 상태로 끌어올리기 위해 흔히 쓰이는 것이다. 신고송의 동화는 '우의적 환상'이라는 형식을 통해 특별하게 계급대립 의식을 표출하고 있어 유별나다.

> 바로 어늬 부자집 쏫밧치엿습니다. "너는 왜그리도 못생겻늬? 그 상파대기며 손발은 엇재 그 모양이냐? 눈깔은 왜 그럿캐 찝푸리고 잇늬?" 갑작이 쌍박그로 나온 두더쥐가 눈이 부시여서 엇절줄을 몰으고 우물주물하고 잇는 것을 보고 이러ㅅ케 놀여주엇습니다. 두더쥐는 성을 버럭내며 "그러쿠말구

---

131) 신고송은 신소년 편집부에서 마련한 '여름방학 지상 좌담회'에서 엄흥섭, 손풍산, 김병호, 이구월, 늘샘, 양창준, 이주홍과 함께 여름방학을 어떻게 보내야 하는지 소년들에게 말해주고 있다. 그는 농촌 소년들의 활기찬 모습에서 진정한 땀이 밴 여름방학을 보낼 것을 일러주고 있다. 현실과 격리된 방학이 아니라 우리의 삶과 현실을 직시할 수 있는 마음가짐을 당부하고 있다.
"무엇 보담도 농촌 소년들은 아버지를 딿아 논도 매고, 김도 매고 해야지요. 벼늠의 이슬을 털치면서「얼 널널 상사뒤」부르는 자미 그러고 나면 싯거든 꽁보리밥덩이도 꿀맛갓치 그저 몸이 그 자리에서 커는 것 갓지요." 신소년 편집부, 「여름방학 지상 좌담회」, 『신소년』, 신소년사, 1930. 8. 16쪽 참조.

우리갓튼 일만하는 것과 당신갓튼 놀고만 잇는 사람과는 사정이 다르닛가요. 당신이 그러케 놀고만 잇는 동안에 우리들은 이 못생긴 발로라도 **쌍**덩이를 파 뒤집허 놋켓스니 어듸 견듸여봐요"하면서 구녁으로 들어가서 다시 **쌍**을 파기 시작햇습니다.

- 『두더쥐와 아가씨』 가운데132)

밤낮 **찝찔**한 강물에서만 살든 온갖 물고기들은 시원한 강도 실코 다만 단물냄새가 나는 시내로 시내로 모두 올나왓습니다. 팔**쑥**가튼 메기 징그러운 뱀장어 손바닥가튼 붕어 큰잉어와 큰 감을치들이 서로 다투워가며 새물맛을 보려고 올나왓습니다. 이 물고기들은 그저 정신업시 **꼬**리치고 올나왓습니다. 잇흔날은 비도 개고 냇물이 헐신 주럿습니다. ……

"그 **째**진 강엔 가 무엇해 강에 가면 첫재 일하기가 실치 이곳에선 놀고도 잘 먹을터인데 그리고 내가 왕노릇을 할 터인데" 이리면서 송사리 올챙이를 다 잡어 먹엇습니다.

- 『잉어』 가운데133)

인용한 동화 두 편은 동물들을 우의적134)으로 표현하여 계급의식을 드러내고 있다. 자칫 어린이 세계에 동화될 수 없을 계급대립이라는 무거운 주제를 '동물'이라는 소재로 통하여 인격화된 존재로 나타냄으로써 친근함과 자연스러움이 배어 나오게 했다. 그러나 두 편은 '계급의식'을 드러내는 주제 면에서는 동일하면서 '우의적 환상' 세계를 끌어가는 표현방법에는 차이점이 있다.

---

132) 신고송, 「두더쥐와 아가씨」, 『별나라』, 별나라사, 1931. 2.

133) 신고송, 「잉어」, 『별나라』, 별나라사, 1931. 6.

134) 신고송의 동시에서도 우의적 환상을 통해 그린 작품이 있는데, 그것이 바로 '동화시' 「옵바를 차저서」 (『동아일보』, 동아일보사, 1926. 11. 3)이다. 이 동화시의 내용은 순이가 계모의 학대와 심술에 못 이겨 정도령의 도움을 받는데서 시작된다. 계모가 그 사실을 알아채자, 정도령은 순이의 곁을 떠난다. 순이는 정도령을 그리워하며 정도령을 찾기 위해 길을 떠난다. 결국 정도령을 우여곡절 끝에 만나 오누이의 정을 나눈다. 그 가운데 우의적 환상이 돋보이는 부분은 계모가 한 겨울에 풋나물을 뜯어오는 순이의 뒤를 밟기 위해 쥐로 변하는 장면이다. 간사하고 남의 말을 엿듣는 쥐로 변모하는 장면은 설화적인 요소와 닮아있다. 그리고 작품 전체로 본다면 정도령이 오빠인지, 연인인지 분간할 수 없는 모호한 구성상의 문제를 드러낸다. 이것으로 신고송의 동화시는 습작기 작품으로 짐작할 수 있다.

「두더쥐와 아가씨」에서 '두더쥐'는 오로지 땅을 파는 일밖에 모르는 착실한 동물이다. 어느 날 두더지는 열심히 땅을 파다가 부잣집 꽃밭에 도착했다. 그때, 그 집 아가씨가 두더지의 볼품없는 몰골을 보고 비웃는다. 두더지는 놀고만 있으면서 못생긴 자신을 비웃는 아가씨에게 노동의 가치를 일러주고, 묵묵히 다시 땅을 파기 시작한다. 이 동화에서 자기 맡은 일을 다 하는 두더지는 조선의 노동자, 농민으로 대표되는 프롤레타리아 계급이라 볼 수 있다. 일하지 않고 잘난 체하는 아가씨는 부르주아 계급을 대표한다. 이러한 선명한 계급의식을 드러내기 위해 작가가 끌어온 방법은 바로 '설명'이다. 이를테면 말하기(telling)를 통해 두더지의 모습과 상황, 아가씨의 모습과 태도, 더 나아가 계급의식을 뚜렷이 드러내고 있는 셈이다.

「잉어」는 강물에 사는 물고기의 모습과 행동을 우의적으로 표현했다. 동화 속 세상에서는 오랜 가뭄 끝에 반가운 비가 내린다. 강물에 살던 온갖 물고기들은 앞 다투어 단물나는 시내로 올라온다. 하지만 비가 개자, 모든 물고기들은 강으로 다시 돌아오고, 잉어만 그곳에 머물러 있다. 잉어는 일시적인 이익과 허욕 때문에 시내의 올챙이, 송사리 같은 힘없는 물고기를 잡아먹는 부르주아로 그려지는데, 결국 논두렁까지 올라와 배를 드러내며 헐떡이며 죽어간다. 이 동화에서 잉어의 자만하고 위선적인 모습을 담아내기 위해서 사용된 표현요소는 '묘사'다. 이러한 묘사는 설명과는 달리 보여주기 위한 표현요소로 부르주아의 이기적이고 탐욕적인 행동을 비판하는 데 적절하게 쓰이고 있다.

어느날 시골모기가 서울모기를 맛나 "서울사람들의 맛잇는 피만 **빨**아먹고 사는 당신을 부러워합니다. 나는 보리밥만 먹는 농부의 피만 **빨**고 살자니 이러케 여윗습니다."

하로에 한쯱의 밥도 잘 어더먹지 못하는 노동자들의 피만 **빨**든 서울 모기는 그 소리를 듯고 시침이를 **쑥 쩨**고 하는 말이 "아무럼! 나는 맛잇는 피만 **빨**아서 이제는 실증이 낫소 먹고 십다면 다려다 들이지"

서울모기는 시골모기를 각황사절 미륵님에게 다려다주엇습니다. 시골모기는 조와서 하로종일 **빨**아보왓습니다. 만은 피한방울 나오지 안햇습니다. 서울 모기를 보고 "셔울 사람들은 참 힘센 사람들입니다." 하엿습니다. 미륵님은 돌로 맨든 것이엿습니다.

- 「모기와 미륵」가운데[135]

어느날 산양**꾼**들은 원숭이들을 잡으러 왓습니다. 사람들은 술병을 갓다노코 술을 먹고 쓰러진 촉햇습니다. 숭내잘내는 이원숭이는 사람이 무엇을 먹고 쓰러지는것을 보고 저도 몰내 내려와서 그술을 마섯습니다. 그리고 **또** 마시랴 할**쌔** 난데업는 곰이 나타나드니 고만 원숭이를 업고 다라낫습니다.

자는 척 하는 사람들은 큰일낫다고 벌덕이러나서 총을 노며 곰을 **쏘**처갓슴니다. 곰은 다라나다가 엇던 큰나무 압헤서 픽 스러지자 등에 업혓든 원숭이는 놉흔나무로 기여올나갓습니다. 원숭이는 나무 **쏙**댁이 구멍속에서 내다보고 눈물을 흘엿습니다. "저곰은 저번에 내가 살여주든 곰이라고" 생각하면서

- 「원숭이와 곰」가운데[136]

인용한 두 동화는 각각 모기와 원숭이, 곰을 우의적으로 표현하고 있다. 모기는 민중의 피를 빨아먹는 부르주아 계급으로 나타내고, 원숭이와 곰은 힘없는 민중들로 그려내고 있다. 두 작품 모두 단순한 계급대립 의식에 국한되지 않고, 실천적 의지를 내세우고 있다. 작가는 동화를 통해 부르주아의 착취와 억압에 대항하기 위해서는 프롤레타리아 계급의 단합된 힘이 필요함을 주제로 내세운

---

135) 신고송, 「모기와 미륵」, 『별나라』, 별나라사, 1931. 4.
136) 신고송, 「원숭이와 곰」, 『별나라』, 별나라사, 1931. 12.

다. 하지만 동화를 읽은 어린이들이 느끼는 정서적 요소는 사뭇 다른 차별성을 드러낸다.

「모기와 미륵」에서는 동화의 앞부분에 이미 조선의 노동자와 농민들을 착취하는 부르주아 계급에 대한 대항의식을 드러내고 있다.[137] 그리고 시골모기와 서울모기의 대화로 이야기가 시작된다. 보리밥만 먹는 농부의 피를 빠는 시골모기는 맛있는 피만 빨아먹는 서울모기를 부러워한다. 실상 서울모기는 하루에 한 끼도 못 먹는 노동자의 피를 빨아 먹고 살고 있었다. 서울모기는 시골모기를 골려주려는 속셈으로 미륵님의 피를 빨아 먹게 한다. 그 미륵[138]은 돌로 만든 것이라 피를 빨아 먹으려는 시골모기는 낭패를 본다. 여기서 작가는 우리 모두 미륵같이 단단해져 우리 피를 빨아먹는 부르주아에게 더 이상 나약함을 보이지 않기를 바라는 뜻을 드러낸다. 따라서 이 동화를 읽는 프롤레타리아 어린이들은 모기들의 행동과 모습을 통해 통쾌한 웃음을 짓게 된다. 마치 심술 궂고 자신들을 놀리던 부르주아 계급에 대한 복수를 한 듯한, 통쾌함과 희열이라는 정서적 요소를 접하게 되는 것이다.

뒤에 인용한 「원숭이와 곰」은 표면상으로는 계급대립 의식이 드러나지 않는다. 그 이유는 동화의 특성 가운데 하나인 은혜를 갚

---

137) 우리들 노동자, 농민들의 피를 빨아먹는 모기갓흔 ×들이 퍽 만습니다. 우리들은 돌미륵갓 치 구더젓 우리 의 귀한 피를 쌜리지 안케하여야 합니다. 신고송, 「모기와 미륵」, 『별나라』, 별나라사 1931. 4. 23. 23쪽 참조.

138) 신고송의 아동문학 작품 속에 '미륵'은 전혀 다른 의미의 뜻을 가지고 있어 주목된다. 그의 동화 「모기와 미륵」에서는 '미륵'은 민중의 피를 빠는 모기에 꿋꿋하게 대항하는 존재로 그려지고 있다. 반면 그의 동시 「미륵과 장승」에서 '미륵'은 일하지 않고 빈둥빈둥 놀아서 마땅히 비판당해야 할 존재로 나타난다.
"눈코잇고/네팔다리/다성한데도/일안하고/배부른놈/ 미륵이라오./……/일안하고/배부른놈/ 말도못하오/일안하 고 /노는놈은 먹도못하오/미럭장승 닛작에다 똥칠해줘도/제가어듸/끽소 링들/감히할나고/……" 신고송, 「미륵과 장승」, 『불별』, 신소년사인쇄부, 18쪽 참조.

을 줄 아는 '교훈성'이 크게 부각되어 있기 때문이다. 하지만 작품 속에서는 두 계급이 철저히 나눠져 있다. 약한 동물을 잡아먹는 호랑이와 짐승을 사냥하는 사냥꾼은 부르주아 계급으로, 원숭이와 곰은 힘없는 프롤레타리아 계급으로 표현되어 있다. 동화는 호랑이에게 쫓긴 곰을 원숭이가 도와주고, 사냥꾼에게 쫓기던 원숭이를 곰이 죽음으로써 은혜를 갚는다는 내용이다. 이 이야기를 통해 작가는 민중 한 명의 힘은 약하지만 단합된 힘은 부르주아의 억압에 맞서 싸울 수 있는 용기가 될 수 있음을 말하고 있다. 그래서 우의적으로 표현된 원숭이와 곰은 때로는 힘이 세고, 잘난 체하는 인간들보다 더 인간적인 면모를 보여준다. 따라서 이 동화를 접하는 어린이들은 약한 이들이 서로를 지켜주는 애처로움과 동시에 불의에 저항할 수 있는 용기라는 정서를 접하게 된다.

앞서 살핀 네 편의 동화에서 드러나는 양상은 다르지만 우의적 표현을 통한 계급의식을 드러내는 주제 면에서는 동일하다. 게다가 계급주의 문학 의식이 가장 강렬하게 자라기 시작한 일본 유학 시절에 쓰여 졌다는 공통점도 지니고 있다. 하지만 그의 동화 세계를 계급주의라는 틀 속에 한정하기 힘든 개성이 있다. 다양한 묘사나 설명과 같은 표현 요소를 적절히 살리면서 등장인물의 모습을 세세하게 담아내거나, 아동문학에서 간과할 수 없는 어린이들의 정서적 요소까지 섬세하게 고려하려는 노력이다. 신고송의 우의적 동화 작품들은 자칫 계급주의라는 도식적인 한계에 빠질 수 있을 위험을 딛고 어린이의 표현, 정서까지 적절하게 담아낸 작품이라 할 수 있다.

2) 계급의식 강화와 일기 형식

일기는 하루의 생활을 돌이켜 보고, 반성하는 순수한 자기 독백적인 글이다. 특히 자라나는 어린이들은 일기를 통해 생활 속에서 자신의 모습을 발견할 수 있는 좋은 본보기가 될 수 있다. 하지만 일기는 익명의 대상을 향해 창작하는 다른 문학 갈래와 달라서 흔히 문학의 주변 갈래로 다루어져 왔다. 그러나 아동문학에서는 일기문학의 존재가 각별하다. 그것은 아동의 생활동화 영역에서는 중요한 형식적 장치가 되기 때문이다. 게다가 일기는 은밀하고 비밀스러운 고백적인 글이다. 대부분의 사람들은 남의 비밀스러움을 들쳐보기를 좋아하고 호기심을 보인다. 그래서 남의 일기를 훔쳐보는 것만큼 흥미진진한 일도 드물 것이다. 이러한 심리적 욕구를 이용한 '일기문' 형식의 아동문학은 어린이들에게 흥미와 호기심을 불러일으키기에 충분한 바 있다.

신고송은 나라잃은시기 두 편의 일기문을 발표한다.[139] 그 가운데, 「피케의 일기 中에서」에서는 자신의 생활을 그대로 담은 순수 일기문이 아니라 일기문이라는 형식을 빌은 창작동화이다. 그래서 작가 자신의 일상생활이기보다는 작가가 만들어낸 인물의 일상이 담겨져 있다. 나라잃은시기에 창작된 「피케[140]의 日記 中에서」의

---

139) 신고송의 일기문은 아래와 같다.
　① 「빗브든 일주일간」, 『어린이』, 개벽사, 1924. 2. ② 「피케의 日記 中에서」, 『별나라』, 별나라사, 1933. 2.
　「빗브든 일주일간」은 신고송이 언양소년단 시절 '소년소녀가극'을 준비하는 과정을 일기로 담은 것이다. 산에서 솔을 가지고 와서 무대를 만들고, 광고지를 돌리고, 극을 올리는 과정뿐만 아니라 극에 대한 열정을 보이는 신고송의 소년시절 일상이 잘 드러난 순수 일기문이다.

140) '피케'는 이름을 영어 약자 'PK'로 나타낸 것이다. 영어 약자를 사용한 까닭은 일기의 비밀스러움을 더욱 돋보여줄 뿐만 아니라 동화 속에 드러난 농민조합의 실체를 표면상 드러내지 않는 작가의 의도가 숨겨져 있음을 짐작할 수 있다.

구성을 나열해 보면 다음과 같다.

> 발단 – 고요한 마을, 상봉이와 나는 마을에 온다는 아저씨를 기다리고 있다.
> 전개 – 한 시간이나 넘게 기다렸지만 그 아저씨는 오지 않고, 양복쟁이 두
>   명이 나타난다.
> 절정 – 양복쟁이들은 마을의 농민조합이 어딘지 물어온다. 나와 상봉이는
>   그들이 수상하여 냉랭한 태도로 대한다.
> 결말 – 양복쟁이들이 그들이 기다리던 아저씨임을 알고, 마을로 인도, 마을
>   사람이 하나, 둘 씩 모여들기 시작한다.

인용된 동화는 언뜻 보아서 '一月 十日' 하루의 생활을 담은 일
기문으로 보인다. 하지만 이 일기는 신고송 자신이 주인공이 아닌
어느 소년의 일기를 빌려 쓴 창작 동화의 구성을 지니고 있다. 동
화의 첫 부분은 고요한 마을풍경 속에서 일기를 쓴 소년과 상봉은
마을을 찾아오겠다던 아저씨를 기다리고 있다. 그런데 소년들 앞에
양복쟁이 두 명이 나타난다. 시골 농촌에 나타난 양복쟁이는 소년
들의 의심을 받는다. 그들은 다짜고짜 농민조합이 어딘지 묻는다.
그 순간, 소년들은 이 사람들을 마을로 안내해야 할지, 모른 척해
야 할지 심적 갈등을 일으킨다. 그러나 그들이 자신들이 기다리던
아저씨들임을 알고 마을로 안내한다. 그리고 마을 사람들은 하나,
둘 모이기 시작하고, 일기의 주인공 소년은 그 속에 무슨 이야기
를 나누는지 궁금증을 드러내며 일기를 마친다.

이 당시 왜로의 농촌 수탈이 극심해지면서 각 마을마다 농민조
합이 결성된다. 이 동화에서도 왜로 제국주의와 맞서 싸울 수 있
는 농민조합의 결성과 의식각성이라는 주제를 드러내기 위해 '일
기'라는 형식을 빌려 쓰고 있다. 일기 속에 등장하는 인물들은 모

두 단결된 모습을 보여 주고 있다. '농민조합결성'이라는 조직을 결성하기 위해 모두 비밀스럽고 조심스럽게 움직이고 있다. 그 속에 농촌의 소년들마저 각자 맡은 일을 톡톡히 해내고 있으며, 양복쟁이들은 농민조합을 결속을 강화시키는 계급의식을 지닌 혁명가로 그려지고 있다.[141] 마을 사람들은 혁명가들의 지휘에 따라 하나둘 씩 모여들기 시작하면서 '농민조합' 결성의 암시를 주고 있다.

또한 이 동화 속에는 인물 사이의 갈등이나 대립의식은 드러나지 않고 있다. 마을 사람들 가운데 '농민조합' 결성을 반대하는 세력이 드러나거나 갈등요소도 전혀 나타나지 않는다. 오히려 일치단결하여 소년들은 망을 보고, 몇몇은 주위의 동정을 살피고 있는 모습을 보여준다. 반대로 생각해 보면 그들에게 '농민조합' 결성은 너무나도 중대한 일이고, 비밀스러운 일이다. 혹시나 왜로에게 발각될까 감시망을 두텁게 서서 경계하고 있다.

> 그들 중에서 안경재비가
> "이곳에서 ××조합이 어데잇소"
> "모름니다" 나는 이러케 대답했다.
> 그의 행동이 아조 수상해서 나는 **싹** 잡아 **셋**다. 그리든이 또다시 그는 묻는 것이다.
> "아니 여기가 중하리가 안이요?
> 나는 **쏘**다시 재처무럿다.
> "농민조합이니 뭐니 무러서는 뭐ㅅ하오."

---

141) 이 동화의 주인공은 작가 신고송이 만들어낸 '나'지만 진작 신고송 자신의 위치를 따져 본다면 두 양복쟁이 가운데 한 명일 것이다. 동화 속의 이들은 프롤레타리아 계급의 결성과 단합을 이끌어 줄 사람일 뿐만 아니라 다정다감한 지식인의 모습을 보여준다.
그이들은 우리들의 머리를 쓰다듬으며 "내잇다 조흔 노래도 해주고 사진도 그리고 이약이도 해줏게. 침 긔특한 소년이다." 신고송, 「피케의 日記 中에서」, 『별나라』, 별나라사. 1933. 2. 9쪽 참조.

그는 다소 태도를 돌변하면서

"우리는 일부러 이곳까지 차저왓소이다. 실상은 오늘 이곳에 오기로 햇는데요."

이 말을 드르니 그는 우리가 기다리든 그이인 것 같다.

그러나 나는 의심이 나서

"그러면 뭐을 하랴고 오섯소."

그러닛가 그는 가마니 무어라고 그레는거다 그래서 우리 둘은 안심을 하고 아 두분을 인도햇다. 142)

인용 부분은 마을에서 기다리던 사람은 오지 않고, 수상한 양복쟁이 둘을 의심스럽게 바라보는 소년들의 모습을 나타내고 있다. 양복쟁이들은 조합이 어디 있는가를 재차 묻고 있는 동안 소년들 사이에 긴장감이 돌고 있다. 작품에서 나타나는 일시적인 극적 긴장감이다. 하지만 이 긴장감은 이내 양복쟁이들이 가만히 하는 말에 바로 해소되는 단순함을 내보이고 있다. 그리고 대립적 요소들은 전혀 거론되지 않을 뿐만 아니라 작품 바깥에도 존재하지 않고 있다. 이것은 이미 작가가 주인공 소년을 비롯한 마을 사람들을 모두를 프롤레타리아 의식으로 각성된 인물들로 형성해두고, 계급투쟁의 승리로 나아가기 위한 의도된 구조이다. 따라서 이 동화를 읽는 어린이들은 마을 사람들의 단결력을 통해 프롤레타리아 계급의식을 가지게 되고, 더 나아가 왜로에 맞서 싸울 수 있는 용기를 갖게 된다. 하지만 이 작품은 구성과 갈등양상에서 단순함을 내비치고 있으며, 하루의 일상을 담은 점에서 주제를 확고하게 드러내지 못한 아쉬움이 남는다.143)

---

142) 신고송, 「피케의 日記 中에서」, 위의 글 참조.

143) 이 작품은 신고송이 구금되고 난 뒤에 실린 작품이다. 그래서 아마 이미 창작된 작품을 주위에서 올린 것 같다. 그리고 작가 이름도 '申敲'로 적혀 있는 사실도 그럴 수 있는 개연성

앞서 살펴본 동화는 '일기문'이라는 형식을 통해 '농민조합'의 결성을 구축해 나가는 소년과 마을 사람들의 굳은 신념을 볼 수 있다. 덧붙여, 프롤레타리아 각성과 함께 항왜정신을 심어주고 있다. 하지만 '일기문' 형식의 순수한 의미보다 목적의식을 담고 있기 때문에 아동문학에 담긴 예술적 요소와 도덕적 요소 모두가 결여되어 있다. 신고송의 동화에서는 자신의 정치적 이념과 신념을 드러내는 목적성을 띠고 있다. 하지만 어린이라는 특정한 대상 차원과 아동문학 전개 측면에서 큰 차이점을 드러낸다. '우의적 환상'을 담은 동화에서는 설명과 묘사라는 표현적 요소를 통해 상황이나 인물의 심리를 세세하게 그려내고 있으며, 어린이의 정서적 요소까지 배려하고 있다. 반면 '일기문 형식'의 동화에서는 주제를 나타내기에 급급하여 어린이에 대한 정서적 요소보다는 사상적 목적성을 획득하고 있다. 따라서 나라잃은시기 발표한 신고송의 동화 속에는 항왜정신을 바탕으로 한 계급의식을 각성을 외치고 있다 하겠다.

3. 사회 변혁을 위한 아동극

아동문학이란 어린이라는 특수한 대상만을 고려해서는 성립될 수 없는 문학 갈래이다. 왜냐하면 어린이의 세계는 어른들의 잣대로서 설명할 수 없는 고유한 특성을 지니고 있기 때문이다. 곧 아동문학은 어린들이 지닌 본질적 측면인 정서, 사상, 상상이 조화를

을 높이고 있다.

이루어야 한다는 것이다. 특히, 무대라는 입체적인 구성을 요구하는 아동극144)에서는 이러한 본질이 언어와 행위를 통해 구체적으로 형성되어야 한다. 따라서 아동극은 시각을 통한 공간미와 청각을 통한 시각미가 동시에 충족되어야 하며, 그에 따른 교육적, 사회적, 정서적 효과까지 배려되어야 한다.

이러한 아동극의 특수한 면을 고려하여 신고송은 일본 유학 시절 두 편의 아동극을 발표한다. 그는 나라잃은 조선의 프롤레타리아 계급 어린이들의 주인공으로 삼아 그들의 현실을 드러내 보이면서 아동문학 운동의 한 방편을 보여주었다. 따라서 이 글에서 일본유학 시절 발표한 그의 아동극 두 편145)을 연구 대상으로 하여 계급의식 표출 방식을 살펴볼 수 있을 것이다. 뿐만 아니라 계급 대립 양상이 어린이들에게 미칠 영향까지 고찰할 수 있을 것이다.

1) 아동 현실과 계급의식 고취

한 어린이가 태어나면 주위의 환경에 영향을 받아 사회의 한 일원으로서 자라나게 된다. 이러한 성장하는 과정을 확대·발전시키는 관점에서 아동문학의 사회적 가치는 매우 중요하다. 이러한 사회적 기능은 현실 세계를 인식시킬 수 있으며, 더 나아가 미래 사

---

144) 아동극이란 아동을 주체로 한 교육적 목적, 또는 예술적 쾌락을 위하여 행하는 연극 활동 또는 성인 배우, 소년소녀 배우에 의해 아동을 관객대상으로 하여 상연되는 연극 활동을 일컫는다. 그러나 아동문학에서는 동극 작가의 집필로 문학화 된 희곡이나 각본을 말한다. 따라서 아동극은 교육적 연극과 희곡이나 각본을 말하며, 교육적 연극과 희곡을 총칭하는 갈래 글이다. 석용원, 『아동문학원론』, 동아학연사, 1982. 271쪽 참조.

145) 일본유학시절 신고송이 창작한 아동극 두 편은 아래와 같다.
① 「저녁밥 갓다주고」, 『별나라』, 별나라사, 1931. 3. ② 「삼조애비는 어듸갓서」, 『별나라』, 별나라사, 1931. 9.

회에 필요한 도덕적 판단력을 발달시키기도 한다. 특히 공연물로서 가치를 지니는 아동극에서는 어린이들은 도덕적 수단뿐만 아니라 정치적 수단으로 이용되기도 한다. 그만큼 아동극이 지니는 사회적 효과와 영향력은 크다 할 수 있다.

일본 유학 시절 창작된 신고송의 아동극에서도 사회적 효과를 기대하고 있다. 그는 극 속에서 조선 프롤레타리아 계급의 어린이들에게 식민지 겨레의 현실을 인식시키고, 그에 따른 계급의식을 심어주고자 했다.

① 못 다른 사람들은 모두 집으로 가는데 우리 큰옵바는 웨밤에도 나오지 안코 일만하고 잇서
  짠 밤일을 해야 삭전을 만히 밧는 단다. 나제 일한 삭전만 바더가지고는 우리집 일곱식구가 엇지 살어갈수 잇니 쏘 요즈음은 아버지도 알코 누어게시는데 약도 써야지!
  못 나는 큰 옵바가 집에 오지 안흐니 퍽도 보고십허 이놈 공장은 우리 옵바를 맛날 붓잡아노코 안노아주네
  짠 우리도 어서 커서 공장일이라도 해서 우리 형님을 좀 편케 해들여야지.146)

② 銅浩 우리 논에는 아모리 만히 나도 열 두섬박게는 나지 안는다는데 금년에는 곡수를 닐곱섬이나 메엿단다. 우리 아버지가 게섯드면 그보다는 점 낫슬텐데
  鐵植 우리 논은 작년보다 잘되엿다고 올개는 작년보다 닷말을 올렷다나
  石潤 우리 논은 작년에는 닷섬난 것 모조리 가져가드니 금년은 엿섬 내라고 하더라
  鐵植 웨 우리들은 애써 지어노면 박주사 집에서 다 가저가노
  銅浩 박주사의 논을 우리가 지여주니 그러하지
  石潤 아모리 박주사가 제 논이기로 애쓰 지은 우리들의 먹을 썻까지

---

146) 신고송, 「저녁밥 갓다주고」, 『별나라』, 별나라사, 1931. 3. 42 - 43쪽.

도 가저가는 것은 너무 심하지 안니

銅浩 박주사라는 그냥반이 원악 욕심이 만흔 양반이다. 우리들 갓흔
　　 논부치는 사람들이 굼는것 쯤은 꿈결에도 생각지 안는 사람이
　　 란다.

石潤 우리들의 아버지는 웨 먹을 것도 남기지안코 아모 말업시 갓다
　　 바치기만 하노

銅浩 쌕 소리만 해보아 그만 논을 쑥 쌔여 다른 사람을 갓다 준다
　　 네.147)

인용한 장면들은 각 아동극의 도입부분이다. 위에 인용된 장면
은 「저녁밥 갓다주고」에서 밤늦게까지 일하는 형제의 저녁밥을 갖
다 주기 위해 일곱 살, 아홉 살 동생들이 공장 앞에서 나누는 대
화다. 그들의 대사 속에는 노동하는 어린이들의 현실, 가난과 굶주
림을 담은 절박한 현실이 묻어져 나온다. 한 집안의 가장이자 경
제적인 짐을 떠맡고 있는 한 소년은 아침부터 밤늦게까지 가혹한
노동에 시달려야 한다. 하지만 이러한 노동력의 대가는 겨우 일곱
식구 입에 풀칠하기에 급급하다. 그렇다고 깐돌이와 못난이도 마냥
철부지는 아니다. 자신들도 얼른 커서 공장 일을 해서 집안일을
돕고 싶어 한다. 그리고 어린이들의 노동 현실 속에는 부르주아
공장주의 노동력 착취가 깃들여져 있다. 노동하는 어린이들은 부당
한 대가에 대항하지도 못한다. 그나마 그 노동의 대가로 배를 굶
는 것은 면할 수 있기 때문이다. 이러한 식민지 상황의 가난은 부
르주아 계급의 횡포에서 비롯됨을 제시하고 있다.

인용한 농촌 아동극 「삼조애비는 어듸갓서」는 극의 처음부터 피
폐해진 식민지 농촌 상황을 아이들의 대화로 전달하고 있다. 아이

---

147) 신고송, 「삼조애비는 어듸갓서」, 『별나라』, 별나라사, 1931. 9. 22 - 23쪽.

들은 농촌 생활이 점점 악화되어 가는 이유를 게으르고, 제 욕심만 차리는 박 주사에게 넘긴다. 실제, 그 당시 농촌은 왜로 식민정책의 하나로 농촌수탈 정책이 강행되었으며, 그에 따른 왜로 앞잡이인 지주의 횡포가 극심한 시기였다. 이 작품 속에 박 주사 역시 프롤레타리아 계급을 핍박해서 자신의 영리만을 좇는 인물로 그려지고 있다. 그들의 대사 속에는 가난한 농촌 현실뿐만 아니라 토지 주인 박주사에 대한 계급대립 의식이 확연히 드러난다. 그래서 작품 도입부분에서 이미 아무리 농촌의 풍년이 와도 그 풍년은 농사를 지은 소작농의 것이 될 수 없는 현실을 설정해 놓고 있다. 그리고 농촌의 세 아이는 부르주아 박주사에게 대항하지 못하는 기성세대에 대해서도 불만을 터뜨려 놓고 있는 점에서 극 속에 농촌 아이들은 이미 계급현실을 각성하고 있는 인물로 설정되어 있다.

신고송의 아동극 속에 가혹한 현실모순을 통해서 계급현실이 묻어져 나온다. 하지만 극 속에 등장하는 어린이들은 이러한 환경에 눈물짓거나 시대를 원망하지 않는다. 그들은 현실을 적극적으로 받아들이고, 적대계급인 부르주아의 횡포에 대항하고 있다.

> 福 에이 오늘 참 재수업고나 이놈 자식 웨 남의 공장 압헤 우득커니 섯니
>   (짠돌이 압흐로 닥아 서며) 이자식이 옷소락선이 봐라. 거지한가지 안
>   인가? 이걸 엇터케 닙고다녀 에기 재수업서 우리 아버지하고 가치
>   자동차타고 왓드라면 이런 거지색기도 안봐슬썰. 이 자식 남의 공장
>   압헤섯지 말고 가거라.
> 짠 우리 개가 어듸가고 업서 올 때까지 기다리고 잇단다.
> 福 가거라. 가거라. 다른데 가서 기다려라. 웨 우리공장 압헤서 기다리늬
>   (못난이를 쿡 수시며) 가거라.
> 못 (넘어저 운다)

깐　이애 그리 말라 지금 갈터이니 때리지 말라.

福　이자식아! 이자식아 (깐돌이의 뺨을 함부로 따려주고 다려나려한다.
　　그때 깐동이가 와서 다려나려는 복길이압헤 멍멍 짓고 달려든다)

福　(깜작놀나) 아이고 어머니!

깜　멍! 멍! (복길이에게 뛰여덤빈다)

福　(뒤로 넘머지며) 아이고 사람 살려주! (깐돌이 못난이 깜동이 셋이
　　합처서 함부로 복길이를 따려주고 차수고 갈겨준 뒤에 그만 가 버린
　　다)

福　(혼자서 소리처운다)[148]

　　인용한 장면은 「저녁밥 갓다주고」의 일부분인데, 가난한 사람을
업신여기는 공장주의 아들 복길을 혼내주는 부분이다. 그러나 아무
런 이유 없이 부르주아 계급을 혼내주는 것은 결코 아니다. 그러
한 연유는 복길이의 언행에서 비롯된다. 복길이는 부르주아 계급의
위선을 극명하게 보여주고 있다. 복길은 깐돌이의 옷차림을 보면서
거친 말투를 사용하고, 잘난척한다. 심지어 못난이를 밀치고, 깐돌
이의 뺨을 후려친다. 그때, 깐돌이네 강아지 깜동이가 그 모습을
보고 복길에게 달려든다. 그것이 화약고가 되어 깐돌이와 못난이까
지 복길에게 달려들어 분을 풀게 된다. 그때, 지나가던 직공은 울
고 있는 복길에게 "울지 마라. 자, 집으로 가자. 아마 또 까불다가
마젓지."[149]하고 달래준다. 하지만 복길은 이 말에 더 서럽게 운다.
여기서 다시 한 번 프롤레타리아 계급의 각성의 필요성을 강조하
며, 계급대립 의식을 부추기고 있다.[150]

---

148) 신고송, 「저녁밥 갓다주고」, 『별나라』, 별나라사, 1931. 3.

149) 신고송, 앞의 글, 44쪽.

150) 이 아동극에서는 무대와 등장인물 소개에서부터 계급대립 의식을 확연히 드러내 보이고 있다.
　　때: 저녁, 곳: 공장 압.
　　사람: 호용이 - 공장 직공, 깐돌이 - 호용의 아우 (九歲), 못남이 - 호용누이 (七歲), 깜동이 -

그리고 위의 아동극은 아동계급의 대조적인 모습을 보여준다. 복길이는 호의호식을 하며 아버지의 자가용을 타고 다닌다. 그에 반해 못난이와 깐돌이는 제대로 끼니조차 해결할 수 없는 입장의 프롤레타리아 계급의 아이들이다. 하지만 복길이는 깐돌이의 개인 깜동이가 달려들자 그만 힘없이 주저앉고 마음 허약한 존재로 그려놓고 있다. 이것은 프롤레타리아 어린이들의 정신적·육체적 우월감[151]을 드러내 보이고 있다.

> 石潤　우리 아버지 빗갑흘 한숨쉬는 것 보니 나는 눈물이 나네.
> 鐵植　금년은 풍년풍년하지만은 논 임자나 풍년이지 우리는 더욱 졸리기만 하네
> 銅鎬　이애들 – 조금 잇스면 박주사가 관평을 다하고 이길로 올터인데 우리 좀 놀녀줄싸
> 鐵植　그것 재미나겟다.
> 石潤　엇재스면 조켓나
> 銅鎬　내말 만들어라. 석윤이 너는 이길로 **빨**리가서 가느다란 버들가지를 좀 **썩**거오느라 우리 둘이는 이 길 위에다 깁다란 구녁을 파서 물을 너허 놋구마. 그리헤놋코는 버들가지를 이 구녁위에 덥고 흙 으로 무더노흐면 박주사가 도라 오는 길에 여기를 밟아 푹 **싸**지는 **꼴**을 좀보자.
> 鐵植　그 재미난다.[152]

호용의 개. 복길 – 공장 주의 아들(九歲),직공 – 五六人

151) 김지은의 「한국 근대 현실주의 동시연구」(경남대학교 대학원 국어국문학과석사학위논문, 1999)에서 보면 현실주의 동시에서 나타나는 계급적 인식은 지배계급의 착취와 그로 인한 피폐한 삶의 고발로 나타나는 것만은 아니고, 그들에게 반감과 비판을 드러낸다고 이야기하고 있다. 그리고 더 나아가 무산계급의 육체적·정신적 우월감으로 드러내 보이고 있다고 설명한다. 이것은 유·무산 계급의 대립이 같은 또래 어린이 사이에서 대조적으로 이루어져 있다고 논한다. 신고송의 아동극 「저녁밥 갓다주고」에서도 이러한 프롤레타리아 계급의 어린이들의 정신적·육체적 우월감을 드러내면서 이들의 계급의식을 한층 돋우고 있다 하겠다.
152) 신고송. 「삼조애비는 어듸갓서」, 『별나라』, 별나라사. 1931. 9.

극 속에 아이들은 풍년이 와도 배불리 먹을 수 없게 만들고, 빚으로 한숨 쉬게 만드는 박 주사를 골려주기 위해 구덩이를 파서 함정에 빠뜨릴 계획을 세운다. 그리고 아이들은 구체적인 방법까지 고려하고 있다. 구덩이를 파서 그 속에 고무신으로 물을 퍼서 담은 다음, 버들가지를 꺾어 그 위를 위장해 놓는다. 이곳을 지나가는 박주사를 기다리는 아이들의 마음이 극대되어 극적 긴장감뿐만 아니라 호기심을 불러일으키기에 충분한 연출 장면이라 할 수 있다. 이것은 한때의 보복과 통쾌함을 주는 장면이지만 그 속에는 소작농의 아이들의 단합된 힘을 보여주는 계급투쟁 의식이 담겨져 있다.

이러한 어린 소년들의 부르주아 계급에 대한 대항은 단순하고 일시적일 수밖에 없다. 하지만 작가는 작은 힘이지만 조선의 프롤레타리아 계급 어린이들에게 단합된 힘이 얼마나 큰 효과를 가져오는지 보여주고 있다. 또한 소년들이 성장하고 난 이후, 부르주아에 대한 적개심은 더욱 증폭될 수 있음을 바탕에 두고 있다.

그의 아동극 속에는 어린이의 노동력 착취, 왜로의 농촌수탈 상황을 담아내고 있다. 식민지 겨레가 겪고 있는 척박한 현실 문제를 인식게 하고 있다. 부르주아의 착취 속에서 노동력을 착취당하고, 그 정당한 대가도 받지 못한다. 하지만 이들은 계급대립 인식을 각성하여 그들에 대항하는 행동을 보여준다. 그들은 힘을 모아 부르주아의 아들을 때려주거나 골탕을 먹이는 등 그들 나름대로의 보복을 가한다. 신고송의 아동극은 계급의식뿐만 아니라 겨레 잃은 어린이들에게 항왜정신을 심어주고 있다. 또한 농촌이나 노동 현장에서 일하는 프롤레타리아 어린이들에게 따뜻한 격려와 용기를 심어주는 일을 잊지 않고 있다. 곧, 신고송의 아동극에서는 겨레를 잃은 현실 세계를 인식시키며, 나아가 프롤레타리아 계급을 착취하는 부르주아 계급에 대항할 수 있는 어린이로 배양시키고 있다.

2) 아동 연극의 대중화와 실천

극 체험[153]은 어린이들에게 커다란 충격을 줄 수 있다. 아직 자아가 성숙단계에 이르지 못한 어린이들에게는 극에 따라 심리적 파장이 다르게 나타나는 경우가 있기 때문이다. 때로는 자아를 내면화하여 낙관주의, 불안의 해소 등 긍정적인 측면으로 발전시킬 수 있다. 한편, 현실 속의 자아와 괴리현상을 일으켜 불안, 초조감이라는 극단의 상황까지 다다를 수 있다. 이처럼 어린이들에게 극 체험은 어떠한 심리적 반응과 변화를 가져오는 지 주목해야 한다.

신고송의 아동극은 극 체험을 통해 어린이들에게 참된 생활을 재현하고, 그 속에서 조선의 어린이들이 나아갈 전망을 제시하고 있다. 그의 아동극 속에는 그 당시 프로연극의 한 방법으로 내세운 소인극 운동[154]의 실천과정이 담겨져 있다. 한편, 그는 아동극

---

153) '극 체험'이라는 것은 직접적 체험과 간접적 체험이 있다. 직접적 체험은 공연의 일부분으로 참여하여 공연 예술을 통해 예술적 정서를 느끼고, 공동체적 협력정신을 기르는 경험을 말한다. 그리고 간접적 체험은 독자로서 혹은 관객으로서 공연예술을 접하는 경우를 이른다. 이 글에서 글쓴이가 말하는 '극 체험'은 직접적 체험과 간접적 체험을 모두 일컬어 사용함을 밝혀둔다.

154) "우리는 過去의 이러한 反動的소인극을 ×逐撲한 現實問題를 取扱한 滅하고 小作料의 引下 勞動條件의 向上水利組合問題等을 題材로 소인극을 만들어야 할 것이다. 이 소인극으로 하면 普通集會의 名目에도 할수 잇스며 要項만 提出하고도 할수잇스니 農村의 소인극적 活動은 今後에 盛히 活用하여야 할 것이다." 신고송, 「연극운동의 출발」, 『조선일보』, 조선일보사, 1931. 7. 29 – 8. 5.

신고송은 이 글에서 현 단계의 프롤레타리아 연극을 점검하면서 현실적인 공연료 인상과 각본의 검열을 갈 수 없음을 말하면서 프로연극이 나아가야 할 바를 제시하고 있다. 그 방법은 이동극 활동과 소인극 활동이다. 이동극은 장소를 어디든지 이동 할 수 있으며, 경제적으

평과 강좌[155]를 통해서 아동 연극의 대중화와 실천에 기여하고 있는데, 그의 아동극 역시 그 일환으로 창작된 작품이라 할 수 있다.

신고송은 아동극 평론 「연합대학예회의 아동극을 보고」(『별나라』, 1932. 7)에서 아동극에 대한 그의 생각을 정리해 두고 있다. 첫째, 어린이의 육체에 맞게 행할 수 있는 아동극을 선택하여야 한다. 둘째, 관객을 고려하여야하며, 셋째, 연극의 집단화 작업의 중요성을 피력하고 있다. 마지막으로 동요 극에서는 연극 기분에 맞는 곡조를 선택해야 한다고 당부하고 있다. 그리고 가장 뛰어난 우수 작품에 대한 평가로 연극의 내용면을 제일 먼저 꼽고 있는데, "우리 학교(야학이나 강습소)현실성을 잘 그렷스며" 야학을 어린이들의 손으로 지켜나가는 정신에 높은 점수를 주었다. 연극의 형상화 작업과 연극의 집단화 작업이 조화롭게 되었다고 평하고 있다. 따라서 그는 아동극은 어린이라는 특수한 대상의 극 체험의 공간을 열어두고, 현실성을 형상화해야 한다고 주장하고 있다.

신고송의 아동극은 프로연극 이론 가운데 하나인 '소인극'과 '이동극' 운동을 바탕으로 해서 창작된 것으로 보인다. 노동의 현장과 농촌조합 소년부에서 활용할 수 있는 소인극본 형태를 지니고 있다.

로 도움이 되고, 소인극은 조선의 프롤레타리아계급 스스로가 계급의식을 인식하면서 공연할 수 있는 방식임을 강조한다. 이러한 이동극 활동과 소인극 활동의 형식은 그의 아동극에서도 확연히 드러나고 있다. 이것은 조선의 프롤레타리아 어린이들에게 확고한 계급주의 의식을 심고자 했던 작가의 의도로 여겨진다.

155) 신고송은 「조희연극」(『별나라』, 별나라사, 1932. 4)이라는 강좌를 통해서 "노동자나 농민의 아들로 만흔 돈을 내여 연극 구경할 수 업는 사람에겐 퍽은 자미나는 것"임을 밝히고 있다. 거기에다 조합 소년부, 노동야학과 글방에서 장소에 구애받지 않고 활용할 수 있는 이동극 형식을 지니고 있다. 그리고 아동극 평론 「연합대학예회의 아동극을 보고」(『별나라』, 별나라사, 1932. 7)에서는 아동극의 특징과 현실을 밝혀 아동극을 평하고 있다.

째 저녁
곳 공장 압
사람
호용이 공장의 직공
싼돌이 호용의 아우 九歲
못난이 호용누이   七歲
쌈동이 호용의 개
福吉 공장주의 아들 九歲
직공 五六人

양회로 만든 큰 담장이 잇고 대문은 쇠로 만들엇다. 놉흔 굴둑이 담위로
뵈인다.156)

　이 아동극은 단막극으로 짧은 시간 내에 장소에 구애 없이도 진
행될 수 있는 극형식을 지니고 있다. 무대 장소를 공장 앞으로 설
정해 두었지만 사실적인 필요는 없다. 무대는 산과 들에서 별다른
무대장치나 의상에 경제적 부담이 없는 그야말로 프롤레타리아 어
린이들이 손쉽게 공연할 수 있도록 창작되었다.157) 그리고 등장인
물은 모두 어린이들이 맡을 수 있는 역할들이고, 언어 역시 일상
적으로 사용되는 말이기 때문에 별다른 어려움이 따르지 않는다.
그래서 전문 연극부에서 행하지 않더라도 가까운 친구들과 행할
수 있게 형상화되어 있다. 이것은 신고송이 지녔던 계급의식의 표
출이며, 프롤레타리아 연극대중화의 지향점이었다. 따라서 그의 아

156) 신고송, 「저녁밥 갓다주고」, 앞의 책, 1931. 3. 42쪽.

157) "現在 公演偏重의 ◇◇를 犯하고 잇는 우리의 劇團은 그것을 淸算하고 土揚内로 野外
　　로 農村으로 勞動者農民의 集合 内에다 移動的 活動을 試하라. 이것이 眞實한 프로레
　　타리아 演劇運動의 一步前進일것이다.(移動活動에 使用되는 脚本은 卽興的으로 現實
　　的 事件을 取扱해도 조흘것이며 演劇에만 限하지말고 漫談 노래 等의 演藝에도 손을 대
　　일 것이다.)" 신고송, 「연극운동의 출발」, 『조선일보』, 조선일보사, 1931. 7. 29－8. 5.

동극은 조선 어린이들의 계급의식의 성장과 부르주아 계급과 당당하게 맞설 수 있는 용기를 심어주고 있다.

그는 「조희연극」(『별나라』, 1932. 4)이라는 강좌를 통해서 프롤레타리아 계급의 소년들의 연극의 한 방법으로 소개하고 있다. 조희연극의 좋은 점은 돈이 들지 않는 것과 누구나 할 수 있다는 점, 한 사람만으로도 충분히 놀 수 있다는 점을 들고 있다. 이것은 신고송 자신이 내걸었던 '공연무용론'과 일치한다.[158] 게다가 이 강좌는 신고송의 아동극 「삼조애비는 어듸갓서」를 보기로 들어서 설명하고 있다.

> 石潤   (버들가지를 가지고) 쟤! 다팟내! 저긔 지금 박주사가 온다 쌀리해야지.
> 銅鎬   다 되엿다. 철식이 너는 고무신을 버서서 논에 물을 퍼부어라. (동호
> 는 파고 철식이와 석윤이는 물을 붓는다)
> 銅鎬   (버들가지를 다놋코 흙을 무드며) 자 다 되엿다. 우리는 저 논에
> 들어가 숨어서 박주사가 **쌔**지는 **꼴** 좀 보자! (세 아해는 숨는다.
> 박주사는 김서방을 압세우고 나온다. 뒤에는 철식이 아버지와 석윤
> 이 아버지가 달어온다)
> 김서방   저것이 삼조애비가 붓치는 논임니다. (아해들이 판 구녁 껏흘 밟고
> 탈업시 지난다)
> 박주사   삼조애비는 어듸갓서(이**쌔** 구녁 위를 밟아 한다리가 푹 **쌔**젓다)
> 엑! 이게 웬일인가! 이것이 누구의 짓인가[159]

158) 신고송은 그의 연극 평론 「연극운동의 출발」(『조선일보』, 1931. 7. 29－8. 5)에서 카프연극계가 마치 부르주아 공연을 닮아가고 있는 점을 비판하고 나선다. 극단들은 영리위주의 공연을 하고 노동자·농민들은 비싼 공연료 때문에 연극공연장 근처에도 가보지 못하는 상황에서 '연극 대중화'논의는 불가능한 것이라고 꼬집고 있다. 이것은 프로연극 운동의 구체적인 실천 방안을 제시 못하는 문인위주의 공연을 비꼬고 있다 그는 「조희연극」을 통해서 조선의 프롤레타리아 소년들에게 알맞은 연극의 한 방안으로 비용을 들지 않고, 누구나 어디서나 할 수 있는 조선 아동극 대중화 실현을 제시하고 있다고 할 수 있다.

159) 신고송, 「삼조애비는 어듸갓서」, 앞의 책, 1931. 9. 24쪽.

인용부분은 「삼조애비는 어듸갓서」의 막바지 부분이다. 아이들은 구덩이에 함정을 만들어 놓고 소작농을 괴롭히는 박주사가 오기만을 기다린다. 소년들의 심정이나 관객 속에서 바라보는 어린이들에게 아슬아슬한 긴장감을 주는데, 여기서 관객과 동일시라는 감정을 느끼게 된다. 마침내 박 주사가 함정에 빠져 "삼조애비는 어듸갓서" 하고 외치는 마지막 장면에서 극 체험을 하는 어린이들은 모두 부르주아 계급에 대항하는 의지와 보복에 대한 쾌감을 맛보게 되는 것이다.

또한 이 아동극은 가난한 프롤레타리아 농촌 소년들이 자신들끼리 모여서 공연할 수 있게 구성되어 있다.[160] 첫째, 배경으로 사용되는 가을 무렵의 벼 논가 풍경은 사실적일 필요가 없다는 점이다. 굳이 배경이 없어도 대사만으로도 충분히 장소에 구애를 받지 않는다. 물론 직접 농촌으로 나가 야외극으로 공연된다면 더욱 실감날 것으로 보인다. 둘째, 등장인물의 구성의 유동성이다.[161] 극의 진행 정도를 봐서 등장인물을 늘릴 수 있고, 충분히 줄일 수 있게 마련되어 있다. 이처럼 신고송의 인용된 아동극은 장소에 상관없이, 적은 인원만으로도 농촌의 어린이들이 공연할 수 있도록 창작

---

160) 신고송이 어린이들을 위한 강좌 가운데, 「조희연극」, (『별나라』, 1932. 4)이 있다. 이 강좌는 조선의 프롤레타리아 어린이들을 위해서 돈 들지 않고, 종이로 꾸며서 놀 수 있는 극 놀이 방법을 소개하는 글이다. 종이로 연극 무대를 만들고, 크레파스로 색칠해서 아무 곳에서나 혼자서 때로는 친구들과 어울려서 놀 수 있는 방법을 가르쳐 준다. 여기서 그는 종이연극의 작품 보기를 「삼조애비는 어듸갓서」를 들면서 무대 그림까지 그려 놓고 있다. 그래서 이 글은 조선의 가난한 어린이들이 즐겁게 친구들과 유희를 할 수 있도록 배려하고 있다.

161) 이 아동극의 등장인물은 모두 7명이다. (철식, 동호, 석윤, 게으름뱅이 朴 주사, 김서방 – 박주사의 일 보는 사람, 철식이 아버지, 석윤이 아버지)하지만 구성에 따라 인원을 늘릴 수도 있고, 줄일 수도 있다. 대사가 없는 철식이 아버지, 석윤이 아버지를 뺄 수 도 있고, 박주사가 구덩이에 빠진 모습을 확대하기 위해서는 동네 사람들을 더 늘려 등장시킬 수도 있는 유동성을 가지고 있다.

되었다. 따라서 작가의 프로연극 이론이 실행된 아동극이라 할 수
있다. 이렇듯 신고송의 아동극 두 편은 프롤레타리아 어린이들의
의식 각성이라는 공통적인 주제를 지니고 있다. 또한 주제를 드러
내기 위한 '식민지 프롤레타리아 계급의 생활상→부르주아의 만행
→부로주아 계급에 대항'이라는 극 짜임도 같다. 그래서 도식적인
극 구성을 지니고 있다. 하지만 그의 아동극을 계급의식 함양이라
는 목적성에 초점을 두기보다는 아동극이라는 갈래의 특수성이 고
려된 공연물에 중심을 두어 보아야 할 것이다. 게다가 어린이들의
세계를 따뜻하게 안아주는 아동 문학가로서의 자세와 자신의 이론
을 바탕으로 한 창작 활동에 힘을 기울인 문학 실천가의 모습을
살펴볼 수 있다.

광복기 희곡문학을 통한 계급 실천

Ⅴ 광복기 희곡문학을 통한 계급 실천

　희곡은 무대 상연을 전제로 한 공연예술이다. 조명, 의상, 음악 등 무대 메커니즘이 총체적으로 집결되어 있어 다른 갈래에서 표현하지 못하는 대중적 직접성과 현장성을 지니게 된다. 이러한 갈래적 특성은 역사적 굽이마다 희곡이 지닌 정치성을 극대화하는 방향으로 드러나기도 했다. 특히, 나라잃은시기를 거쳐 광복기에 이르는 동안 조선의 민중들에게 계급의식을 심어주기 위한 선전도구로 희곡을 선택한 프로 연극계는 좋은 본보기다. 신고송은 이러한 프로 연극 활동의 중심적 역할을 했던 인물이다. 그는 희곡창작 활동뿐만 아니라 프로연극 이론을 대중화·실천화하는데 앞장섰다.

　광복을 맞으면서 그의 소인극운동은 프로 연극운동의 계승을 표방하면서 더욱 강렬해진 선동성을 지니게 된다. 그는 창작된 희곡은 공연물로 상연하여 자신의 진보적 사상을 격렬하게 부르짖었다. 이 장에서 광복기에 공연된 희곡 7편162) 가운데, 희곡 텍스트로

---

162) 광복기에 공연된 신고송의 창작 희곡 6편과 번안희곡 1편이 있다. 그 목록은 아래와 같다. ① 「결실」, 『신건설』, 민성사, 1945. 11. ② 「철쇄는 끊어젓다」, 『예술』, 건설출판사, 1945. 11. ③ 「서울갔든 아버지」, 『우리문학』, 우리문학사, 1946. 1. ④ 「생명의 길」, 「해방극장」에서 공연, 1946. ⑤ 「눈날리는 밤」, 『여성공론』, 여성공론사, 1946. 4. ⑥ 「부활기」, 마산 『예술신문』주최로 「마산극장」에서 공연, 1946. 1. ⑦ 「고갯길」, 『전선』, 적벽사, 1946. 3 - 번안 희곡.

갈무리 된 「철쇄는 끊어졋다」(『예술』1호, 1945. 11), 「서울갔든 아버지」(『우리문학』, 1946, 1)와 번안 희곡 「고갯길」(『전선』창간호, 1946. 3) 3편을 대상으로 당시 혼란한 사회·정치적 현실 반영과 계급실천 의지를 살펴볼 것이다. 덧붙여, 연극 공연물로서 대중적 수용 측면을 함께 고찰하고자 한다.

1. 선동극과 혁명 의지

광복이 되자 진보적 성향의 작가들은 나라잃은시기 프로연극 이론 가운데 소인극운동을 전개시켜 나갔으며, 그 속에 자신의 정치적 이념을 담아냈다. 전국적으로 펼쳐졌던 소인극 운동은 대중들의 생활에 깊숙이 파고들었고, 당시 빠르게 변화하는 현실에 적극적이고 기동성 있게 대응하는 자세를 심어주었다. 게다가 강력한 정치적 이념을 부추길 수 있는 선동성을 내포하고 있었다. 그래서 신고송의 희곡에서는 직접적이고 구체적인 반응을 불러일으키는 선동극 형식을 취하게 된다. 또한 사회주의 건설이라는 정치적 이념을 표출하고 있다. 이러한 이념적 선동성을 내포한 희곡 가운데 하나가 신고송의 「철쇄는 끊어졋다」이다.[163]

---

163) 신고송은 자신이 편찬한 자립연극 지도서 『소인극하는 법』(신농민사, 1946) 제3장에서 각본의 선택 문제를 다루고 있다. 그는 소인극은 "자주적으로 창작된 단막물"로 선택해야하는데, 그 이유는 연출, 연습 비용 등 여러 면에서 용이하다는 점을 들고 있다. 그리고 공연 시간은 30분에서 1시간 사이로 하루 밤에 두 세 가지가 공연되어 함을 이야기하고 있다. 다음으로 소인극에 적당한 작품들을 나열하고 있는데, 그의 작품 「결실」, 「서울갔던 우리 아버지」, 「철쇄는 끊어졋다」, 「고갯길」도 그 속에 포함되어 있다. 특히, 「철쇄는 끊어졋다」는 대사를 개작해서 쓰는 것이 좋다고 일러두고 있다. 이것은 광복 초기에 창작된 작품이기 때문에 변화된 사회·정치적 상황에 알맞게 개작할 수 있음을 제시하고 있다.

1) 민족의 정체성과 사회주의 건설

광복 직후에 발표된 「철쇄는 끊어젓다」는 신고송의 창작 희곡이면서, 전국순회 공연을 가졌던 공연작품이기도 하다. 그리고 이 작품에서 주목해야 할 것은 짧은 구호와 반복적 대사를 사용하는 '슈프렛히콜' 양식을 갖추고 있다는 점이다.[164] 이러한 '슈프렛히콜' 이론의 적용은 나라잃은시기 신고송의 프로연극 운동의 계승이라는 점에서 큰 의미가 있다. 뿐만 아니라 행사현장에서 대중들을 선전·선동하는 데 효율성을 높일 수 있는 방법이다.

「철쇄는 끊어젓다」는 광복 전, 왜로의 탄압과 억압을 철쇄라는 상징물을 통해 민족의 정체성을 다시 한 번 각인시키는 항왜정신이 바탕에 깔려 있다. 이 희곡의 구성을 살펴보면 다음과 같다.

A
합창　가진것이란 모조리 빼앗겼고
　　　얻은 것이란 무거운 쇠사슬뿐
　　　오래이든 搾取와 抑壓이여!
　　　지루하든 忍從과 屈辱이여!
　　　어둠은 드듸어 사라졌다.
　　　自由와 解放의 새날이 왔다.
　　　("모노톤"하고 徐緩한 行進曲)

---

164) "'슈프렛히콜'은 獨逸에 잇서서 勞動者들이 가진 가장 大衆的인 演技의 方式이 되어잇다. 이것이 獨逸에서 始作되어 獨逸에서 成長한 맛치 獨逸의 勞動者는 이것을 벌서 專門的 演技者가 아닌 素人으로써 할 수 잇는 演技로써 充分한 經驗과 造詣를 가지고 잇다. 엇더한 째 엇더한 곳이든지 크거나 적거나 勞動者의 集會에는 반드시 이 '슈프렛히콜'을 演出하야 勞動者 自身의 藝術的 興趣와 未組織 大衆에 對한 (客)宣傳의 任務를 遂行하고 잇다." 신고송, 「슈프렛히·콜 ─演劇의 새로운 形式으로」, 『조선일보』, 조선일보사, 1932. 3. 5.
신고송은 '슈프레히콜'을 소개하면서 독일에서 보편적으로 행해지는 슈프레히콜의 새로운 조선의 연극 형식으로 제안하고 있다. 전문적이지도 않고, 노동 현장이나 집회 장소에서 행할 수 있을 뿐만 아니라 무엇보다 미조직 대중들에게 선전적 효과가 있음을 알리고 있다.

소리 一 여긔에 쇠사슬에 매달린 청년이 있다.

뭇소리 그것은 누구냐

소리 二 그것은 조선 사람이다.

소리 三 그것은 勞働者다.

소리 四 그것은 農民이다.

소리 五 그것은 解放戰士다.

〈중략〉

소리 九 그것은 나의 형님이다.

소리 十 그것은 나의 오빠다.

뭇소리 그것은 조선 사람이다.

소리 一 묶은 놈은 누구냐

소리 二 日本 놈이다.

소리 三 日本 帝國主義다.

B

〈중략〉

사나히 …… 나의 童志가 이 쇠사슬을 끊은 줄도 나는 잘 안다.

나의 志操가 오늘의 解放에 빛날 것인줄도 안다.

그러나 나는 소리처 歡呼치 못한다. 기뻐도 못한다.

나의 앞길에는 아즉도 싸홈이 長城같이 남아 있기 때문이다.

아직도 나의 아버지 나의 동생들 그리고 그들이 屬한 階級은 完

全히 解放되지 못했기 때문이다. ……

人民의 것이 되어야 할 權力을 롱斷하고 專橫하려는 野心을 갖

인 敵은 아직 退治못되고 그대로 남아있다. 이놈들은 자기 배를

채우기 爲하야 日本帝國主義의 忠實한 走狗이든 놈들이다.

C

사나히 人民의 要求를 부르짖자.

소리 一 모든 權力은 人民에게로!

소리 二 政治는 人民의 손에!

소리 三 人民委員會를 支持한다.

뭇소리 絶對로로 支持한다.

소리 四 八 時間 勞動制를 實施하자.

소리 五 勞働者를 爲한 社會保險制를 實施하자.

〈중략〉
사나히　노働者 농民의 完全한 解放은 멀지않다.
뭇소리　萬歲!
사나히　朝鮮革命 만세!
뭇소리　朝鮮革命 만세!　　(幕)165)

　　이 희곡의 구성은 전체로 'A, B, C' 3단계로 이루어져 있다. 이
구성은 주인공인 젊은 사나이의 모습을 변화시키면서, 극의 주제와
선동성을 높이기 위해 짜여졌다. A단계에서는 철쇄에 묶여서 신음
하고 있는 청년의 모습과 코러스의 합창으로 시작한다. 코러스는
왜로 제국주의의 만행과 그동안의 폭압에 대해 이야기한다. 그리고
코러스는 광복이 찾아왔음을 젊은이에게 알리며, 철쇄에 묶여 있는
이의 정체성을 되묻는다. 그 젊은이는 철쇄에 묶여있는 사람은 "조
선사람, 노동자, 농민, 해방 전사, 혁명투사, 아버지, 형님, 오빠"인
바로 우리 겨레임을 알려주면서 억압받는 주체의 공동체적 의식을
강화시키고 있다. 반면, 철쇄를 묶어 놓은 자는 왜로 제국주의자와
자본가, 지주인 부르주아계급임을 시사하고 있다. 이러한 왜로의
만행 속에서도 소중히 여기며 지켜온 것은 "지조"였다고 강조한다.
코러스들은 "철쇄보다 더 굳은 지조"로 철쇄를 끊기를 부추긴다.
젊은이는 드디어 폭압의 철쇄를 끊고, 포효를 지른다. 이렇게 A단
계에서는 왜로 제국주의의 폭압을 이겨내고, 민족의 정체성을 찾아
가고 있다.
　　첫 부분에서 연약한 존재를 그려진 젊은 사나이는 B부분에서는
전혀 다른 인물의 양상을 띠고 있다. 철쇄를 끊은 젊은 사나이는

---

165) 신고송, 「철쇄는 끊어젓다」, 『예술』, 건설출판사, 1945. 11.

더 이상 나약한 존재가 아니라 억압에서 꿋꿋이 지조를 지킨 전승 장군의 대접을 받는다. 곧 이어 사나이는 자신이 가진 공산주의 사상을 드러내며 독백을 한다. 독백 내용은 조선에는 아직도 독립이 찾아오지 않았음을 토로하며, 진정한 완전 독립은 바로 인민들이 권리를 찾는 것임을 강조한다. 곧 조선의 완전한 광복은 프롤레타리아 계급이 투쟁에서 승리하는 '계급 해방'에 있는 것이다.

마지막 부분은 직접적이고, 노골적인 작가의 사상성이 역력히 드러나고 있다. 그는 북조선의 "인민위원회"[166] 지지를 외치면서 "팔 시간 노동제"와 "노동자를 위한 사회 보험제"실시를 주장한다. 그리고 북조선에서 이미 실시되고 있는 "토지개혁"에 대한 희망과 함께 프롤레타리아 계급 혁명에 불을 지르고 있다. 이처럼 이 극의 구성과 인물형상의 변화는 예정된 결말인 인민들의 권리를 찾는 사회주의 건설을 극대화 시키는 하나의 방식으로 작용한다.

또한 이 극은 적대세력들을 극작품 안에 등장시키지 않고 외부에 존재하는 인물 군으로 형성되어 있다. 그들은 겨레 잃은 조선 민중을 억압하고, 착취하면서 우리 민족에게 쇠사슬이라는 멍에를 준 이들이다. 그들은 작품 안에서 등장하여 긴장감과 극적 갈등을 일으키지 않는다. 하지만 '쇠사슬'이라는 억압의 상징물만 보더라도 그들에게 적대 감정을 품기에 충분하다. 이러한 왜로에 대한 적대 감정은 연극의 현장성과 함께 효과적으로 분출되기 나타날 수 있다.

---

166) 실제, 북한은 1945년 10월 8일 평양에서 열린 '5도 인민위원회' 대표자 회의 이후, 각 지방마다 인민위원회가 결성되었다. 곧이어, 평남인민정치위원회에서 밝힌 정책 「시정대강」을 근거로 하여 10월 21일 「소작료 3.7제에 관한 규정」을 발표했다. 이 사실로 미루어 볼 때, 신고송의 「철쇄는 끊어젓다」는 북조선 상황을 파악하고 있다가 발 빠르게 수용하여 창작된 것으로 보여 진다. 역사문제연구소, 『북한현대사』, 웅진지식하우스, 2005, 36-37쪽 참조.

이렇듯 신고송의 창작 희곡 「철쇄는 끊어젓다」는 민족의 정체성을 회복하여 사회주의 건설이라는 주제를 부각시키기 위해 도식적인 구성과 발전된 인물을 만들어 내고 있다. 게다가 적대세력을 무대 안으로 끌어들이지 않고도 인물의 행위와 연극 현장성에 의해서 그들의 적대 감정을 고무시켜 놓고 있다. 더 나아가 새로운 조국 건설이라는 당면 과제에 사상적 선동성을 주입시켜 놓고 있다.

2) 무대 실연과 선전·선동

나라잃은시기 신고송은 '슈프레히콜'을 조선에 소개하면서, 프롤레타리아 혁명의 새로운 무기로서 우수성을 알리고 있다. 그 요소로 노동자들의 생각과 감정을 그대로 표출할 수 있다는 것과 간단한 리듬만으로도 연극의 목적을 거둘 수 있다는 점을 들었다. 그리고 무대 장치적 조건이 필요치 않은 그야말로 프롤레타리아 혁명을 위한 방법이라고 설명하고 있다. 그는 이러한 새로운 형식을 무대에 옮기는 작업[167]을 하는데, 그 작품이 바로 「철쇄는 끊어젓다」이다. 이것은 바로 자신 이 제시한 민중의 계몽 역할을 다하는 소인극의 목적[168]에 부합한 창작물이라 할 수 있다.

---

167) '슈프렛히콜' 형식을 창작희곡 작품으로 옮기는 것은 「철쇄가 끊어젓다」가 처음은 아니었다. 신고송은 1932년 5월 조선으로 귀국하여 극단 「메가폰」을 결성한다. 그는 「메가폰」의 창단 공연으로 직접 극작 「메가폰 슈프렛히콜」을 창단 공연작으로 올린다. 하지만 짧은 구호와 호소는 조선 프롤레타리아 계급에겐 너무나도 생소하고 낯설은 연극 형태였다. 이 당시, 김광섭은 「극단의 전망. 제언」(『조선일보』, 조선일보사, 1933. 1. 14) 글에서 "세계의 진보된 푸로레타리아 연극 형식을 경솔하게 직수입"한 결과라고 냉정히 비판하였다.

168) 신고송의 그의 저서 『소인극 하는 법』(신농민사, 1946)에서 연극을 소인극 공연은 취미를 가진 사람의 흥미 거리와 단순한 오락거리가 되어서는 안 됨을 강조하면서 소인극의 목적을 세 가지를 들고 있다. 첫째, 민중 계몽의 역할을 해야 하며 둘째, 민중 생활에 예술적 향훈을 주어야 한다고 말한다. 셋째, 자주적이고 창의적이라야 한다는 점을 들고 있다.

연극의 언어는 언어적 기호와 비언어적 기호로 구성되어 되어 있으며, 그것을 전달하는 방법은 다양하다. 이 극에서 관객에게 전달하는 방법은 짧은 구호와 같은 반복적인 대사이다.

소리 ― 자유를 빼앗기고…
뭇소리 자유를 빼앗기고…
사나히 土地를 빼앗기고…
소리 ― 먹을 것을 빼앗기고…
소리 二 言語와 文字까지 빼앗기고
소리 三 마즈막은 姓名三字까지 빼앗겼다.
사나히 이리하야 나에게는 아름다운 꿈도 사라지고 太陽은 나에 빛을
        주지 않었다.
소리 六 이리하야 너에게는 搾取가 오고
소리 七 이리하야 너에게는 학待가 오고
소리 八 이리하야 너에게는 抑壓이 오고
소리 九 이리하야 너에게는 煉獄이 오고
소리 十 이리하야 너에게 철쇄가 왔다
소리 ― 搾取!
뭇소리 搾取!169)

인용한 대사는 왜로에게 나라를 잃고 조선 민중이 고난을 받은 상황을 설명하고 있다. 대사는 반복적이지만 관객들에게 어렵지 않은 단순한 리듬으로 전달된다. 그래서 머릿속 복잡한 연상 작용 없이 왜로에게 억압당하던 사실에 대한 정황만으로도 감정의 목소리를 높일 수 있는 기능을 하고 있다. 바로 짧은 구호와 같은 대사는 억눌렸던 민중들의 감정이며, 생활 그 자체인 것이다. 여기서 언어로만 전달하지 말고 간단한 동작이나 제스처 노래 곡조를 부

---

169) 신고송, 「철쇄는 끊어젓다」, 앞의 책. 참조.

치거나 음악을 배경으로 전달한다면 선동적 기능은 증폭시킬 수 있다. 그리고 신고송이 말한 무대 장치적 기능이 필요 없이, 누구나 어느 장소에서 무대 실연을 할 수 있게 한다. 이러한 점은 나라잃은시기 '연극대중화'의 실천 방안가운데 하나인 '이동극'의 목적과도 일치한다.

> 舞臺中央에 좀 높은 壇 이 있고, 그 壇 위에 鐵鎖로 두 팔이 묶여있는 젊은 사나이 그 前面 舞臺左右로 "유니폼"을 입고 나란이 선 男女의 群으로 進行된다.[170]

무대에는 아무런 장치가 필요 없이 꾸며져 있다. 무대의 단은 주인공이 다른 코러스와 변별력을 가지면서 주제를 부각해서 드러내기 위한 장치라 할 수 있다. 그래서 굳이 사실적인 무대를 그려낼 필요도 없을 뿐만 아니라 작은 소품 하나라도 필요하지 않는다. 이러한 형태는 '장소의 무의미성'을 드러내는 것인데, 대중들이 자신이 일하는 일터에서도 충분히 무대 실연이 가능할 작품이라 할 수 있다. 그리고 이 극에서는 연극적 미학부분에도 신경을 많이 써서 실제 공연으로 진행된다면 극의 호기심과 자극을 불러올 수 있다.

> ① "백 라이트"로 壇上의 젊은이의 氣盡해 쓸어진 "실루엣트"를 그려낸다. 全面의 사람들은 좀 어두운 照明으로 始作한다. 低聲에 依한 合唱이 沈울한 "아트모스퀘어"로 흘러나오는 동안 鐵鎖의 젊은 사내 적은 動作으로 呻吟에 몸부림친다.
> ("모노톤"하고 徐緩한 行進曲)

---

170) 신고송, 「철쇄는 끊어젓다」, 앞의 책, 참조.

② 사람들은 壇위에 올라가 사나히를 억깨팔에 태워서 추켜들고 나려온다. 맛치 戰勝將軍을 마지해오듯 이 歡呼의 高喊으로 步調 맞춘다. 몇 번을 높이 추켜든 뒤에 사나히를 舞臺中央에 내려놓는다. 群像은 背後에 羅列해 스고 低聲인 "해방"으로 "붉은 旗 "의 曲을 伴唱하는 가운데 사나히 獨白이 始作된다.

③ 사나히 혼자만 全面에 남기고 옆사람은 壇의 左右全面에 있는 階段우에 羅列해 슨다.[171)

인용 부분은 단계별 무대배치와 조명, 동작 등 무대 전반에 관한 해설이다. 첫 부분에서 "백라이트"로 쓰러져 있는 젊은 사나이의 모습을 실루엣으로 만들고 어두운 조명에서 극이 진행된다. 조명은 작품을 형상화하거나 관객의 시각적 긴장과 이완을 통해 관객에게 가시성을 제공하는 역할을 한다. 이 극의 도입 부분에서 "백라이트"를 사용한 것은 시각적인 가시성뿐만 아니라 장소성 없이 사용되는 무대의 공간성을 확보하고 있다. 곧이어, 무대에서는 낮은 목소리로 코러스들의 합창이 흘러나온다. 이렇게 극이 시작되면 관객들은 호기심과 긴장을 느끼면서 극에 대한 집중력을 높일 수 있는 효과를 낳게 된다. 다음으로 보통 음성으로 톤을 조절하고[172) 조금 느린 행진곡에 맞춰 젊은 사나이는 자신의 정체성을 드러내게 된다. 이러한 극 진행 방식은 관객의 환기를 집중시켜 호응을 유도할 수 있는 무대 실연의 장점을 가지게 된다.

②부분은 "환호"와 "고함"을 통해 전단계의 억압의 굴레에서 벗

---

171) 신고송, 「철쇄는 끊어젓다」, 앞의 책, 참조.

172) 음성의 고저를 우리는 흔히 억양이라고 하는데, 음성이 올라가고 내려감을 의미한다. 배우는 감정과 의미를 극에 반영시키기 위해 억양을 사용한다. 제리ㄴ. 크로포드, 조안 스나이더, 양광남 옮김, 『연기』, 예하, 1999, 67쪽 참조.

어나 광복이 왔음을 나타내고 있다. 관객들은 환호와 고함과 함께 현장에서 느끼는 마음의 동요를 함께 일으킬 수 있다. 이 부분에서 무엇보다 중요한 것은 코러스들을 무대 뒤에 세워두면서 사나이를 전면으로 오게 하는 무대배치다. 전 단계에서 나타난 호기심에서 한 발 나아가 젊은 사나이가 자신의 생각과 주장을 토로할 수 있는 공간을 확보한 것이다. 관객들은 과연, 이 젊은 사나이가 어떤 이야기를 할지 귀 기울이게 된다.

마지막 부분은 젊은 사나이를 무대 전면에 남겨두고, 코러스들은 무대 뒤 계단에 좌우로 배치된 무대를 그려낸다. 이것은 계단을 이용한 전형적 선동성 주장을 외칠 나열식 방식이다. 이러한 방식은 한 목소리로 공동체적 투쟁의지를 고취시킬 수 있는 형태를 갖추게 된다. 공연의 목적을 완수할 수 있는 메커니즘 활용이 돋보이는 배치라 할 수 있다.

위에서 살펴본 신고송의 희곡 「철쇄는 끊어젓다」는 자신의 프로연극이론을 실천하고 나섰다. 프로연극 형식 '슈프레히콜'을 통해 대중에게 강렬한 이념성을 선동하고 있다. 그리고 항왜정신을 바탕으로 하여 프롤레타리아 계급투쟁을 외치고 있다. 더 나아가 북조선 정치적 상황을 지지하는 사회주의 이념을 내비치고 있다. 그래서 이 극을 표면적으로 나타나는 선동적이고 정치적인 도식적 나열이라는 측면만 강조될 수 있다. 하지만 단일한 주제를 집약적으로 강조하며 무대 메커니즘 활용이라는 측면에서 연극의 현장성을 충분히 표현한 작품이라 하겠다. 덧붙여, 자신의 계급주의 문학을 실천화하는 작품이라 할 수 있다.

2. 노동 현장극과 계급투쟁

  광복기 정국은 단순한 현실 비판을 넘어 사상적 이념이 대립하던 시기였다. 좌익 연극계 '조선연극동맹'은 프로연극 운동을 계승하는 차원에서 소극장 운동과 자립연극운동을 전개시켜 나갔다. 특히 자립연극은 농촌이나 노동현장에서 실제 프롤레타리아 생활을 반영하여 그들을 계몽·선동하는 역할을 했다. 정치적 이념을 목적으로 한 진보적 성향의 작가들은 당시의 미군정의 정책과 대응하면서, 북조선의 상황을 지지하고 있다. 그래서 노동운동의 현장에서 직접적인 쟁의를 부추기는 내용을 담아냈다. 이러한 당시의 문단 상황 속에서 신고송의 희곡 「서울갔든 아버지」(『우리문학』, 1946. 2)는 실제 노동쟁의를 모델로 하여 만들어진 극이다. 그는 '경방쟁의의 승리를 위하야 직공 동무들에게 보내는 선물'이라는 부제를 붙여 노동쟁의에 힘을 보태고 있다.[173]

---

173) 광복이 되자 농지개혁을 통해 농민에 의한 토지소유를 실현하려는 직접 생산자인 농민들의 움직임이 본격화 되었다. 전국농민조합총동맹('전농')결성(1945. 12. 8)되어 미군정은 군정령 제9호를 내려 '3·1제도'라는 소극적인 농업정책을 실시하였다. 1946년 3월 5일 '북조선토지개혁법'이 발표되자 미 군정청에서는 눈가림으로 토지정책을 펼쳐 나간다. 그러나 '전농'에서 체결한 농지개혁 법안을 본 회의에서 상정하나 폐기되고 만다. 1945년 12월 12일 전국농민조합총동맹이 조직되어 '소작료 3·7제와 최저 임금제'를 행동강령으로 내세우나 미군정과 우익 측은 대한독립촉성농민총동맹을 결성하여 반공투쟁이라는 명분하에 노동문제를 가로 막는다. 이로 인해 '9월 총파업'과 '10월 대구항쟁'이 일어난다. 그후, 공산당의 통제를 떠나 민중들의 쌓인 불만이 폭발하여 격렬해진 민중항쟁 형태로 나타난다. 한국민중사 연구회 편. 『한국 민중사 Ⅲ』. 풀빛. 1986.
이러한 정치적 흐름 속에서 신고송의 희곡 「서울갔든 아버지」은 광복 후, 더욱 어려워진 경제난 속에서 일어나는 '노동쟁의'를 간접적으로 지지하기위해 의도적으로 창작된 희곡이다.

1) 민중 각성과 노동투쟁 지지

1946년 2월에 발표한 「서울갔든 아버지」는 시대적 배경을 1945년 10월로 상정하고, 장소는 충청남도 영동군 청산으로 잡고 있다. 이 희곡은 경방쟁의의 정당성을 피력하면서 쟁의하는 노동자들을 격려하고, 대중들의 지지를 호소하고 있다. 무엇보다 열악한 환경에서 일하는 여성 노동자에 대해 집중하고 있다는 점에서 당시 사회와 정치적 흐름에 큰 관심의 두고 있었음을 알 수 있다.

> ① 청산동 두메에 있는 소작농 이귀봉의 집. 징용을 갔다온 덕수는 어머니 최씨와 서울 공장에 다니는 옥분이를 데리러 간 아버지 이귀봉을 기다고 있다.
>
> ② 이귀봉의 집으로 이웃 노인 박씨가 서울 얘기를 들으러 등장. 그들은 조국 광복이 되어도 농민들의 형편은 풀리지 않는 현실의 열악함을 이야기하며 농민조합으로 단결해야함을 주장한다. 이때, 이귀봉 혼자서 돌아온다.
>
> ③ 이귀봉은 옥분을 데리고 오지 못한 이유는 자본가들의 악덕한 횡포 속에 노동현장의 모습과 옥분을 비롯한 직공들이 단결해서 동맹파업을 결의했음을 전한다.
>
> ④ 이귀봉의 집으로 옥분과 혼인을 약속한 장이 등장. 이귀봉은 장에게 옥분이를 데리고 오지 못한 이유를 설명한다.
>
> ⑤ 이귀봉은 자식의 억울하고 병든 모습을 보고 그냥 내려 올 수 없어 편지글 형식의 동맹파업 호소광고를 동대문 담벼락에 붙이고 돌아온다.
>
> ⑥ 편지글의 내용(이귀봉 낭독) − 서울 사는 사람들에게 자본가들의 폭압과 횡포를 알리고, 파업의 정당성과 함께 파업에 동조할 것을 호소
>
> ⑦ 장 역시 파업이 끝날 때까지 옥분을 기다릴 것을 맹세하며 노동자들은 농민조합을 만들고, 인민 공화국 정부의 소작료 삼할제를 지지함.
>
> ⑧ 옥분과 여직공들은 이십 사 시간 노동운동을 반대하며 진정한 노동자 해방을 부르짖는다.
>
> ⑨ 최씨, 장 모두 노동자 동맹파업을 동조. 노동조합의 깃발 아래 하나의 노동자 농민의 단결 만세를 부르짖는다.[174]

신고송이 쓴 「서울갔든 아버지」의 줄거리 요약부분이다. 이 작품의 ①, ②, ③은 광복 현실의 열악한 농촌 모습을 그린 사실극 형태를 지니고 있다. 그리고 ①, ② 부분에서는 광복을 맞아 딸 옥분이를 찾아 이귀봉이 서울로 떠났음을 알려주는 '전사'[175]의 기능을 한다. 하지만 ⑥에서 이귀봉의 편지글 낭독부분[176]과 이귀봉의 집에서 갑자기 노동쟁의 현장으로 장소가 바뀌어지는 ⑧과 ⑨에서는 극중극 형태를 드러내고 있다. 여기서는 장소의 무의미성이 드러나는데, 소인극으로 활용할 수 있는 좋은 요소를 갖추고 있다 하겠다.

이런 점층적인 구조는 노동쟁의 현장을 생생하게 전하며 덧붙여 민중들의 지지와 동참을 극대화시키고 있다. 게다가 미군정의 폭압 속에 노동자들의 열악한 노동환경을 폭로하고 있다. 이처럼 현실에서는 비록 승리하지 못한다 하더라도 그것을 그대로 묘사하지 않고 그 모순이 발전·변형한 '프롤레타리아-리얼리즘'에 입각하여 창작된 희곡이라 할 수 있다. 이것은 또한 나라잃은시기 프로연극의 면모와 특징들을 계승한 결과물이라 할 수 있다.

---

174) 신고송, 「서울갔든 아버지」, 『우리문학』, 1946. 1.

175) 전사는 극적 사건 진행의 시간적·비공간적 전략으로 극적 사건진행 이전에 일어난 사건전개를 보여줌으로써 극적 사건진행의 통일성과 전체성에 기여한다. 아울러 전사는 극적 사건행위 밖에 놓여있는 극의 외적 세계를 보여줌으로써 극적 세계와 극적 행동을 유기적으로 설명해주는 것이다. 민병욱, 『현대희곡론』, 삼영사, 1997. 80쪽.

176) 편지글은 무대공간을 넓히고, 간계의 수단으로 사용된다. 신고송의 「서울갔든 아버지」의 편지글에서도 장소뿐만 아니라 시간을 거슬러 올라가는데 마치 현실처럼 생생하게 전달되는 역할을 수행하고 있다. 곧, '충청북도 영도군 청산'이라는 이귀봉의 집인 무대 배경은 사라지는 장소의 무의미성과 함께 시간을 과거로 이동시키는 역할을 담당해 내고 있다. 또한 이귀봉이 옥분이를 데리고 오지 못한 정당성 피력과 노동쟁의 지지 호소력이 짙게 묻어내고 있다.

이: 글세 내말을 좀 들어보우. 싸우게 됐는가 안됐는가 아 그놈들이 우리 옥분이를 데리고 갈때 비단 같은 소리 허든 걸 들었지? 잘 먹이고 잘 입히고 글공부도 시켜서 기한만 채우면 쇠집갈 밑천은 훌륭히 장만해서 보낸다든 걸……그랬든 우리 옥분이가 서울 방직 공장에 를 가서 그때 모집쟁이 말대로 잘 먹고 잘 입고 호광을 했다면 한창 자랄 철이니 응당 활작 피어났을 것이라 짐작했드니 면회장에 나온 옥분이를 보고 나는 놀라 뒤로 넘어질 뻔했구려.

최씨: 옥분아! 너는 죽어간 너의 동무의 령 앞에 맹서코 너희들의 파업을 이겨라! 너희들의 청춘을 빼앗아가고 너희들의 꿈을 빼앗아간 즘생 같은 자본가를 너희들 손으로 쫓아내라!

장: 승리를 위하야 영웅적인 싸홈을 계속하고 있는 노동자 제군! 나는 군들에게 농민으로서 최대의 인사를 보낸다. 옥분이는 나의 약혼한 여자다! 금년 가을에는 결혼식을 거행할 예정이었다. 그러나 군들의 파업이 이기기전에는 나는 옥분이를 찾지 않겠다. 그리고 노동자 제 군! 우리들 농민들은 지금 소작료 삼할로! 토지는 농민에게로! 라는 슬로간을 내걸고 싸호고 있다.

〈중략〉

이: 옥분아 이겨라! 이기고 말게다. 서울 시민은 모두가 너희들 편을 들어 주겠다고 종로 화신 앞에서 내 손을 잡고 약속하더라. 너희들이 이겼 다는 소식만 들리면 이 아버지는 햇벼를 찌어 인절미를 치고 감과 밤, 대추를 넣어 시루떡을 쪄서 서울 영등포로 너를 만나러 가마!

옥분: 아버지! 고맙습니다. 그러나 저는 아직 고향에 갈수 없어요. 노동자 는 직장을 지켜야 합니다. 우리가 직장을 지키고 일을 해가야 우리 조선이 빨리 완전히 해방되고 독립됩니다.

이: 암. 그렇구 말구. 경방 노동자 만세!

모두: 만세!

이: 노동자 농민단결 만세!

모두: 노동자 농민단결 만세!177)

인용한 대사는 극의 결말부분으로 줄거리나 구성뿐만 아니라 인 물관계에서도 사소한 갈등대립이 없는 단순함을 보여주고 있다. 의

---

177) 신고송, 「서울갔든 아버지」, 앞의 책, 참조.

당 자식을 가진 부모라면 자식이 처한 열악한 상황에 대한 염려와 걱정이 따르는 것이 마땅하다. 그런데 서울 방직공장에 갔던 아버지 이귀봉은 자식에 대한 걱정보다는 오히려 노동 현장의 열악한 환경과 여직공들의 고통을 이야기하면서 파업의 정당성을 피력하고 나선다. 아버지 이귀봉은 파업을 동조하며 선동하는 각성된 인물로 그려지기 위해서 의도적으로 만들어진 인물인 셈이다. 그리고 옥분이 어머니인 최씨와 약혼자 장씨도 아무런 주저 없이 옥분이의 파업을 지지하고 나서고 있다. 심지어 노동쟁의를 독려하고 있다. 따라서 이 극은 프롤레타리아 계급의 공동체의식 성장의 과정보다는 각성된 인물을 통해 계급투쟁의 승리를 최종 목표로 삼고 있음을 보여준다.

또한 이 극에서는 주된 인물들과 대립되는 인물들은 작품 속에 등장하지 않고, 모두 작품 바깥에서 존재하고 있다. 적대 세력인 "일본놈들"이나 노동력을 착취하는 "자본가·지주"는 등장하지 않고, 각성된 인물들의 선동적인 대사 속에만 나타나고 있다. 치열한 갈등 대립보다는 정치성을 드러내기 위한 의도된 상황과 인물을 제시한 것으로 보인다. 이러한 장치들은 관객들에게 사회현실의 모순과 갈등은 심각성을 드러내며, 이를 극복하기 위한 대응자세를 제시하고 있다.

이처럼 신고송의 「서울갔든 아버지」는 자본가들의 억압에 맞선 노동자 쟁의의 정당성을 피력하고, 쟁의 지지와 승리의 확신에 초점을 모으고 있다. 게다가 이 작품은 미군정의 정책 현안에 대한 대응과 함께 여성 노동자의 열악한 대우와 처지를 묘사하고 있는 점에서 중요한 의의를 지닌다 하겠다.

2) 극중극 도입과 투쟁 양상

광복 이후, 프로연극 계승을 표명한 신고송은 프로연극에서 중점적으로 다루었던 이론들을 적절히 활용했을 뿐만 아니라 그 특징들을 수용·전개해 나간다. 그 가운데 소인극 운동은 더욱 활발히 전개되어 나갔는데, 그 이유는 전문적 연기와 연출력이 없이도 노동현장이나 집회 장소에서 행할 수 있었기 때문이다. 신고송의 「서울 갔든 아버지」도 이러한 맥락에서 활용될 수 있는 창작희곡이다.[178]

신고송은 이 극에서 노동쟁의의 정당성과 함께 노동쟁의 투쟁 승리를 위한 장치로 극중극[179]을 전략적으로 사용하고 있다. 이 극에서 극중극은 극적 사건 진행에서 일탈하여 관객들에게 극적 긴장감을 유지시켜주는 역할을 해내고 있다. 결국 노동쟁의를 위해 계급투쟁의 승리를 외치는 공동체적 의지를 부추겨 주는 기능을 수행하고 있다.

> ① 청산동 두메에 있는 小作農 이귀봉의 집.
> 가난한 살림살이 아모런 치장도 없이 여유와 윤택이란 찾을래야 찾을 수 없는 貧農의 집이다.
> 幕이 열리면 아들 덕수가 밭에서 풋콩 한 단을 낫으로 베여 놓고 들어와 마루에 놓고 마루에 걸터앉어 썬 담배를 호주머니에서 끄내서 담뱃대에 넣어 석냥을 그어 불을 부처 피운다. 이윽고 어머니 최씨가 함지에 햇쌀 찐 것을 머리에 이고 들어온다.

---

178) 「서울 갔든 아버지」는 노동현장의 열악한 사실과 노동쟁의를 계급투쟁을 외치고 있다. 이 극을 전문적 단체가 아닌 소인극으로 행한다면 그 파급 효과는 더욱 커질 것으로 보여진다. 자신과 같은 노동자가 직접연기자로 나온다면 실감 있는 현장성과 함께 노동쟁의 정당성이라는 사실성도도 더욱 확고히 다질 수 있다.

179) 극중극(the play within a play)은 액자소설에 상응하는 것으로서, 하나의 희곡작품 속에 또 다른 작품을 내포하는 전략이다. 민병욱, 『현대 희곡론』, 삼영사, 1997. 129쪽 참조.

② 照明으로 잠긴 舞臺轉換의 氣分을 낸 뒤 玉粉이를 中心으로 한 職
　工群이 나와 슨다(다음부터는 슈 프렛히 · 콜 形式으로)
　　옥분 좋은밥 고기반찬 넉넉한 옷! 많은 버리 이것은 모두 꿈에 지나지
　　　않었어요. 좋은 밥 대신에 썩은 콩밥을 먹이고 고기반찬 대신에
　　　욱어지 국을 주었고 넉넉한 옷 대신에 삼동에 홋옷을 잎이고 많
　　　은 버리 대신에 챗죽질을 했어요.
　　직공 A 　勞動者를 解放하라!
　　모두　勞動者를 解放하라!180)

　　인용 부분은 청산동 두메 빈농의 집을 설명하고 있는 무대 해설
이다. 광복이 되어도 집안 형편은 풀리지 않고, 늘 빈농의 신세를
면하지 못하는 이귀봉의 집안 사정이 묻어나 있다. 이처럼 이 극
의 도입부는 전형적인 사실극 형태를 보여주고 있다. 이러한 사실
극 형태는 갑자기 이귀봉의 집에서 경성의 노동현장으로 연결되고,
나중에는 장소의 의미가 전혀 상관이 없어진다. 곧 무대의 장소는
없어지고, 모두 노동쟁의를 위해 투쟁할 것을 다짐하고 있다.

　　극중극의 효과는 삽입되는 극이 어느 위치에 오는가에 따라 주
제의 선명성이 달라진다. 이 극에서는 극중극은 극의 마지막 부분
에 삽입되어 주된 극과 함께 끝을 맺는데, 이 속에는 또 다른 극
적 전략이 숨겨져 있다. 보는 관객들로 하여금 순식간에 이귀봉의
집과 노동현장을 연결하여 더 이상 이귀봉의 집 설정에 연연해 할
수 없도록 관객을 속이는 것이다. 그래서 마지막에는 모두 일치단
결하여 노동투쟁의 승리를 다짐하게 만든 것이다. 따라서 이 극에
마지막 부분에 삽입된 극중극은 관객에게 이미 진행되어왔던 노동
쟁의 사건 과정과 미군정의 행정을 비판하면서 노동투쟁의 승리를

---

180) 신고송, 「서울갔든 아버지」, 위의 책 참조.

확신하는 보충 기능을 지닌다.

또한 이 극에서는 신고송은 연출적 장치를 잘 활용하고 있다. 무대공간의 이동을 조명으로 연출해내는가 하면 침묵과 대사를 적절히 사용하여 극적 긴장감과 이완을 소화해 내고 있다. 그래서 실제, 관객들은 이귀봉의 집에서 노동현장으로 장소가 혼용되어도 별다른 동요 없이 극에 몰입할 수 있게 되는 것이다.

이처럼 「서울갔든 아버지」는 실제 노동쟁의를 지지하기 위해서 극중극을 도입하여 극적 긴장감을 유발시켜 놓고 있다. 게다가 극중극을 극의 결미 부분에 삽입함으로써 노동쟁의 사건의 경과와 미군정 노동행정을 극렬히 비판하는 데 사용하였다. 또한 연출적 장치를 마련하여 극의 주제인 노동자·농민의 해방을 더욱 선명하게 부르짖고 있다.

앞서 살펴본 「서울갔든 아버지」는 노동쟁의를 지지하면서 프롤레타리아 계층을 일치단결을 부르짖고 있는 노동 현장극이다. 극 도입 부분은 관객의 정서를 고려해서 광복 후의 가난한 대중의 삶과 열악한 노동환경을 설정해 놓았다. 그리고 점차 노동쟁의 정당성을 피력하며, 노동자들의 고통을 그려 대중의 정서를 옥분이에게 흡수시키고 있다. 결국 극의 결말에는 극중극을 도입시켜 구호로써 노동자·농민 운동 더 나아가 조선의 완전해방이라는 자신의 사상성을 드러내 보이고 있다. 이것은 나라잃은시기 프로연극 이론의 계승이면서 계급실천 의지의 한 방편이라 볼 수 있다. 따라서 그의 희곡 작품은 그의 강경한 이론처럼 연극 대중과의 임무를 몸소 실천·형상화하고 있다 하겠다.

3. 세태 비판극과 대중 계몽

광복 초기 연극계의 주도권을 장악한 좌익계열에서는 '조선연극동맹'을 중심으로 하여 봉건의식과 왜로 잔재청산[181]을 창작의 주요 과제로 내세우게 된다. 이러한 당면과제는 광복기 극형식을 비롯한 문학 전반의 갈래에서 드러나고 있다. 특히, 극작품에서는 부왜인의 이중성에 대한 비판과 부왜인을 감싸 도는 미군정의 사회·경제·군사정책을 비판하면서 사회문제의 심각성을 담아내고 있다. 덧붙여, 그들이 지닌 정치적 사상성을 투영시켜 놓고 있다. 신고송의 소인극 대본 가운데도 광복기 세태비판을 중심 내용으로 한 번안희곡 「고갯길」(『전선』창간호, 1946. 3)에서도 미군정 아래 문제점을 비판하고 있다.

1) 현실 모순과 민중 단결

신고송의 희곡 「고갯길」은 오토·뮐러의 원작 「하차」를 번안한 '소인극용 각본'이다. 이 작품은 1920·1930년대 프로연극계에서 각색하여 여러 차례 공연된 바 있었던 주요 작품이다. 단순한 상황 설정과 별다른 무대장치 없이 공연할 수 있는 작품의 특성 때문에 시기에 알맞게 각색되어 무대에 오른 작품이기도 하다. 뿐만 아니라 단일한 구성으로 결말에 치닫는 극적 긴장성은 주제의 선명성을 부각시켜 놓기에 유리했다. 신고송은 이러한 작품성에 기인

---

181) 새 조국건설에 역량을 모아야 하는 시기 왜로 잔재청산문제는 무엇보다 시급했다. 당시의 왜로 잔재청산의 내용으로는 나라잃은시기 제도와 기관을 폐지하고, 부왜인을 척결하는 문제 그리고 언어를 비롯한 왜로 문화를 제거하는 것이었다. 그 가운데 부왜인의 처리 문제는 현실 정치적으로 민감한 부분이었다.

하여 광복 정국이라는 현실상황에 맞게 「고갯길」을 재창작한 것이다. 그래서 원작과 전혀 다른 시대와 배경적 인물군상들을 배치하여 광복기 사회현실을 비판하고 있다.

① 귀부인: (분이 머치끝까지 치밀었다) 이런 불한당 같은 놈이 어딧나. 해방이 됐다니 아니놈들까지 요 모양야 …… 어듸 순사가 없나? 이런건 그대로 둬서는 안돼! 그래 내가 누군줄 알고 무례한 말버릇이냐 군정청고문 황기수씨의 부인을 몰라보고 …… 순사를 불러 이런 놈은 버릇을 곳 쳐야 해……

　　귀부인: ……입때까지 눌러살든 노동자놈들이 제사상이나 맞난듯이 이러난단말야. 그건 안될 일이 지...

② 중: 응!! 소년시의 고생은 돈을 주고도 못사느니라 자네와 같은 나희의 젊은 사람은 이만 한 단련을 해야 돼! 이까진 일로 몸에 탈이 날 리는 없으니까 석가님은 실달왕자로 게실 때 농부가 진종일 논밭에서 노동하는 것을 보시고 자비하신 마음으로 드디어 출가를 하시었나니라. …… 나를봐 나도 젊었을 때는 많은 고생도 했지 다 부처님 은덕으로 이렇게 살아있다가 극락왕생을 하게 됐어. 아무렇든 꾸준히 일을 하게 나무아미타불 나무아미타불(나간다)

③ 교수: 이 짐차를 움즉이는데는 두가지 방법이 있습니다. 당신의 체력을 높이거나 또는 짐을 적게 하는 것입니다. 그런데 당신의 체력을 현재이상으로 확대하는 것은 단시간으로는 불가능한 일이니 결국 다른 방법인 짐을 적게 하는 길이외는 방법이 없을 것임니다.

④ 중학생: 아 - 당신도 돈은 많이 받으랴하고 일은 적게 하자는 패들이로군요. 노동자란 밤낮 동맹파업이나 하는 것을 젤로 좋아하니까.[182]

---

182) 신고송, 「고갯길」, 『전선』, 적성사, 1946. 3.

이 극은 상황극적 요소에서 인물들이 단일한 갈등대립으로 치닫고 있는 단막극의 전형적인 특성을 보여 주고 있다. 극적 상황은 박대곤이라는 젊은 노동자가 무거운 수레를 끌고 고갯길을 넘어가고 있는 길이다. 그때, 군정청 고문부인인 귀부인을 만났다. 박대곤은 반가운 마음에 수레를 밀어주기를 원한다. 하지만 귀부인은 자신의 지위와 권세에 대한 허세만 부리면서 수레를 밀어주기는커녕 순사를 부른다. 순사는 귀부인 편을 들면서 "일본시대 경관 같으면 따귀를 올려 부치고" 말았다면 하고 으름장을 놓는다.

다음으로 고갯길에 등장한 인물은 '중'이다. 벌써 인물 설정에서부터 종교에 대한 평가절하 의식이 드러난다. 중은 젊은이의 수레를 끌어주지도 않은 채, 일장연설만 하고 지나간다. 곧이어 외국어를 능수능란하게 구사하는 교수가 등장한다. 하지만 교수는 젊은이가 알 수 없는 학문적 지식만 늘어놓는다. 그리고 짐수레를 끌 수 있는 방법을 제시하는데, 그것이 "체력을 높이거나", "짐을 줄이는" 것이다. 이것은 아무런 도움을 줄 수 없는 비실용적 학문을 연구하는 부로주아에 대한 비판 의식을 보여주는 실례라 할 수 있다. 게다가 중학생마저 노동자를 업신여기고 게으른 부르주아의식을 드러내고 있다.

이때 모든 상황을 지켜보고 있던 송춘수와 노동 조합원, 농민조합원이 등장하여 힘차게 짐수레를 민다. 그러자 꼼작도 하지 않던 짐수레는 힘차게 고갯길을 넘어간다. 극적 상황은 단순한 에피소드로 묘사되고 있지만 부르주아 의식을 비판을 하면서 결과적으로 프롤레타리아 공동체적 의지를 심어주고 있다. 이 과정에서 부르주아 의식을 가진 인물들이 가진 허세로 내뱉는 대사와 행위는 관객들로 하여금 조소를 자아나게 한다.

또한 이 극에서 주목해야 할 점은 단순한 구성 속에 갈등대립 현상은 뚜렷하게 드러난다는 것이다. 부르주아 계급인 인물군 들인 귀부인, 순사, 중, 교수, 중학생은 가식적이고 위선적인 모습으로 등장한다. 이들은 나라잃은시기 왜로 제국주의에 붙어 그들의 부귀와 명예를 지켜나가던 이들이다. 이들은 광복현실에서도 자신의 부르주아 의식을 떨쳐내지 못하고 그 위선으로 프롤레타리아 계급을 억압한다. 그래서 극 장면에서 그들의 행동들은 가식적이고 위선에 가득 차 있다. 반면, 광복이 찾아와도 노동자들은 자본가 계급에게 억눌려 가중된 노동 속에 살아가는[183] 현실의 모순적 상황을 그려내고 있다.

조국을 되찾은 광복이 왔지만 현실은 암담했다. 왜로 잔재청산을 하기 이전에 나라의 운명을 좌우하는 이데올로기의 선택 문제가 도래되었다. 곧이어, 미군정이 점령한 조선의 땅은 어수선하고, 여러 가지 사회문제로 골치를 앓아야 했다. 그 속에 가난한 노동자·농민의 삶은 더욱 비참할 수밖에 없었다. 신고송의 번안 희곡 「고갯길」에서도 광복 현실 속에서 부르주아 계급들은 자신의 권력으로 위세 등등한 모습을 보인다. 그러나 노동자·농민들은 가난과 육체적 고통 속에 하층민으로 전락하는 계급모순 상황을 겪어야만 한다.

---

183) 이 글에 등장하는 박대곤은 어린 나이의 노동자임에도 불구하고 가혹한 노동에 시달린다. 그래서 극 첫 부분에서 자본가에 대한 비난의식을 내비친다. 하지만 내뱉는 언어는 절제되지도 않으면서 비위에 거슬린 행동과 언어를 구사한다. 극 속에서 각성된 인물도 아니고, 갈등 대립의 인물군도 아니며 결국에 각성되어 투쟁의지를 다지는 인물도 아니다. 계급의식의 투쟁을 목적으로 하는 극의 흐름에서 정체성이 모호한 인물로 그려지고 있다.

이 극은 단순히 광복기 세태를 담아 비판하고 있는 것이 아니라 프롤레타리아 계급의 성장된 의식 각성에 초점을 맞추고 있다. 이 것은 극의 결말부분에 등장한 노동자, 농민 대중들의 등장으로 인 해 극대화되고 있다. 이들은 극 결말부분에 갑자기 단체로 등장하 는 것이 무리가 따른다. 하지만 이미 관객들은 부르주아들의 이중 적이고, 가식적인 행위에 대한 반발심이 격해져 있기 때문에 갑작 스러운 농민, 노동자 대중의 등장은 문제 삼지 않는다. 극 결말부 분에서 관객은 점층적 구조 속에 동화되어 노동자·농민 단결이라 는 공동적 정서를 함께 외치고 있기 때문이다. 따라서 이 극은 근 로대중의 단결을 부르짖는 선동성이라는 목적을 획득하고 있다.

2) 부왜인의 이중성과 정체 폭로

왜로 제국주의가 남겨놓은 잔재들은 광복 현실 속에서 더욱 심 각한 사회문제로 드러났다. 그 가운데 지주 소작제 강화는 지주와 농민, 자본가와 노동자라는 계급적 균열을 야기시켰다. 그리고 부 왜 관료세력은 미군정의 충실한 이행자로 육성되었다. 그래서 민중 들의 생활은 왜로 제국주의 시대나 미군정 시대에 별다른 차이를 느끼지 못할 뿐만 아니라 억압된 노동의 가중치는 더욱 현실을 옥 죄었다. 이처럼 나라잃은시기 민중들에게 억압과 고통을 주던 부왜 인의 득세는 미군정에 대한 반발을 더해 주었다.

① 박대곤: (짐차 뒤로 가서 짐실은 모양을 살피며) 체... 민주이국가……
　　　　대관절 독립은 언제되는 거야. 민주주이는 뭐고.

② 순사: (비위가 틀린다) 뭐야. 너같은 아이놈들한테까지 당신이랑 했어.
　　　중학생: 그러지오. 그게 민주주입니다.
　　순사: 오라. 그렷군. 민주주이 그래. 그래. 민주주이닛까. 그럼 이 노동
　　　자는 당신더러 당신이라 해야 마땅할 것이오.

③ 송춘수: 여보 그룻치만 언론은 자유입니다. 당신은 민주주이를 몰으세요.
　　순사: 본관은 안녕·질서를 위해 그런 것은 처벌한다. 군정청에서 철
　　　패라고 발표 없는 법률은 일본 총독정치시대와 같은 취제를 한
　　　다. 빨랑빨랑 끌고 갓!! 184)

　　인용한 ①은 박대곤이 움직이지 않는 짐수레를 길에 대지 말라
는 순사의 훈계를 듣고 혼자서 중얼거리는 말이다. 무심코 흘러나
오는 말이지만 광복이 찾아온 현실 속에서도 민중들의 생활은 별
반 달라진 것이 없고, 여전히 자본가 계급에 시달리는 자신의 생
활을 비관해서 나온 말이다. 여기서 작가는 미군정의 정책에 대한
비판과 함께 진정한 조국 광복은 아직 멀었음을 암시하고 있다.
곧 민주주의를 표상한 미군정을 인정하지 않은 작가적 태도로 보
이고 있다.

　　②는 박대곤과 중학생 간의 말다툼을 하는 도중에 등장한 순사
의 대사다. 순사는 왜로 제국주의의 앞잡이 노릇을 한 관료들이다.
실제 미군정은 너무나 다른 문화권을 가진 조선을 장악하기에 힘
들었다. 그래서 왜로 제국주의 시기 관료들을 재등용시켜 사회·
문화·경제·정치의 주도권을 주었다. 이른바 나라잃은시기 '자기
반성' 없이 부왜인이 득세한 것은 '왜로 잔재청산'이라는 커다란
민족적 과제를 해결하지 못한 상황이 여기에서 기인한다. 이 작품

---

184) 신고송, 「고갯길」, 앞의 책, 참조.

속에서도 작가는 순사라는 인물을 등장시켜 그들의 이중성과 함께 미군정에 비판의식을 드러내고 있다. 인용된 대사와 같이 순사는 "민주주이"라는 말 한마디에 자신을 바로 낮추어 미군정에 아부하는 형태를 드러내 보인다. 이런 순사의 대사와 행동을 통해 부왜인이 득세하는 미군정 아래서는 진정한 조국건설을 행할 수 없음을 토로하고 있다.

마지막으로 인용된 ③은 모든 상황을 지켜보고 있던 송춘수의 언행에 순사가 발끈하는 모습이다. 송춘수는 "언론의 자유", "민주주이"를 들먹여가며 미군정을 비꼬아 이야기한다. 그러자 이내 순사는 왜로 제국주의 시기 취재 심문하던 관료적 강압성을 내비치며 자신의 본색을 드러낸다. 이 극의 순사처럼 부왜 관료들은 자신의 야욕을 숨겨두고, 미군정에 아부하면서 자신의 권세를 지켜나갔다. 이처럼 부왜인을 대표하는 '순사'를 통해 민주주의를 표방한 미군정을 인정하지 않을 뿐만 아니라 미군정에 빌붙어 사는 부왜인의 이중성을 폭로하고 있다. 곧 왜로 제국주의와 마찬가지인 미군정의 위선적이고 폭압적인 행태를 비판하고 있다.

이렇듯 인용문에서 제시되어 있는 자신의 득세를 위한 부왜인들의 처세에 대한 비판은 관객들에게 조소를 자아내게 한다. 이러한 조소에는 비판의 날카로움은 없지만 표면적 의미의 허구성을 드러내면서 진리를 밝히는 역할을 한다. 이른바 부왜인들의 이중적 정체성을 폭로하는 기능을 하며, 부왜관료를 득세시키는 미군정의 지배 아래에서 진정한 조국 건설은 이루어지지 못함을 반복적으로 암시하고 있다. 여기서 신고송이 가졌던 조선의 상황 설정을 알수 있다. 조선의 상황은 부르주아 혁명단계이고, 프롤레타리아 혁명단계를 거쳐 공산주의를 지향하는 과도기적 이라는 것이다. 따라서 노동자·농민들의 각성과 단결만이 새로운 조국건설에 이바지하는 길이라 말하고 있다.

또한 이 극에서는 자신의 책임보다는 권리를 앞세우는 잘못 인식된 민주주의를 비판하고 있다. 사실, 광복은 우리가 준비도 하지 못한 상태에서 느닷없이 찾아왔고, 기쁨과 환희를 느끼기도 전에 이념대립이라는 혼란한 정국 속으로 빠져들게 했다. 그리고 이어진 낯선 이방인들인 미국과 소련이 각기 남한과 북한이 들어왔다. 소련군이 점령한 북한에서는 이미 발 빠르게 '토지조사사업'을 통해 인민들에게 토지를 나누어 주었다. 반면, 미군정은 좌익세력에 대응하면서 가혹한 억압정치를 펼쳤다. 그리고 민주주의에 대한 올바른 인식 없었던 남한사회에서는 제재 없는 자유를 받아들인 가치관의 혼란을 가져오게 된다.

이 극에서도 제각기 인물들은 자신의 자유와 처우만 보장받기를 원한다. 심지어 중학생마저 자신의 권리를 내세우며 남에 대한 배려가 없다. 그리고 이 극을 연극으로 공연할 때 주의할 점이 있다. 그것은 등장인물의 성격구현 문제에 있다. 등장인물의 정확한 개성을 연출하지 않았을 때, 극에 대한 정밀한 구성력이 떨어질 우려가 있다. 곧 극의 선동적 목적을 획득하기 전에 에피소드 상황에 그칠 우려가 있다. 따라서 이 극에서는 민중들이 단결하여 새 조국건설에 앞장서며, 자신의 이익만 내세우는 부르주아의식을 비판하는 극의 목적을 이루기 위해서는 세심한 연출적 배려가 필요하다.

이처럼 번안희곡 「고갯길」은 미군정의 정책에 대한 비판과 함께 광복정국 속에서 부왜관료들이 득세하고, 노동자·농민 계급이 억압받는 현실의 모순 상황을 그려내고 있다. 그리고 자신의 권리를 내세우는 부왜관료를 통해서 비판적 웃음을 짓게 되며, 그들의 이중성을 폭로하고 있다. 결국 노동자・농민들의 단결만이 진정한 조국건설의 지름길이라고 외치고 있다.

이상으로 살펴본 광복기 신고송의 희곡문학은 정치적 상황에 대한 강렬한 대응 방식이며, 계급실천을 옮기는 작업이라 할 수 있다. 게다가 그는 나라잃은시기 프로연극의 이론을 계승하며, 실천하는 모습을 보였다. 그의 희곡은 혼란한 광복정국 속에서 항왜정신을 기반으로 사회주의 건설을 부르짖고 있으며, 미군정 아래 열악한 노동문제에 관심을 두고 노동투쟁의 승리를 외치고 있다.

그리고 부왜관료의 득세와 부르주아의식에 따른 광복기의 가치관 혼란상을 담은 세태 비판극을 창작하였다. 그의 희곡작품에 담긴 공통적 생각은 노동자・농민의 단결과 각성만이 새로운 조국건설에 이바지한다는 것이다. 이러한 결론에 도달하기 위한 방법으로 희곡적 요소와 연극 미학적 요소를 결합시켜 활용하고 있다. 따라서 광복기에 발표한 신고송의 희곡문학은 적극적인 현실 반영과 대응이라는 목적성을 지니며, 연극의 현장성을 연계한 창작 활동이라 할 수 있다.

재북시기 희곡문학과 사회주의 체제 구현

Ⅵ 재북시기 희곡문학과 사회주의 체제 구현

　　대부분 공산권 국가에서 문예창작 이론으로 채택된 '사회주의 리얼리즘'은 단순한 사실적 묘사에 그치지 않는다. 그들이 지향하는 사회주의 사상체계 아래서 예술적 발전을 요구하는 것이다. 곧, 인민의 생활을 진실하게 반영하며, 공산주의 승리를 위한 자각과 목적을 달성하는 당의 예술로 구현을 말한다. 이처럼 '사회주의 리얼리즘'은 공산주의 사상의 세계관이자 공산주의 사회 실천을 이른다. 북한의 문학·예술도 그 과정을 밟는다. 그들은 당의 방침에 따라 '사회주의 리얼리즘'의 기치를 높이 세워 공산주의 건설의 실천과제와 긴밀한 관계를 형성하게 된다.

　　신고송의 희곡 창작 활동 역시 '사회주의적 사실주의'를 기초로 하여 인민들의 생활을 현장성 있게 폭넓게 반영한다. 그래서 희곡의 형식도 선전·선동하는 짧은 단막물에서 온전하게 사회주의 인민들의 생활을 담을 수 있는 장막극으로 담아내고 있다. 또한 신고송의 희곡은 당의 방침과 정책에 따라 변모되는 양상을 보이고 있다.185) 따라서 글쓴이는 이 장에서 남한에 소개된 신고송의 희곡

---

185) 연극 예술인들의 임무는 자기 자신들이 고상한 사상으로 무장하여 인민의 사상 교양자적 역할을 원만 수행하는 데 있다. 연극 예술인들에게 있어서 가장 중요한 것은 당성이다. 당의 온갖 정책들을 사상적으로 접수하고 그것을 의식적이며 자각적인 투쟁을 통하여 실천해야 한다. 신고송, 『연극이란 무엇인가』, 국립출판사, 1956. 57쪽 참조.

5편을[186] 연구 대상으로 삼아 그의 희곡문학의 특성과 변화 양상을 살펴보고자 한다. 이를 통해 당의 문학 구현이라는 측면과 그의 희곡이 가지고 있는 독특성을 찾아볼 수 있을 것이다.

1. 고상한 리얼리즘과 사상 개조

1947년 김일성의 신년사에서 "사상적·정치적·예술적으로 고상한 작품을 생산"할 것을 교시하였다. 이것은 이미 북한에서 '토지개혁'이 실시되어 완성을 한 뒤에도 인민들의 공산주의 사상 개조가 이루어지지 않았음을 말해준다.[187] 곧, 북한은 문화혁명의 필

---

186) 글쓴이는 신고송이 북한에서 발표한 희곡작품을 남한에 소개된 문학잡지와 북한 연극사를 살펴 조사한 결과 총 14편을 찾아냈다. 그리고 희곡텍스트로 갈무리된 자료는 총 5편에 이른다. 그 가운데 월북 초기에 쓰인 「들꽃」(『문화전선』, 1946. 11)은 신파극 성격이 강해서 세밀한 작품분석을 생략하고, 부가적 설명을 할 때 활용하도록 하겠다. 따라서 신고송의 희곡작품 분석은 총4편을 대상으로 하고, 그 변모양상과 특성을 살펴보고자 한다. 북한에서 발표한 신고송의 희곡 14편과 연구대상 작품의 목록은 다음과 같다.
  ① 「들꽃」, 『문화전선』, 문화전선사, 1946. 11. ② 「목화꽃 필 무렵」, 『총합 – 전막극집』, 문화전선사, 1950(창작은 그 이전으로 봄). ③ 「수정골 사람들」, 1947(북한 연극사에 기록). ④ 「3.1전후」, 1947(평양 신생좌에서 공연 – 장막극). ⑤ 「최후의 날」, 1949(평양시립극장에서 공연). ⑥ 「불길」, 『창작생활과 보건』, 1949(국립극장에서 공연 – 장막극). ⑦ 「풍요의 가을」, 1956(중막극). ⑧ 「우리 마을」, 『선구자들』, 조선작가동맹출판사, 1958(창작은 1956년, 국립극장에서 공연) ⑨ 「10년」, 『조선예술』, 1958(신고송의 희곡 강좌 「항상 배우는 입장에서」에서 기록). ⑩ 「선구자들」, 『선구자들』, 조선작가동맹출판사, 1958(황남 도립극장에서 공연) ⑪ 「강 건너 마을에 새노래 들려온다」, 『극문학』, 1960(4막의 창극, 국립예술극장에서 공연). ⑫ 「달래벌에 동이 튼다」, 『조선문학』, 문학예술출판사, 1964. 1. ⑬ 「근거지 사람들」, 1963. ⑭ 「그날을 두고」, 1965(북한문학사에 기록).
  연구대상으로 삼는 5편은 ① 「들꽃」, 『문화전선』, 1946. 11. ② 「목화꽃 필 무렵」, 『총합 – 전막극집』, 문화전선사, 1950(창작은 그 이전으로 봄). ⑧ 「우리 마을」, 『선구자들』, 1958(창작은 1956년, 국립극장에서 공연), ⑩ 「선구자들」, 『선구자들』, 1958(황남 도립극장에서 공연), ⑫ 「달래벌에 동이 튼다」, 『조선문학』, 문학예술출판사, 1964. 1. 이 해당된다.
187) 신고송의 창작 희곡 「들꽃」은 월북 후, 그의 첫 희곡작품인 동시에 토지개혁 법령 발표 이후의 북한 사회의 모습을 들여다볼 수 있다. 작품 배경은 토지개혁 법령이후, 삼팔선 근처 강원도 농촌 마을이다. 징병으로 끌려간 아들 소식을 모르는 조장곤은 모든 것이 부정적이고 냉소적이다. 그에게는 7년 전 자신이 서울 술집으로 팔아버린 딸 갑선이 있는데, 그는

요성을 부각시키면서 공산주의 사회로 진입을 시도한다. 그 방안으로 인민들의 군중문화사업 속에 연극 서클운동을 조직적으로 전개시켜 나갈 것을 제시하였다.

연극 서클운동은 이른바 아마추어 극을 장려하는 운동인데, 프로연극의 이론인 '소인극'을 토대로 한다. 당이 지시한 '고상한 리얼리즘'[188]이라는 문예이론을 기초로 한 각본으로 군중문화사업과 함께 자립 활동을 권장하였다. 이 시기 신고송은 연극 서클운동의 선봉에 서서 희곡창작 활동을 펼친다. 실제 월북 초기 신고송은 단막물 위주의 창작 활동에 임하는데, 모두 소인극 대본으로 활용이 가능한 작품들이었다.[189]

작부 생활을 한 딸을 탐탁치않게 생각한다. 그러던 가운데 장곤의 아들이 돌아온다는 소식이 들려오고, 그는 그제서야 토지개혁 법령을 긍정적으로 받아들인다. 반면 딸 갑선은 토지개혁법령을 가장 긍정적으로 받아들이는 인물이지만 옛 애인 진만의 변함없는 애정에 괴로워한다. 하루는 갑선이 작부시절 알고 지내던 건달을 만나는데, 그 사람은 바로 이남에서 넘어온 간첩이었다. 갑선은 자신의 기지로 간첩의 발을 묶어두었는데, 진만을 향해 간첩이 쏜 총에 대신 맞고 죽는다. 이 극은 작가의 의도보다 멜로성이 강하여 극 후반부에 신파극 형태를 띠게 된다. 갑선은 새로운 공산주의 인간형으로 그리지 못하고, 옛 여인을 위해 희생하는 가여운 비극의 여 주인공 '들꽃'으로 만들어 버리고 말았다. 북한의 토지 개혁법 지지와 공산주의 사상 개조라는 그의 목적은 지나치게 신파적인 요소로 변했다. 그래서 구성의 치밀성이 떨어질 뿐만 아니라 공산주의사상과 연관성에 거리감이 느껴지는 텍스트다.

188) 고상한 리얼리즘이 북한에 대두되기 시작한 때는 1947년 3월이다. 이 이론은 문학이 현실을 진실하게 반영 하여야 한다는 기존의 리얼리즘과는 다르다. 영웅적이고, 긍정적인 인물을 통하여 북한 사회의 객관적 발전 지향보다는 주관적 지향에 따라 현실을 재단하는 것이다. 한마디로 현실을 과장하고 미화하는 이론이다. '고상한 리얼리즘'현실의 새것을 일반적으로 이상만 강요하는 결과를 초래하게 되는 '무갈등론'을 낳게 된다. 김재용, 『분단구조와 북한문학』, 소명, 2000.

189) 신고송이 월북 후, 남한에서 간행된 『소인극하는 법』(신농민사, 1946)에서 소인극 운동은 "민중에게 미치는 영향력이 위대하며 조선 신극운동의 일익 적 임무를 수행"할 수 있는 기능을 가졌다고 언급한 바 있다. 그리고 월북 초기 그의 희곡은 소인극 일환인 단막물 창작을 하게 되는데, 『목화꽃 필 무렵』이 그것이다. 북한에서도 소인극 운동의 중요성을 피력하면서 『농촌연극써클운동』(국립인민출판사, 1949)과 『자립연극지도법』(문화전선사, 1950)을 펴낸다. 이를 통하여 신고송은 북한사회 인민들의 사상개조의 기초를 마련했다고 할 수 있다.

1) 사회주의 이상 현실과 농촌 경리사업

북한은 1948년에 접어들면서 경제 2개년 계획을 채택한다. 그들은 농촌경리 계획을 초과 달성하기 위해서 군중문화 사업을 활성화시켰다. 공산주의 사회 기반을 다지기 위해서는 부강한 경제력이 뒷받침되어야 했기 때문이다. 특히 군중문화 사업 가운데서 가장 활기를 띠고 발전 속도가 빠른 것은 연극 서클활동이었다.[190] 연극은 근로 인민들의 일상생활에 가장 가까운 실례를 옮길 수 있었고, 근로 인민 자신들의 문화수준을 높이기 위한 적극적 표현이었기에 활기를 띨 수밖에 없었다. 이 무렵, 신고송은 '고상한 리얼리즘'을 토대로 한 연극 서클운동 일환으로 창작단막극 「목화꽃 필 무렵」(『總合 – 戰幕戲曲集』, 문화전선사, 1950)을 발표한다.[191]

---

[190] "공장에나 농촌에나 또는 학교에나 다른 예술부문 보다는 연극을 좋아하는 사람들이 가장 많다. 이러한 호극인들을 반드시 써클로 조직해가지고 이 써클을 중심해서 관객으로 동원하여 감상하고 관극한 후에 비판회를 가지고 극작에 취미를 가진 사람이 있으면 극작을 유도하고 창작된 희곡을 써클에서 독회를 가져 그 것을 비판 육성한다. 그리고 이 써클이 공장 농촌 학교 안에서 커가면 이것이 중심이 되는 소인극 운동을 일으킬 수 있다." 신고송, 「만주연극체제 수립을 위하여」, 『해방기념평론집』, 조선작가동맹출판사, 1946. 8.
월북 후, 신고송은 나라잃은시기 프로연극의 비판·계승하는 차원으로 소인극을 통한 연극 서클 활동을 전개 할 것을 주장하고 있다. 이것은 카프연극의 계승이라는 측면과 북한연극의 토대를 형성해 나가는 한 방향으로 보고 있다. 그의 희곡 작품 「목화꽃 필 무렵」도 이러한 흐름에서 창작된 소인극 형식의 대본이다.

[191] 신고송의 단막극 「목화꽃 필 무렵」은 창작년도가 확실하지 않지만 극 작품의 시간이 1949년 가을로 설정 되어 있는 걸로 보아 1949년에 창작된 것으로 보인다. 그 뒤, 이 작품은 1950년에 안함광이 엮은 『총합 – 전막희곡집』속에 다른 희곡들과 함께 신고송의 희곡 가운데 「불길」도 '고상한 리얼리즘'을 토대로 한 장막극이다. 이 극 작품은 『창작생활과 보건』에 실리면서 1949년 국립극장에서 김순일 연출, 황철 주연으로 공연한 바 있다. 작품 내용은 노동자들의 힘을 믿지 않는 황인성은 소련의 기술원조가 올 때까지 베세마르 복구를 중지하고 손쉬운 동선등선과 공사라도 진척시켜 생산량을 채우고자한다. 하지만 동형태는 노동자들이 가지고 있는 창조적 지혜를 확신하고 모든 노동자들의 힘으로 반드시 베세마르를 복구해야하며 할 수 있다는 신념을 관철시키기 위해 노력한다. 이른바 '낡은 것과의 투쟁'에서 '새 것으로' 전환과정으로 보여주는 노동자 계급의 헌신적인 모습을 담아내고 있다. 하지만 이 작품은 텍스트는 남한에 소개되지 않았고, 다만 북한 연극사에 작품 기록과 간단한 내용만 남아 있을 뿐이다.

① 문식: (주머니에서 담배를 꺼내 피우며) 이 사람아 말말게. 이제 자네 앞이라 탁 털어놓고 말하겠네만은 내가 국가에서 과수원을 분여 받았는데 그게 내힘에 겨웁고 거게다 사실인즉 나는 과수원 관리에 대하여 깊이 연구하고 노력하지 않고 노력부족이니 자재부족이니 하는 핑계만대고 三년동안 과수원밭을 못쓰게 만들고 말았네. 이 모양으로 내버려두었다간 국가에서 분여받은 과 수원을 아주 못쓰게 만들런지도 모르겠네.

태식: 아니, 자네 밭이 그렇게 됐단 말인가?

문식: 자네는 이렇게 훌륭하게 밭을 만들어 놓고 있는데 나는 얼굴을 들수 없네.

태근: 그게 정말이라면 책임 중합니다. 지금와서 노력부족이니 자재부족이니 하는 말이 통합니까?

② 어머니: 정신을 채려라. 과수원을 이만큼 만드러서 이 고장에서는 첫 손가락에 꼽는 모범 과수원이댔는데 국으로 사과재배나 더 잘하두록 애를 쓸것이지 너는 이제 아주 사과밭에는 정신을 돌리 지않고 터문이 없는 연구를 하고 있으니 말이다.

〈중략〉

태근: 그래도 지금 형님이 연구하고 있는 면화변종 연구는 우리 국가에 절대로 필요한 일입니다.

어머니: 그래도 동네에서 모두들 걱정하고 있다. 태식이 하는 일이 좀처럼 될 일이 아니라고…… 어떤 사람들은 그 사람이 전날부터 과수접목에는 특재가 있었지만 요새와서 류지면을 북조선에 서 재배하두록 연구한다니 그건 안될일을 가지고 괜이 그런다고 비웃는 사람도 있단다.

〈중략〉

태식: 왜놈때 비해서 우리 살림이 참 말할 수 없이 나아졌습니다. 그렇지만 우리가 더 잘살기에는 아직도 멀었습니다. …… 아직도 오랫동안 싸워야 합니다. 제가 연구하는 것이 성공만하면 우리조선에 부족한 면화를 더많이 수확해가지고 옷감을 넉넉하게 만드러 낼 수 있습니다.

태근: 김일성수상게서 공예작물을 많이 심어야 된다고 늘 말씀하시는 것이 그겁니다.

③ 바바닌: 어머님 걱정마십시오. 아드님 이 연구는 아주 훌륭한 연구입니다. 그리고 벌써 성공했다고 할 수 있습니다.

어머니: 정말입니까

바바닌: 정말 아니구요. 당신은 참 훌륭한 아드님을 두셨습니다.

어머니: 아니 그럼 연구가 성공했다니 이에 태식아 결혼식은 이 가을에 치르고 말자!

태식: 이젠 어머님 맘대로 하시지요.

어머니: 아이유, 이제야 속시원한 소리 한번하누나 박사님 내아들은 이색씨하고 이 가을에 결혼하게 됐으니 잔칫날 박사님도 꼭 오십시오.

바바닌: 예. 오구말구요. 태식동무 축하합니다.

(바바닌과 태식이 악수할 때 막이 나린다)[192]

인용한 ①은「목화꽃 필 무렵」의 초반부 대사다. 태식은 국가에서 분여 받은 과수원을 관리하는 농민이다. 그는 과수원 재배뿐만 아니라 여러 종의 과일을 개발하여 모든 사람들의 모범을 보이고 있다. 여기서 태식은 북한사회에서 원하고 있는 근로 인민상을 몸소 제시하는 인물로서 농촌 경리 사업을 연구·발전시켜 나가는 역할을 수행해 나가고 있다. 반면, 문식은 과수원 운영이 생각한 것만큼 되지 않아 이 문제를 상의하기 위해 태식을 찾아온다. 그때 그 옆을 지키고 서 있던 태식의 동생 태근은 문식의 언행을 비판하고 나선다. 문식의 "노력부족"이나 "자재부족"은 핑계일 뿐 책임을 완수 못한 탓이라고 질책한다. 이 정도의 질책이라면 기존의 등장인물들은 화를 내거나 갈등대립이 일어날 수 있는 계기가 된다. 하지만 문식은 태근의 말의 동조하며, 자신을 스스로 비판하고 나선다. 이것은 모든 근로 인민들이 공산주의 사회 건설에 복무하

---

192) 신고송,「목화꽃 필 무렵」,『총합－戰幕戲曲集』, 문화전선사, 1950.

는 과정을 형상화하기 위해서 긍정적 인물들을 배치한 결과이다.

②부분은 태식 어머니가 태식이 열정을 쏟고 있는 면화연구 사업을 못마땅해 하고 있는 장면이다. 어머니는 지금처럼 과수원 경리 사업에 만족하고, 육지면 연구 사업은 추운 북쪽에서는 불가능한 일이라며 만류한다. 게다가 동네 사람들이 태식을 비웃는 시선까지 덧붙이고 있다. 그러나 태식은 조국이 완전 독립할 때까지 부강한 나라를 건설해야 하며, 그것을 위해 모든 인민들이 노력·투쟁해야 한다고 어머니께 이야기하고 있다. 그리고 북한에서 부족한 옷감 생산력 증대를 위해 면화포 생산 사업은 필요하다고 어머니를 설득한다. 이러한 태식의 대사는 곧, 군중문화 사업을 통한 농촌의 생산력 증대라는 당 정책과 일치한다. 동생 태근 또한 김일성의 교시까지 들먹이며 태식의 의견에 동조한다. 여기서 '고상한 리얼리즘'의 핵심 요소가 드러내고 있는데, 바로 공산주의 낡은 것과 새로운 것의 교체가 갖는 진정한 총체성의 인식이다. 따라서 이 작품에서는 태식 어머니와 같은 낡은 사상을 태식 같은 새로운 인물로 변화하는 과정을 보여 주고 있다.

극의 결말부분인 ③은 태식이 육지면 연구에 성공을 거두고 기뻐하는 장면을 담았다. 그리고 태식을 가르친 소련학자 '바바닌'이 직접 태식의 과수원으로 찾아와 격려하는 장면으로 이어진다. 어머니는 아들 태식의 연구 성공을 확인하면서 이러한 연구가 얼마나 중요한지 깨닫게 된다. 이것은 공산주의 사회에서 낡은 사상이 새로운 것으로 교체되는 변화과정을 보여주는데, 근로 인민들이 공산주의 사상으로 개조됨을 시사하고 있다. 그런데 사상적 변화과정에서 전혀 갈등대립 양상이 일어나지 않고 있다. 이러한 '무갈등론'

은 현실을 이상적으로 재단하여 북한사회를 미화·변호하고 있다.

신고송의 「목화꽃 필 무렵」은 북한의 문예이론 '고상한 리얼리즘'을 구현하여 창작한 단막희곡이다. 당의 교시에 맞추어 창작하다 보니 지나치게 대사만 삽입하여 극진행이 이루어진다. 그래서 극의 흥미나 미적 효과는 떨어진다고 볼 수 있다. 이것을 탈피하기 위해서 신고송은 '태식과 주련'의 연애담을 에피소드처럼 주입하였다. 잠시 결혼에 대한 구시대와 신시대 생각이 다름을 나타낼 뿐 극적 긴장 요소나 흥밋거리를 제공해 주지 못하고 있다. 단지, 태식과 주련의 결혼은 긍정적인 인물들의 결합요소로 작용하고 있을 뿐이다. 이처럼 이 작품에서는 사회적 영웅과 주변의 긍정적 인물들을 배치하여 북한사회 현실을 과장해서 담고 있다. 따라서 이 극은 농촌경리사업의 초과 달성을 기반으로 공산주의 사회로 개조되는 '고상한 발전'에 초점을 모으고 있다.

2) 친소 의식과 공산사회 구축

'고상한 리얼리즘'은 선진 사회주의를 달성한 소련의 영향 아래서 진행된다. 소련은 이미 사회주의 사회를 구축하여 경제적 기반이 완성된 시기였다. 소련의 발달된 농업과 공업 기술의 원조는 국가적 토대가 이루어지지 못한 북한 사회에 절실하게 필요했다. 그래서 북한은 조선 인민의 사명과 민족적 발전은 사회주의 소련과 구체적인 연계에 있다고 표방하면서 친소정신을 내비쳤다. 이러한 소련과 견고한 교류는 기술원조 뿐만 아니라 문화예술 사업에도 커다란 영향을 미쳤다.

이 시기 소련은 연극에도 고상한 감정과 사상을 표현하기를 요청하고 있었다. 북한은 곧바로 이러한 소련의 문학작품이나 연극이론들이 번역해서 출간하였고, 그 이론에 발맞추어 작품들이 양산되었다.193) 또한 창작된 문예작품 속에는 선진화된 소련사회의 경제·사상·과학이 녹아 흐르고 있다. 신고송의 희곡에서도 그러한 당의 방침을 적용시키고 있다.

> 태식: 이게 모두 위대한 미츄린 학설의 성과입니다.
> 기사: 그렇지요. 선진 쏘베트 과학자 미추린 선생의 힘입니다.
> 바바닌: 나는 기쁩니다. 오늘 쏘베트 생물학자는 모두가 미츄린의 학설의
> 제자들입니다. 나는 오늘 여기에 와서 동방의 훌륭한 민족의 나
> 라 조선 민주주의 인민공화국에도 미츄린 학설의 학도가 있는
> 것을 그리고 미츄린 선생이 그러했던 것과 같이 그의 업적은 성
> 공하고 있다는 것을 알았습니다.
> 기사: 미츄린학설은 우리 인류를 행복에로 이끄는 위대한 선진과학입니다.
> 바바닌: 그렇습니다. 미츄린 학설은 오늘 쏘련에서 수확이 二 십배나 더
> 해지는 새로운 보리종자를 연구 하였고 쏘련의 방방곡곡에서 포
> 도를 익게 했으며 인류에게 필요한모든 식물과 동물은 우수한
> 종류로 변하고 있습니다. 이는 쏘베트 과학의 승리입니다. 태식
> 동무의 면화신종발견이 승리하면 조선인민들은 자기 생활에 가
> 장 필요한 무명옷감을 부족없이 얻을수 있게 될것입니다. 태식

---

193) 실제, 신고송은 '고상한 리얼리즘'에 토대가 되는 소련의 연극 이론들을 번역해서 소개하고 있다. 대표적인 번역물로서 『문화예술』창간호에 실린 「연출(演出)에 대(對)하여」가 있다. 이 번역물에서 연출가들에게 "고상한 감정과 사상"을 요청하며, 공산주의의 새로운 인간상에 대해 설명해 놓고 있다.
"쏘베트 政府와 黨은 演劇에 巨大한 意義를 賦興하였다. 우리나라의 演劇은 우리 時代의 가장 高尙한 感情과 思想을 表現하는 것을 要請한다. 人類의 先進思想은 우리들의 劇作家의 戱曲가운데 우러나며 이 德澤으로 쏘베트 演劇이 우리들의 生活에 巨大한 役割을 遂行하는 것은 自然한 일이다. 그러므로 우리는 쏘베트 演出家에게 다만 特殊한 職業的 熟練과 知識만을 自己事業의 能手로 삼을 것이 아니라 自己國家의 全般的 發展과 人間과 人民의 敎養과 레-닌 쓰딸린 時期의 偉大한 思想의 表現으로 도 能手가 될 것을 號召한다. 그러므로 우리들은 쏘베트 演出家에게 環境의 相互關係的 諸複雜性 가운데서 우리 時代의 산 人物과 새 人間을 舞臺위에 表現하는데 熟達하라고 號召한다."

동무 래년부터 태식동무의 연구를 대학에서도 전개할것을 대학
당국에 건의하겠습니다. 그렇게 되면 그 연구안은 박태식 미츄
린 연구반이라고 불리어질 겁니다.

기사: 나는 오늘 농림성에 돌아가서 태식동무의 연구를 국가적으로 원조
할 것을 건의하겠습니다.[194]

박태식은 차가운 북쪽 지방에서는 육지면이 자라지 못하는 실정
에 안타까움을 느끼고, 면화변종과 재래종을 도입하여 연구 성과를
올린다. 그는 드디어 면화포 신종을 개발한 기쁨을 말하며, 모두
소련의 과학자 '미츄린'의 공으로 돌린다. 미츄린은 소련의 과학자
로 소련의 농업 생산력 증대에 커다란 업적을 남겼다. 실제 여기
서는 미츄린뿐만 아니라 소련의 선진화된 과학기술의 놀라움과 위
대함을 드러내 보이고 있다. 게다가 농촌의 새로운 기술은 북한사
회의 경제 기초를 닦는 발판이 된다고 언급하고 있다. 이 극은 소
련과 긴밀한 친선관계를 드러내며 공산주의 사회로 '고상한 발전'
을 꾀하고 있다.

또한 소련과 친선을 통해 평화애민 사상을 교류해 나가면서, 공
산주의라는 연계성을 구축해 나가고 있다. 소련의 선진화된 기술을
도입하여 농촌, 공장뿐만 아니라 대학에서 연구하는 학문으로 받아
들이고 있다. 인용 대사에서도 면화포 연구시설을 "박태식 미츄린
연구반"이라는 절충과 결합의 결과물을 내세우고 있다. 그래서 소
련과 친선교류는 선진 사회주의를 가는 척도임을 나타낸다. 게다가
소련사회 인민들의 안정된 생활을 피력함으로써 공산주의의 우월
성을 보여주고 있다. 국가적인 지원과 혜택은 인민 대중들의 평화

---

194) 신고송, 「목화꽃 필 무렵」, 앞의 책 참조.

스러운 생활을 보장하여 인민들에게 큰 혜택이 따라갈 것임을 이야기한다.

이처럼 그의 극은 당의 정책과 지시에 따른 북한의 정치력 영향 속에서 창작되었다. 북한 초기 문예이론 '고상한 리얼리즘'에 따라 공산주의 사회에 필요한 사회적 영웅과 긍정적 인물을 통해 공산주의 사상 개조를 부르짖고 있다. 그리고 공산주의 사회에 남아 있는 낡은 것을 새것으로 바꾸어 가는 갈등 없는 이상적인 교체를 그려내고 있다. 게다가 소련과 교류 친선관계를 드러내며, 공산주의 평화애민 사상 공유하는 공산주의 사회로 지향을 꿈꾸고 있다. 이것은 인민들에게 행복하고 안정된 생활을 보장해주는 공산주의 사회를 보여준다. 따라서 이 극은 소련의 원조를 통한 농업혁신으로 공산주의 사회 구축이라는 목적성을 노골적으로 드러내고 있다.

한편, 소인극 일환으로 창작된 「목화꽃 필 무렵」에서 무대 해설은 사실주의 극 장치처럼 세세하게 꾸며져 있다.[195] 무대는 박태식의 과수원과 멀리 남포제련소의 굴뚝 연기까지 묘사하고 있다. 이것은 북한의 풍요로운 가을과 발전하고 있는 공업화의 모습을 보여 주기 위해서다. 게다가 면화포 사업의 열성을 담아내기 위해서 면화의 교배하는 모습을 무대 속에 넣어두고 있다. 덧붙여 연출적인 무대 동선을 고려해 놓고 있는데, 이러한 동선의 흐름은 공연을 염두에 두고 창작한 작가의 연출적 능력을 보여준다 하겠다.

---

195) 아래 글은 「목화꽃 필 무렵」의 무대 해설 부분이다.
　　박태식이가 관리하는 과수원이다. 무대 정면 뒤에로 광활한 사과밭이 펼쳐져있어 지금 바야흐로 익어져가 는 사과밭들이 혹은 새빨간 알맹이를 노내놓고 …… 사과밭의 전개는 좌편으로 극히 너그러운 경사를 지었고 그 편에 멀리 남포 제련소의 높은 굴뚝을 지었고 그편에 멀리 남포 제련소의 높은 굴뚝이 맑고 높은 창공에 …… 무대 바른 편에는 만들어진 적은 정자가 세워져 있다. ……(정자 대신으로 포도 열린 넝쿨로 해도 좋다)

이러한 극 무대는 실제 농촌 현장에서 바로 진행할 수 있는 유동성을 가진다. 따라서 신고송은 북한 농촌의 현실을 발전하는 형태로 염두에 두고, 극 요소들을 사실적으로 표현한 것으로 짐작할 수 있겠다.

2. 도식주의 극복과 사상의 성숙

북한사회 초기 '사회주의적 사실주의'는 연극에 있어서 사상성과 선전·선동성·전투성을 공고히 하며, 당의 결정에 더욱 철저히 이바지하는 데 있었다. 그리고 공산주의 사회 안에 존재하고 있는 낡은 신파적 요소를 극복하여 온전한 공산주의 사회로 구축해 나간다.[196] 따라서 북한의 초기 연극은 '사회주의 사실극'이라는 형태를 지니며, 주제적 측면에서 비약적 발전을 가져오게 된다.

전쟁기를 거쳐 인민경제를 복구시기 북한의 연극은 형식주의와 자연주의를 더욱 철저히 극복하여 '사회주의적 사실주의' 창작 원칙을 고수해 나간다. 또한 1956년 4월 제1차 5개년 경제계획이 설립되면서 당성 원칙과 사회주의적 사실주의 기치를 높이 세우게 된다. 하지만 당의 지시에 따른 교조주의 문예정책은 구호의 반복

---

196) 당중앙위원회 제11차 상무위원회(1948. 10. 5)에서 인민 현실에 더 뿌리 내리기 위해서 노동계급의 전형을 담은 연극 창조의 지시가 내려졌다. 이 시기에 창작 발표된 것이 신고송의 희곡 「불길」이다. 이 극은 노동자를 다룬 주제로 새로운 것에 대해 창조적인 생각을 가진 기술자와 낡은 방법으로 고수하기를 원하는 기술자간의 갈등을 다루었다. '보수와 혁신의 대립으로 극적 연계성과 함께 인물의 심리적 변화를 그리고 있다. 하지만 윤두헌은 그의 글 「해방 5주년을 맞는 조선 극문학」(『문학의 전진』, 1950. 7)에서 갈등하는 인간상을 보여주는데, 인민들의 실제적인 삶 속에 깊이 들어가지 못해 현실적 흥미가 떨어진다고 비판하고 있다. 북한의 연극사에서는 신고송의 「불길」을 공산주의 사회 안에 존재하는 낡은 사고방식을 극복하고, 사회주의적 사실주의 연극의 창조를 이룬 작품이라 평가하고 있다.

이나 틀에 짜여 있는 긍정적 영웅적 행위 줄거리, 무갈등론 등을 양산하게 되었다. 이러한 전후 복구건설시기 북한연극의 도식주의를 극복하기 위해 신고송이 그 선봉에 선다. 그는 변화된 농촌 현실을 담은 「우리 마을」을 창작하고, 무대에 올려놓는다.[197]

1) 변화하는 농촌과 건설 투쟁

신고송의 희곡 「우리 마을」은 제2차 작가대회 이후, 북한문학의 도식주의 극복을 위해서 창작된 작품이다.[198] 이 무렵, 신고송은 국립극장 총장으로 재직되어 있을 때였는데, 예술협의회를 통해 그가 희곡을 창작하기로 했던 것이다. 그는 북한 사회에 잔재되어 있는 사상적 잔재를 청산하고 공산주의 사회의 발전된 과정을 담아내려고 노력했다. 무엇보다 이 연극은 전쟁을 끝나고 난 후, 급속히 변화되는 북한의 사회주의 농촌 경제를 중심적으로 그리고 있다는 점에서 중요한 의의를 지닌다.

다음은 「우리 마을」 줄거리를 요약하여 정리한 것이다.

제1막
제1장: 협동조합은 국가에서 준 자금으로 소를 마련하고, 부업을 통해

---

197) 「우리 마을」은 황철 연출, 김영일 무대장치로 1956년 9월 평양 국립극장에서 상연되었다. 사실주의를 잘 체득한 무대장치가 연극의 주제를 더욱 뚜렷이 부각시켜주는 데 성공하고 있다고 당시의 기록은 격찬하고 있다. 이강렬, 『한국사회주의 연극운동사』, 동문사, 1992. 263 - 264쪽.

198) 1956년 10월에 개최된 '제2차 조선작가대회'에서 나름대로 도식주의를 극복하기 위해서 '창작기법'에 주목 한 문예이론들이 배출되었으며, 작가들의 쇄신을 독려하게 되었다. 그리고 북한 문학계는 조선 작가 동맹의 조직을 개편하면서 『제2차 조선작가대회 문헌집』을 발간하게 된다. 그 이후, 조선문학가동맹 안에 새로이 '남조선 문학 분과'와 '고전문학분과'를 신설하게 된다. 그리고 기존의 원고 심의제도를 편집위 중심의 원고 심의제로 변경하는 등 문예창작기법에 주목한 새로운 문예비판론이 일어나기 시작한다.

자금을 마련하고 있다.

세포위원장 순실은 자급 비료문제의 심각성을 이야기하고, 내춘은 자신의 이익을 위해 조합에 들지 않음.

제2장: 소저의 죽은 아들 대신 그의 전우 변창룡이 찾아와 그의 아들과 착실한 농부가 되기로 다짐함.

내춘과 관식이 조합 가입문제로 갈등하고, 관식은 화학비료를 얻기 위해 손님접대로 분주.

순실과 관식은 비료문제와 양수장문제로 갈등 대립함.

제2막

제1장: 관식의 처 선희와 봉임은 유순실에 대한 불만을 터뜨림.

관식과 양수장 주인 인택은 양수장 문제로 단합. 인동, 익근의 불평등한 처사로 조합원들 불만을 터뜨림. 민청원들은 농산계획 일부 변경 요구. 관식은 이들의 의사를 완고히 거부.

제2장: 선희 유순실 시어머니 강씨에게 유순실이 새길협동조합 봉수와 정분이 났다고 이간질.

강씨는 순실의 행실 때문에 집을 나감. 새길협동조합과 유순실 마을 협동조합 힘을 합쳐 관개수리공사를 할 것을 의논. 순실이 민청원들의 의견을 받아들이자고 관식에게 청한다. 관식은 당정책이라며 거부한다.

제3막

제1장: 동네 처녀들 각각 자신의 꿈을 말하며, 농촌개간의 일꾼이 되겠다고 다짐하며 야학 강사 창용이 의지를 결의. 내춘의 딸 분옥은 협동조합에 들지 않는 아버지와 갈등

내춘은 관식에게 물을 주지 않는 것을 항의 (개인농과 협동조합원의 갈등)

제2장: 인택과 관식은 양수장 판돈을 현금으로 돌려주고, 창룡과 동네 처녀들은 아버지 때문에 지친 분옥을 위로.

순실 부족한 자급 비료를 꾸어 오지만 관식은 순실의 행실을 들어 비료를 받지 않음.

남반부 출신인 제대 군인 창룡은 북한 사회에서 행복을 느끼고, 순녀와 장래를 약속함.

제3장: 분옥은 아버지의 고집 때문에 가출. 순실은 개인농들을 포용하고

위로함.

분옥 다시 집으로 돌아오고, 내춘은 순실을 한 번 찾아 가겠다고 약속함.

제4막

제1장: 민주선전실에서 조합원 회의가 열리고, 민청원들이 새길 협동조합과 함께 관개수리를 하자고 제의한다. 관식과 차석은 다시 순실의 행실에 대해 말하며 거부.

관식은 개인농에 대해 적대의식 드러내고, 순실과 민청원들은 꾸준히 교양할 것을 주장.

창룡은 세포위원으로 관식, 치근, 차석 등 부정행위를 밝히고, 관료주의 공명심임을 드러냄.

제2장: 유순실 마을 사람들 모두 관개수리 로력 동원되어 활기찬 모습에 부르도젤 한 대가 도착(내춘 조합원에 가입).

당과 정부 덕택으로 수리사업이 시작되며, 관식은 관개수리 공사를 통해 자신의 과오를 씻겠다고 결의.199)

이 극의 1막은 소의 등장으로부터 시작한다. 소는 농사의 밑천이며, 빈농들에게는 상상치도 못할 재산이다. 이것을 모두 국가에서 농업협동조합에 무상 지급한 것이다. 그리고 북한의 변화되는 농촌 모습이 첫 장면에 그려놓고 있는데, 조합원들은 조합자금을 마련하기 위해 노력투쟁에 투입되어 가마니를 짜고, 물고기를 잡고 있다. 그러나 세포 위원장 유순실은 자금보다 자립비료 부족 문제의 심각성을 드러내면서 관리위원장 관식과 갈등을 암시한다. 유순실과 대립적 관계로 관식은 자신의 실속 빠른 일 처리를 내세우며, 영웅주의 의식에 사로잡힌 인물로 그려진다. 그는 개인 농을 적대세력으로 간주하고 포용하는 정신이 부족한 관료주의 의식도 내비치고 있다. 한편, 부지런한 농사꾼 내춘200)은 살기가 좋아졌는데,

---

199) 신고송, 「우리마을」, 『선구자들』, 조선작가동맹출판사, 1958.

협동으로 이익을 나누면 손해라며 조합에 들지 않는다.

또한 전후복구 사정을 드러내며, 인민들의 친화사상도 나타내고 있다. 마을 사람들은 전쟁의 상처를 감싸주고, 남반부와 미군에 대한 적개심도 비추고 있다. 이러한 감정을 드러내기 위해 설정한 인물이 남반부 출신 제대군인 '변창룡'이다. 그는 전쟁에서 전사한 소저의 아들 전우이며, 이미 공산주의 사상에 동화된 인물이다. 변창룡이 북한 농촌에서 농사를 지으며 그곳에서 행복을 느끼게 함으로써 남반부까지 감싸 안은 공산주의 우월의식을 드러내고 있다. 이처럼 1막에서는 급격히 변화되는 북한 농촌의 모습을 그려내며, 그 속에 존재하는 현실적 갈등문제를 제시하고 있다.

2막에 들어서면 긍정적 인물인 세포위원장 유순실에 대한 이간질이 획책되고 있다. 관식의 처 선희는 눈엣가시 같은 유순실을 새길 협동조합 관리위원장 봉수와 정분이 난 것처럼 꾸며 소문을 내고 다닌다. 관식은 양수장 주인 인택과 단합하여 불공정한 거래를 성사시키고, 조합원 내부에 불평등한 처사를 행하는 인물 군들의 치부들이 드러나기 시작한다. 반면에 젊은 조합원들은 마을의 발전을 위해 사업 종목을 변경하여 많은 생산량을 얻기 위한 열띤 노력들을 다한다. 하지만 공명심에 사로잡혀 있는 관식에 의해서 저지당하고 만다. 이처럼 2막에서는 조합원 내부에서 갈등이 심화

---

200) 신고송의 희곡 「우리마을」에서는 개인농 한내춘에 대한 에피소드 삽입이 많았다. 그 까닭은 작품 속에서 유달리 개인 농에서 계급사상을 자각하는 한내춘에게 작가의 애정을 쏟은 결과 때문일 것이다. 그의 한 수필에 이러한 마음을 옮겨 놓고 있다.
"개인 농 한내춘에 대하여 나는 특별한 애정을 가지었다. 처음부터 나는 이 인물을 부정적 인물로 설정하지 않았으며 발전하는 인물로 설정하였다. 약간의 부주의와 개인 이기주의에 사로잡혀 있는 한내춘은 환경발전 가운데서 자기가 고립된 것을 깨닫고 그의 딸 분옥이가 행방불명된 것으로 커다란 충격을 받는다." 신고송. 「항상 배우는 입장에서」, 『청년문학』. 문학예술출판사, 1956. 8.

되고 있고, 북한사회 안에 잔재되어 있는 부르주아적 낡은 사고가 존재하고 있음을 시사한다. 따라서 2막에서 드러낸 북한 사회는 농촌계획사업을 위해서 많은 노력투쟁을 인민들에게 원하고 있는지 알 수 있다.

제3막에서는 개인 농 내춘과 그를 둘러싼 가족과 이웃의 갈등의 폭을 크게 잡고 있다. 내춘의 딸 분옥은 아버지의 고집과 외골수적인 집착에 대해 회의와 절망을 느낀다. 그로 인해 분옥은 가출을 하고 만다. 하지만 내춘은 관식에게 자신의 논에는 물을 대주지 않는 것을 항의하고 자기 고집을 꺾지 않으면서 갈등은 더 커져간다. 고집스러운 내춘의 마음을 움직인 것은 바로, 유순실의 관대하고 포용적인 태도 때문이었다. 이처럼 협동조합의 노력 영웅인 유순실의 개인 농을 교화하는 과정에서 드러나는 인간미와 농촌을 위한 어떠한 어려움도 이겨내는 정신이 부각되어 강조되어 있다.

마지막 막에서는 조합원들이 모여서 회의하는 장면에서 시작된다. 민청원들과 열성 조합원들은 새길 협동조합과 힘을 합쳐서 관개 수리 시설을 확충해야 한다고 주장한다. 반면, 관식을 따르는 무리들은 모두 유순실이 정분이 나서 결행한 결과라고 반박한다. 이때, 세포위원을 맡은 창룡은 조합원들의 부정행위를 밝히고, 이들이 자신의 행위를 무마하기 위해 유순실을 이간질 한 것임을 드러낸다. 이 부분은 북한 사회에 잔존해 있는 관료주의를 청산하고, 사상적 재무장이라는 당의 지침이 그대로 적용된 결과로 보여 진다. 4막의 2장에서는 농촌 관개수리 사업이라는 큰 과업을 실천에 옮겨 놓고 있는 모습을 그려놓고 있다. 당과 정부의 배려로 눈부시게 발전된 농촌 현실과 젊은이들의 열띤 노력, 관료주의를 자기

비판을 통해 씻어 버린 인물들이 한데 어울려 건설투쟁에 투여되어 있는 모습을 형상화하고 있다.

그러나 극 구성 상 몇 가지 문제점이 나타나고 있다. 첫째, 갈등의 중심축이 한쪽으로 지나치게 기울어졌다는 사실이다. 이 작품은 크게 두 가지 갈등 축으로 이루어져 있다. 하나는 농업협동화 과정에서 조합 내부에서 관료주의 의식에 찬 관식과 긍정적 인물 순실 간의 갈등 대립이고, 다른 요소는 내춘이 조합에 가입하지 않아 가족과 조합원들과 사이에 일어나는 갈등이다. 이 갈등들은 긍정적 인물 '순실'과 젊은 조합원들의 활약으로 풀어나가고 있는데, 작품 내부로 들어가 보면 갈등의 비중은 내춘과 그의 가족들에게 더 기울어져 있다. 여기서 작가는 작품 구성상 자작농 내춘이라는 인물에 대한 애정을 많이 극 구성의 균형문제가 발생하였다.

둘째, 관식이 자신이 가진 공명심을 버리고 교화하는 장면으로 전환되는 과정에서 이해력이 부족하다. 관식은 극이 시작될 때부터 제4막 1장에서까지 개인 농에 대한 적대심을 발휘하며 한 치의 양보 없이 자신의 주장을 펼쳐 나간다. 그로 인해 사사로운 공명심과 관료주의에 젖어들고 만다. 그때 세포위원장 변창룡의 조사에 의해서 관식과 그를 따르던 사람들의 부정적 행각만 밝혀지면서 다음 장으로 넘어간다. 그런데 다음 장에서 관식은 완전히 새로운 사람으로 그려지고 있어 장면 연결 부분의 이해 설정이 미흡족하다. 이미 관식의 행동과 성격을 정형화해서 지켜보고 있던 관객들에게는 생경한 느낌을 줄 수 있다.

셋째, 장 안에 삽입적인 이야기들이 너무 많다는 점이다. 각 각의 장마다 세 가지 에피소드들이 등장한다. 보기를 들어보면 제1

막 1장에서 마을 사람들과 남반부 출신 제대군인 변창룡과의 만남 이야기, 조합에 가입하지 않는 내춘과 관식과의 갈등 이야기, 나머지 하나는 순실과 관식 사이에서 비료문제와 양수기 문제로 의견 대립을 보인다. 그 외에도 각 막의 장마다 세 가지 이상의 에피소드가 들어 있어 중심적 갈등에 대한 이야기로 전개시키는데 방해 요소로 작용하고 있다. 게다가 관객들의 극 흐름을 방해할 수 있는 단점을 가지고 있다. 신고송이 이렇게 각장마다 여러 가지 이야기를 배치한 것은 북한 연극의 도식성 극복 차원도 있지만 다양한 인민들의 삶을 옮겨 놓고자 하는 작가 의지의 발현에서 그 연유를 찾을 수 있다 하겠다.

이 작품은 두 가지 갈등의 이야기로 북한 사회가 공산주의 국가로 가는데, 걸림돌들을 없애고 사상 재무장을 주장하고 있다. 게다가 북한 사회 현실 속에 얻은 생활 자료들을 자신의 공산주의 사상 미학적 이상에 비추어 창작되어 졌음을 알 수 있다. 당의 사상적·미학적 이상에 비추어 신고송이 가진 극 구성에 대한 탐색과정을 엿볼 수 있다.

2) 농촌협동 경제의 힘

경인동란 이후, 북한은 정권을 유지하기 위해서 사상적 체제 정비에 눈을 돌린다. 전쟁의 대내적인 실패 원인은 당의 숙적들에게 돌리고 인민들의 지지를 획득하기 위한 방안이었다. 그리고 인민들의 눈을 전후복구건설의 노력 투쟁 속으로 돌림으로써 민주기지를 강화하고, 동시에 경제 재건을 이루는 작업의 단계를 밟게 한다.

북한의 경제적 난관은 지난 시기 중공업 치중에 중점을 두었기 때문이었다. 그래서 북한은 생필품의 생산 확대와 함께 농업 경제 계획을 수립하게 되었다. 이러한 인민경제 복구건설은 곧, 사회주의 농업협동조합 단계로 넘어서는 과정을 보여준다.

신고송의 희곡 「우리 마을」안에서 농업협동조합의 단결된 힘, 인민들의 화합이 얼마나 중요한 것인지 드러내 보이고 있다.

> ① 삼득: 알곡증산과 다수확 작물 배치에 대한 당의 방침을 저희들이 학습하는 과정에서 생각된 것이예요. 창룡이...(말하라고 눈치한다)
> 관식: 어디 변동무가 주동인 모양인데 말해보오……
> 창룡: 저, 주작 콩파종 면적을 줄이고 옥수수 파종을 확대한 것과 참외 파종을 대부분 줄이든지 아니면 아주 없애고 거기에 일부는 역시 옥수수를 심고 일부는 역시 옥수수를 심고 일부는 담배를 심자는 의견입니다.
> ② 심심: 그럼 뭘 할래?
> 필련: 뜨락또르! 뜨락또르 운전사가 될테야.
> 순녀: 쟨 뜨락또르에 미쳤어.
> 필련: 뜨락또르 운전사! 얼마나 좋아 다섯 개 보섭 날에 선 김이 무럭무럭 나는 시꺼먼 흙이 희뜩희뜩 번겨지지 않니... (걸상 우에 앉으며) 내가 이러고 앉았으니까 똑 또락또르 운전대에 앉았는 것같다.
> 심심: 순녀야. 넌 뭐 될래?
> 순녀: 난 돼지를 기를래![201]

인용한 대사들은 농촌사회에 혈기 왕성한 젊은이들의 사상과 의식을 전달한 부분이다. ①은 민청원 들이 학습과정에서 마을에 생산력을 확대하고 더욱 발전을 시키기 위한 대책 방안을 제시하고

---

201) 신고송, 「우리마을」, 앞의 책 참조.

있다. 당에서 지시해온 다수확 작물 배치에 대해서 기존의 콩보다 옥수수를 재배하고, 생산량이 저조한 참외 농사보다는 특산물인 담배를 재배하자는 의견이다. 이것은 농촌의 젊은이들이 공산주의 협동화 과정에 노력·교양되어 당 지시에 복무하고 있는 모습을 그려내고 있다. 젊고 새로운 의식들이 공산화 기반을 구축하여 단단한 사상적 재무장을 그려놓고 있다.

아래 인용한 대사는 동네 젊은 처녀들이 자신의 미래에 대해 이야기를 나누고 있는 장면이다. 급속히 발전되는 농촌 사회에서 남자와 여자를 가릴 것 없이 공산주의 협동화 과정에 동참하고 있다. 북한 사회에서 여성 인민들의 노동력이 미치는 영향이 지대함을 나타난다. 그래서 기존의 남성들이 할 수 있는 기술적인 문제에서도 여성 인력이 투입되며, 하나의 인격체로 공산주의 일꾼으로 묘사되고 있다. 실제 농촌사회의 인민들의 삶을 생생하게 옮겨서 하루가 다르게 변화하는 사회주의 농촌 협동화과정을 형상화해 놓고 있다. 이처럼 북한 농촌 사회에서는 공산주의 사상으로 무장된 젊은이들을 통하여 농업협동조합 단합된 힘과 함께 전진해 가는 발전상을 제시하고 있다.

> 순실: 그런데 우리 두 조합이 애초에 둘로 조직된 것이 잘못이 아닐가요?
> 봉수: 그래요. 그러나 우리가 아직 협동 경리의 경험이 없었으니 장래를 좀 더 세밀히 관망하고 조직하지 못했지요.
> 순실: 우리 조합원들은 요새 와서 그걸 많이 말해요. 우리 조합 밭이 대부분 새골에 있고 새골 논은 우리 농토 가운데 끼여 있지 않아요. 두 조합원들이 멀리 떨어져 있는 자기 전장에 작업하러 다니는 로력랑 비가 적지 않아요.
> 봉수: 금년 가을에 관개 수리공사를 하게 되면 두 조합으로 분리된 불합리

성을 더욱 절실히 알게 될 겁 니다.202)

사회주의 경제는 협동경작과 생산·분배에 의해서 결정된다. 북한에서도 전쟁이 끝난 후, 복구작업과 동시에 사회주의 경작 작업에 들어간다. 이 작품에서도 순실의 마을과 새길 협동조합의 분리된 불합리성을 주장하고 있다. 긍정적 인물로 묘사되고 있는 순실과 봉수의 입을 통해서 조합의 발전과 노동력을 아끼고 더 나아가 생산력을 효율적으로 올릴 수 있는 방법을 이야기하고 있다. 그것은 바로 두 마을이 합쳐서 협동조합을 형성하는 것이다. 하지만 이 작업은 순탄치 않다. 관료주의 의식에 사로잡혀 있는 관식을 비롯한 인물들에 의해서 '애정관계'로 치부되고 만다.

결국 협동 경리 작업은 조합원들의 손에서 이루어지고 있다. 아무리 반대세력들이 협착하지만 조합원들의 노력투쟁 과정 속에서 협동경리의 합리화가 절대적 필연성을 강조하고 있다. 그래서 협동경리작업은 급속도로 진행되어 나간다. 그 속에 당의 배려와 국가의 지원도 드러내 보이고 있다.

창룡: 기계 설비품과 자재는 어떻게 돼요?
봉수: 뽐프와 모타는 도에서 지도서만 나오면 내가 대안리 공장에 개별 계약을 체결하려 가겠습니다. 어떻게든지 떼 내오겠습니다.
순실: 세멘트와 목재는 군으로 나오는 래년도 폰트 중에서 더 주기로 약속 됐으니 공사에 늦지는 않을 거예요.
관식: 계수님. 이렇게 잘 될 수 있는 일을 가지고 난 오래 동안 우기기만 햇군요. 하하.
순실: 우리 힘만으로 되나요. 당과 정부에서 적극 원조해 주니까 쉬운 것

---

202) 신고송, 「우리마을」, 앞의 책 참조.

같지요.
관식: (감개 깊이) 참! 우리 당이 고맙습니다. 나같은 사람까지도 버리지 않고 풍요한 공사에 책임을 지워주니. 세포위원장 동무! 나는 이번 관개 공사를 통해서 나의 지난날의 과오를 깨끗이 청산하겠습니다.[203]

인용한 대사는 4막 2장 가운데 끝부분 장면이다. 공산주의 농촌에 잔존해 있던 관료주의, 부르주아적 잔재를 청산하고 협동경리를 이룩한 장면을 보여 주고 있다. 새길과 순실의 마을이 합쳐서 관개수리 사업을 억척스럽게 해 나가고 있다. 특히 관료주의 의식에 차 있던 관식의 자기비판을 통한 사상 개조가 드러나 있고, 동네 처녀, 개인 농들까지 합세한 협동농장의 위대한 힘을 발휘하고 있다. 이 작품은 불가능할 것 같은 수리 사업을 당과 인민들의 노력 투쟁을 통하여 이루어지고 있는 과정을 역동적으로 그려내고 있다.

또한 작품 곳곳에 드러나고 있는 현대적 농기계의 출현은 거대한 사업의 원천적인 힘으로 작용하고 있다. 실제, 거대한 농기계 투자는 소련의 원조를 통하여 이루어진 결과물이었다. 하지만 작품 속에서는 인민들의 지원하고 배려하는 당의 든든한 원조로 드러내 보이고 있다. 이것은 현대적 농기계를 도입하여 협동경리뿐만 아니라 농업시설을 확충하여 생산력 증대라는 경제적 가치까지 올리고 있는 북한의 현 정세를 그리고 있다.

신고송의 「우리 마을」은 북한 연극의 도식성을 극복하고 당의 문학을 쇄신하는 입장에서 창작된 희곡이다. 하지만 작품 곳곳에 극작가로서 가지는 절제된 감정의 언어 표현들이 드러나는데, 그의 희곡언어들이 지니는 독특함이 묻어난다.[204] 그것을 더욱 확연히

---

203) 신고송, 「우리마을」, 앞의 책 참조.

드러내고 있는 제2막 2장의 장면을 인용하면 다음과 같다.

> 분옥이 비를 맞고 들어선다.
> 순실　오 분옥 동무!
> 정씨　엉…
> 내춘　(잠시 놀라다가 곧 움직이지 않는다)
> 순실　아주머니, 분옥 동무가 돌아왔어요. (분옥이에게) 나는 동무가 돌아
> 　　　올 줄 알았어!
> 정씨　(바라보다가) 빌어 먹을 년…
> 순실　그래. 어델 가 있었어.
> 분옥　……
> 순실　분옥 아버지! 분옥 동무를 나무래지 마세요. 오죽해 집을 나갔겠어요.
> 내춘　(사이를 두고) 네. 작은 아버지는 병원으로 갔다.
> 분옥　오다가 만났어요.
> 정씨　어서 옷이나 갈아입어라. 205)

　　제2막 3장에서 분옥은 아버지 내춘이 조합에 들지 않아 연신 갈등을 일으키다가 가출을 한다. 마을 사람들과 순실은 분옥을 찾아다니지만 결국 찾지 못하고, 내춘 내외는 실의에 잠겨 있다. 이때 비를 맞고 분옥이 등장한다. 그토록 애타게 찾던 딸이 집으로 들어오는데, 그 북받치는 감정을 모두 절제하고 정씨는 "빌어먹을

---

204) "대체로 오늘 우리 극작가들의 희곡창작생활에 있어서 언어문제를 그다지 크게 보고 있지 않은 것은 사실이다. 물론 오랜 창작 년조를 가진 극작가들은 자기의 언어 구사에 대한 시간적인 숙련과 문학어적인 소앙관을 믿고 ─물론 이는 그들의 실제 창작에 있어서 언어 문제에 관하여는 청소한 극작가들 보다 훨씬 탁월하다.─ 새로운 전 인민적 언어의 어휘 속에 포함될 근로 인민의 창조적 언어 소박한 언어에 대한 연구가 부족하다." 신고송, 「희곡창작과 언어문제」, 『문학예술』, 문학예술출판사, 1952. 10.
　　그는 여기서 극작에 있어서 언어문제의 중요성을 들어놓고 있다. 그는 극작가들의 언의 창조성을 위해 자신을 연마해야하며, 근로 인민의 창조적 언어, 소박한 언어에도 관심을 기울여야 한다고 주장하고 있다. 그는 자신의 극작품 속에서 인민적 언어·창조적 언어를 실현하기 위해 고심한 흔적들을 찾아볼 수 있다.

205) 신고송, 「우리마을」, 앞의 책 참조.

년"이란 한 마디의 대사를 내던진다. 이 대사는 욕설 같지만 여태 걱정하고 있던 집을 나간 딸을 기다리던 부모의 심정을 총체적으로 나타낸 대사이다. 곧 걱정과 원망, 행여 오지 않을까 하는 불안감과 긴장이 해소되어 튀어나온 말이다. 실제 부모의 입장에서는 충분히 나올 수 있는 마음 깊숙한 곳에서 우러러 나온 말이다. 그리고 내춘도 무관심한 척하지만 돌아온 딸에게 작은아버지의 소식을 전한다. 결국, 이 장면은 감정의 절제된 언어를 사용함으로써 극작품이 신파적 요소로 떨어지는 것을 막고 있을 뿐만 아니라 조합 가입에 냉소적인 내춘의 마음을 동요시키는 역할을 해내고 있다.

이처럼 신고송의 「우리 마을」은 북한의 농촌 현실을 반영하여 공산주의 협동경리를 가는 과정을 나타내고 있다. 앞선 북한의 문학·예술 작품들의 도식성을 극복하기 위해 창작된 이 작품은 북한 사회가 당면한 문제들을 두 갈등의 축으로 나타내고 있다. 하나는 북한 사회에 잔재되어 있는 관료주의 의식과 대립하는 것이고, 나머지는 개인 농들을 교화·포용하여 든든한 조합원으로 노력투쟁에 동참시키는 것이다. 그리고 많은 인물들을 등장시켜 협동경리로 가는 조합의 단합된 힘과 의지를 부각시키고 있다. 더 나아가 인민들의 사상적 재무장을 통한 농업 생산력 확충이라는 농촌사회 현실의 경제적 성장 모습을 담아내고 있다. 한편 이러한 당의 문학 구현 속에서도 극작가로서 절제된 희곡적 언어·인민의 언어를 사용함으로써 극작품의 주제를 더욱 현실성 있게 만들어주고 있다.

3. 천리마 현실의 반영과 사회주의 사상

경인동란이 끝난 후, 북한은 황폐화된 국토회복에 온 힘을 쏟는다. 그 가운데 가장 중심적인 사업은 경제복구를 기반으로 한 사회주의 건설의 기초를 닦는 일이었다. 그리고 정권유지와 체제 보장이라는 정권야욕으로 차례대로 종파분자와 연안파, 김두봉까지 숙청을 하고 만다. 이러한 정권유지의 지지를 획득하기 위해 도시와 농촌에서 생활관계의 사회주의적 개조를 완성시키고자 했다. 더불어 사회주의 건설 대고조 운동으로 '천리마 운동'을 개시한다.

천리마운동은 자본·물자·기술 등의 부족에 직면한 북한에서 인민의 자발적 역량을 총동원하여 집단적 증산운동을 전개할 수 있는 좋은 방안이었다. 이 운동은 소극성과 보수주의를 퇴치하고 혁명적 대고조를 일으킨다는 명분으로 전개되어 전국으로 확산되어 갔다. 이것은 강제적 집단주의에 기초한 북한의 대중운동으로 굳어졌다. 문학전반에서 이러한 당 정책과 발맞추어 사회주의 건설을 위한 노동자·농민의 투쟁을 담은 '천리마 현실'이 반영하고자 했다. 신고송의 희곡 「선구자들」[206]은 이 시점에서 창작·공연된 작품으로 농업협동화를 통한 사회주의 건설과 천리마 운동의 의의가 담겨져 있다.

1) 사회주의 개혁 실천과 완성

신고송의 희곡 「선구자들」은 황해남도 한 농촌을 배경으로 이루

---

206) 「선구자들」은 1958년 5월에 창작되어, 같은 해 '황남 도립극장'에서 공연된 바 있다.

어진 4막 7장의 장막극이다. 각 막의 순차적인 변화에 따라 점점 발전·변모되어 가는 농촌의 모습을 그려내고 있다. 그리고 그 속에서 진정한 사회주의 건설이라는 뚜렷한 주제의식을 표방하고 있다. 막의 진행에 따라 모든 위협과 음모 속에서 꿋꿋이 농촌을 지켜나가는 농업협동조합의 위상은 드높아지고 있다. 각 막의 중심 내용을 살펴보면 아래와 같다.

제1막 1953년 10월
제1장: 전쟁의 피폐 속에 가족을 잃은 전쟁용사 원찬이가 돌아온다. 마을 사람들은 원찬의 주도 아래 농업협동조합이 만들어지기를 학수고 대하고 있다.
제2장: 원찬은 농업협동조합을 조직하여 그 첫 사업으로 장마 때 늘 범람 했던 호룽개 공사를 시작한다.
제2막 1954년 2월에서 5월
제1장: 정미소 주인 찬서가 조합원을 빼돌려 농업협동조합을 와해하려는 음모 속에 농업협동조합의 토론이 이어진다.
제2장: 1954년 5월 장맛비로 호룽개 공사의 어려움에 직면하나 당에서 협조대를 지원하여 기적처럼 공사를 마무리 짓는다.
제3막 1956년 4월 호룽개 공사로 어느 정도 경제를 회복한 선구자들. 농업협동조합은 고사리 골에 이동작업반을 배치하여 랭상모 작업에 들어간다.
제4막 1958년 5월
제1장: 양수장과 변압기가 설치된 발전 변화된 선구자들 농업협동조합. 이에 시샘한 찬서와 그의 딸 신자는 양수기를 파괴하려 하나 이내 들통 나 끌려 나간다.
제2장: 문화주택이 들어선 농촌. 인민들은 새 집으로 이사 가기에 분주하 다. 그리고 새로운 농작물인 목화꽃이 활짝 피어 있다. 동네 사람 들은 김일성의 방문으로 들떠 있다.[207]

207) 신고송, 「선구자들, 『선구자들』」, 조선작가동맹출판사, 1958.

제1막에서 농업협동조합 결성에 따른 반대세력과 대립에서 농업협동조합이 결성된다. 드디어 첫 사업인 호롱개 공사에 착수한다. 제2막에서는 본격적인 호롱개 공사에 음해하는 정미소 주인 백찬서와 대결이 벌어지고, 설상가상으로 심한 폭우까지 쏟아져 조합원들은 어려움에 처한다. 하지만 이러한 난관은 당의 협조대 지원으로 모두 해결된다. 3막에서는 랭삼모 심기 사업 과정에서 찬서의 음모가 있고, 보수의 세력들이 위협을 가해온다. 이에 원찬은 심한 좌절감에 빠진다. 그렇지만 당에서 찬서와 그 일당의 사기행각을 밝혀주고, 종파사건으로 마무리 짓는다.

4막에서 수량을 조절하는 양수기가 돌아가고, 문화주택이 들어서는 평화롭기만 하는 농촌의 모습이 나타난다. 그러나 앙심을 품고 있던 찬서 일당은 양수기를 파괴하러 오나, 곧 발각되어 끌려나가게 된다. 곧이어 수령인 김일성이 방문한다는 소리에 마을 사람들은 기쁨에 들떠 있다. 마침내 그들이 바라는 사회주의가 건설되고 있음을 느낀다.

위에서 본 바와 같이 막의 진행은 순차적으로 구성되어 있다. 5년간에 걸친 극중 시간을 통해 전후복구시기의 북한이 안정을 얻어가는 과정을 전진적으로 보여주기 위함이다. 극중 인물 찬서는 그러한 흐름에 역행하는 대표적인 인물상이다. 시간이 흐를수록 찬서에게 불리한 상황으로 여건이 조성되어가는 것과 마지막 발악의 시도가 4막 1장이 되는 셈이다. 결국, 이러한 위기와 전환 부분을 겪고 '사회주의 건설'이라는 행복한 결말을 얻어낸다. 게다가 이미 작품 속에서 '공산주의 사회'로의 진입을 내보이고 있는데, 농업협동경제가 성공을 이룬 농촌에 수령이 방문한다는 결론이 이를 말해주고 있다. 따라서 이 극 속에서는 농업협동화 작업이 완성된 군중사업의 성과물을 증명하는 '천리마 운동'의 현실이 반영되어 있다.

또한 이 작품은 마지막까지 극적 긴장감을 놓치지 않고 있다. 극 속에 내포되어 있는 긴장감은 찬서와 그의 딸 신자에 의해 음모가 진행되고, 그것이 들통이 나는 과정을 말한다. 양수기와 문화주택이 들어선 현실에 앙심을 품은 세력들의 간계를 통해 관객들에게 극 마지막부분까지 긴장감을 이어나가게 한다. 이것은 북한 현실에 나타나는 종파사상과도 연관이 된다. 종파사상은 언제나 북한 사회 내부에 존재하여, 어느 순간에 침투해 올지 모르기 때문에 끊임없는 사상개조가 필요함을 제시하고 있다.[208) 하지만 이러한 주제를 담아내기 위한 구성 방식은 도식주의의 한계를 드러내고 있다. 마을의 숙원사업인 호롱개 사업은 반대세력의 와해 공작 속에서 진행이 되었으나 또 다른 장애물인 장맛비가 퍼부어댄다. 이때, 당의 협조대가 파견되어 기적처럼 과업을 완수한다. 이렇게 당의 협조 장면과 발전된 농촌에 김일성의 방문으로 들떠 있는 마

---

208) 신고송의 평론 가운데 철저하게 반당종파분자를 물리치고 계급교양과 당성 단련으로 강화할 것을 북한문단에 강조한 글이 있다.
　　"우리는 한설야 위원장의 보고에서 문학의 당성 원칙과 사상 의지의 통일에 대하여 언급하였고 과업을 제시한데 립각하여 이 투쟁의 성과를 확고히 하며 정착시켜야 한다고 생각합니다. 그러기 위하여 나는 무엇보다도 우리 작가들이 우리 혁명을 좀 먹고 우리의 성과를 탈취하려고 하는 온갖 반당 종파분자들의 준동에 대하여 예리한 혁명적 경각성을 높이면서 우리 문학 대렬 내에서 계급 교양 당성 단련을 강화하여야 할 것 이라고 생각합니다. 지금 우리 문학 대렬은 그 어느 때보다도 통일되었으며 단합되었다고 나는 생각합니다. 이제는 아무도 지위에 대해서 이야기하지 않으며 출세에 대해서 이야기하지 않습니다. 이제는 대렬 내의 어느 구석에서도 누가 누구를 잡으려고 하거나 쏨곰닥거리지 않는다고 합니다. 모두가 창작에 대해서 이야기하며 현실에 대해서 생활에 대해서 그것의 창작에서의 반영에 대해서 이야기합니다." 신고송, 「종파사상은 우리 문학발전을 저해하는 독소이다」, 『문학신문』, 문학신문사, 1957. 11. 4.

지막 장면은 '천리마 현실'을 담아내는 희곡의 전형화된 구조로 형성되어 있다. 이것은 관객에게 마지막 결과를 예상할 수 있는 극적 흥미를 떨어뜨릴 위험이 있다.

「선구자들」에 등장하는 인물 군은 두 축에 따라 얽힌다. 협동조합의 결성을 둘러싸고 이를 주도하는 측과 위협하는 측이 그것이다. 농업협동조합의 결성을 주동하는 전쟁용사 김원찬을 축으로 김복순, 송해주, 리씨, 신영호, 신정균, 강익수, 최성녀, 김혜숙, 지동숙이 긍정적 인물 군에 해당된다. 그리고 농업협동조합을 음해하는 부정적 인물 군으로는 정미소 주인인 백찬서와 그의 첫째 딸 신자, 사위 리동구다. 이 두 인물군은 각 막마다 갈등을 빚어내고 있다.

> 원찬: 여러분, 우리가 지금 살고 있는 이 고장은 우리 조상들의 피땀이 뿌려진 땅이며 특히는 지난 후퇴 시기에 우리들 부모 처자들의 피가 밴 귀중한 땅입니다. 이 땅은 지금 우리에게 자기가 간직하고 있는 무진한 곡물 자원을 최대한으로 발굴해가기를 바라고 기다리고 있는 것입니다. 자! 여러분, 우리는 우리의 모든 힘을 바쳐 우리 조합이 국가의 한 개의 대곡물 공장으로 되게 하기 위하여 호롱개공사 완수에로 한결같이 나아갑시다.
>
> 선규: 우선 푹 쉬시고 마을의 형편을 좀 보십시오. 할 일이 여간 많지 않습니다. 리내에서도 이 마을이 피해가 제일 많습니다. 빈농들이 지금 협동조합을 조직하려고 하는데 첨 하는 일이라 잘 안됩니다. 동무는 전쟁전에도 모범 농민이었고 단련되었으니 농촌개량진에 기둥이 돼 주어야 하겠습니다.[209]

위에서 보는 바와 같이 농업협동조합을 결성하는 김원찬은 전쟁으로 피폐화된 농촌을 일으켜 세울 영웅적인 인물로 그려지고 있

209) 신고송, 「선구자들」, 앞의 책 참조.

다. 그는 협동조합의 첫 공사인 호룡개 공사를 앞두고 이들을 음해하려는 세력들을 물리치고 단결하여 새로운 농촌을 건설하자고 힘주어 말한다. 그리고 아래 인용 부분은 마을 사람들이 지도자격인 김원찬을 얼마나 학수고대하고 있는지를 여실히 보여주고 있다. 게다가 농업협동조합의 결성이 얼마나 절실한 일이었던가를 드러내고 있는 부분이기도 하다.

당의 이상을 지향하는 김원찬은 아무것도 없는 농촌 현실에서 농업협동조합을 세우고, 호룡개 사업을 기적처럼 완수해낸다. 호룡개 사업은 농사 관개시설에 유리한 조건을 마련해내고, 랭상모 작업에 인민들이 노력 투쟁함으로써 경제적 생산력을 확보하게 된다. 안정된 경제생활은 발전된 농촌 모습을 일구는데 혁혁한 공을 세운 인물이다. 그러나 전쟁으로 처자식과 부모까지 다 잃은 김원찬이 슬퍼하는 장면을 단 한 번도 그려내고 있지 않은 것은 신고송의 희곡이 지닌 도식성 가운데 하나다. 결국 이 작품은 작가가 사회주의 대고조 운동인 '천리마 운동'의 사상적·경제적 개조의 목적을 실행한 작품이며, 김원찬을 통해 '천리마 기수'의 모습을 형상화하고 있다.

2) 경제적 사회주의

북한에서는 생산성 향상을 권장하는 데에 인간의 노동력에 절대적 가치를 두고 있다. 그래서 전쟁이 끝나자 인민 대중들의 협동 단결을 부르짖으며 경제복구에 매진한다. 문학작품 속에서도 인민들이 경제를 바르게 세우기 위해서 노력·노동하는 모습에 주목하고 있다. 신고송의 「선구자들」에서도 그러한 인민대중들의 영웅적인 면모를 여실히 드러낸다.

> 영호: 이 사람아 그러지 말고 말 좀 듣게. 정월 달에 수령께서 수리 조합에 오셔서 이 지대에서부터 공산주의를 제일 먼저 건설하라고 하시지 않았나. 우리가 공산주의를 누구보다도 먼저 건설하자는데 자네 모양으로 그렇게 새 것에 굼떠서 되겠나.
> 선규: 당 중앙에서 종파도당을 제때에 적발 폭로하지 않았다면 우리 혁명이 어떻게 되겠습니까? 고사리 골 이동 작업반에서 그 많은 목축과 과수도 못했을 것이요. 유가족 방조 론드도 실시 못했을 겁니다.[210]

인용은 새로운 수리 시설에 대해 반신반의하는 마을 사람에게 영호가 "사회주의 건설에 그렇게 굼떠서 되겠냐고"꾸지람을 하고 있다. 그리고 아래 인용 부분은 사기꾼 같은 당 간부 고가를 비웃으며 종파도당을 힐난하고 있다. 이처럼 「선구자들」에 등장하는 마을 사람들은 사상적으로 무장되어 있는 사회주의 건설의 선구자임을 나타내고 있다.

신고송의 작품 속에 드러나는 인민들의 가열 찬 토론 장면은 사회주의 혁명으로 가는데 정당성을 부여하고 있다. 관객들은 극중 토론 장면을 보면서 농업협동조합에 관한 여러 가지 의견을 수렴하고, 모두 경제적으로 발전되는 농촌을 향해서 고무적인 감정을 가지게 된다. 이러한 과정을 통해서 사회주의 개혁의 실천과 그에 따른 경제적 안정을 추구하고자하는 인민 교화사상이 내재되어 있다. 따라서 신고송의 작품에는 전후복구 시기 당의 정책을 인민들에게 긍정적으로 수용할 수 있는 장치를 마련하고 있는 셈이다.

---

210) 신고송, 「선구자들」, 앞의 책 참조.

리령감: 두 분이 다 아다싶이 우리 일곱 식구는 신계 곡산 두메 산골에서
        부대를 파먹고 살던 사람이 아니요. 그렇던 우리가 지금 어떻게
        됐소. 정부의 배려로 이밥에 고기 반찬으로 비단옷을 입고 살게
        되었을 뿐만 아니라 고대 광실 기와집에 활개치며 살게되지 않았소.
원찬: 목화가 필 때 한 번 더 오시겠다고 하신 말씀대로 오시는 군요.
해주: 우리는 참 행복한 시대에 살아요!
……
원찬: 우리 같이 수상 동지를 맞으러 가자! 211)

인용문에서도 나타났듯이 사회주의 건설은 경제적 뒷받침 아래
에서 이루어진다. 그리고 이 모든 것은 당과 수령의 배려 속에서
이루어진다는 사실이 드러난다. 전쟁 뒤의 가난과 궁핍에서 벗어나
고자 농업협동조합 아래 단결된 인민들은 그 보상과 혜택을 누리
고 있다. 그들이 당과 함께 이룬 경제력은 사회주의 행복을 보장
해주는 밑거름이 된다. 그래서 인민들은 평화롭고 안정된 마을을
수령이 찾아주는 더없이 축복받은 땅이 된다. 그리고 희곡 속의
배경인 농촌 도시는 그야말로 인민들이 그리는 아름다운 지상낙원
으로 포장되어 있다.

이 작품의 또 다른 특징은 긍정적 인물군의 계급이 다양하다는
점을 들 수 있다.212) 이러한 다양한 계급들이 한데 어울려서 인민
경제 복구건설에 앞장서고, 경제적 사회주의를 건설하는데 이바지
하고 있는 모습을 그려내고 있다. 전후 상황에서 출신 성분은 그
다지 중요하지 않다. 인민 어느 누구라 할 것 없이 경제적 복구에
동참해야 한다는 작가의 의식이 반영되어 있다. 그리고 긍정적 인

---

211) 신고송, 「선구자들」, 앞의 책 참조.
212) 긍정적 인물군의 계급은 전쟁을 통해 가족들을 잃은 유가족이 대부분이고, 제대군인, 남반
    부 출신, 가족 가운데 월남한 사람을 둔 인물도 있다.

물 간에 서로의 상처를 보듬고, 사랑하는 '로맨스'가 삽입되어 있는 부분[213]은 계급간의 결합을 시사하고 있다. 이러한 계급간의 결합을 시사하는 것은 사회주의 대고조 운동으로 인민대중의 단합된 힘이 얼마나 주요한 것인지 보여 주고 있다. 곧, 공산주의로 가는 사상성의 무장을 염두에 두고 있는 증거이기도 하다.

이 작품에서 신고송이 보여주는 독특한 방식은 갈등의 요소를 무대 장치적 요소와 결합시켰다는 점이다. 이를 통해 관객들에게 극 흐름의 예비지식을 심어줄 뿐만 아니라 극에 대한 흥미를 증폭시키고 있다.

> ① 무대 바른편에 김원찬이 살던 기와집이 좌정하고 있다. 三년 간의 전쟁으로 황폐했고 문들은 뚫어지고 벽과 지붕은 군데군데 퇴락했다. 문들이 판자로 빗장을 지른 것으로 일견 사람이 현재 거처하지 않음을 알 수 있다.
> 〈중략〉
> 왼편에 정미소 주인 백찬서의 집대문이 있고 울바자로 행길과 구획되어 있다.
> ② 원찬 동숙 동무! 지금은 이 장난감을 가지고 놀 아이들이 없지마는 우리 동내에는 앞으로 더 많은 장난감이 소용되리만큼 번창해질 거다. (해주에게 장난감을 주며)이걸 일만일 갖다주시오.
>
> 정균 뛰여 온다.

---

213) 신고송이 북한에서 창작한 희곡 안에는 '로맨스'가 에피소드 식으로 구성되어 있는 것이 눈에 띤다. 월북 초기 창작한 「들꽃」에서는 '갑선과 진만」, 「목화꽃 필 무렵」에서는 '태식과 경희'의 사랑이 삽입되어 있다. 그리고 정치성이 강한 「불길」에서는 주인공 동형태는 희련과 불륜의 관계를 설정해 놓고 있기도 하다. 사회주의 농촌극인 「우리마을」과 「선구자들」에서도 '제대군인 변창룡과 순녀', '제대군인 박상선과 혜숙'의 로맨스를 통해 계급 간의 결합을 나타내고 있다. 「달래벌에 동이 튼다」역시 긍정적 인물들 간의 결합을 시사하고 있다. 북한에서 창작한 신고송의 희곡 작품 속에 나타난 '로맨스'는 때로는 희생을 통해 비극을 낳기도 하고, 불륜이라는 형태로 상처를 입히기도 한다. 하지만 후반기에 창작한 작품 속에서는 긍정적 인물간의 결합을 통해서 공산주의 사회로 나아가는 데 힘의 원동력이 되기도 한다. 신고송은 '로맨스' 장면을 삽입하여 극의 갈등을 증폭시키거나 자칫 경직되어 설명하는 연극의 지루함을 풀어주는 역할을 해내고 있다. 이것은 신고송이 극작가로서 극의 흐름을 잘 파악하는 능력과 동시에 그가 지닌 개성있는 희곡세계를 보여준다고 할 수 있다.

정균   원찬 형님!

원찬   울지 말아라. 정균아! 우리에겐 할 일이 많다.

③ 찬서 (서성거리며) 하늘이 무너져도 솟아 날 구멍이 있다니 어데 누구
   의 뿔이 부러지나 겨누어 보자.[214]

　

　　맨 위에 인용한 글은 「선구자들」의 무대 해설부분이다. 무대는
폐쇄하여 몰락한 원찬의 집과 정미소를 하는 찬서의 집을 대비적
으로 설명하고 있다. 덧붙여 전쟁을 통해 전 가산을 잃고 가족마
저 잃어버린 김원찬의 모습과 자신의 부와 권력을 쌓아가는 찬서
의 모습을 극렬하게 제시함으로써 앞으로 닥쳐올 그들의 갈등관계
를 암시해주고 있다. ②부분은 제1막 1장의 마지막 장면이다. 김원
찬은 전쟁에서 가족을 잃은 이들에게 슬픔을 딛고 일어나도록 격
려하고 있다. 이때 김원찬이 돌아왔다는 소식을 들은 제대군인 정
균이 뛰어와 포옹하는 장면이다. 원찬은 울먹이는 정균을 달래며
"우리에겐 할 일이 많다"고 다독인다. 이 부분은 앞으로 김원찬이
마을과 국가를 위해서 마을 사람들과 함께 할 사업을 예상케 한다.
마지막 인용 장면은 호룽개 사업을 앞두고 찬서는 그들의 사업을
반대하며 음해할 마음을 다짐하는 부분이다. 찬서의 날카로움이 깃
든 대사를 통해 관객들은 다음 막에 이어질 그들의 행동에 대한
긴장감을 가지게 된다. 이렇듯 무대해설이나 인물들의 대사를 통해
긴장감과 갈등을 암시하고 있는 전략이 숨어져 있다.

　　북한에서 천명한 경제적 사회주의는 놀라운 성과를 거두게 된
다.[215] 「선구자들」작품에서처럼 농업협동화를 통해 자립경제를 구

---

214) 신고송, 「선구자들」, 앞의 책 참조.

축해 나가는 모습을 볼 수 있다. 이러한 경제화는 인민들의 노력
투쟁을 바탕으로 이루어지며, 그것을 위해 당은 물심양면으로 지원
하는 모습을 작품은 담고 있다. 이것은 모든 어려운 상황을 극복
하고, 음모를 파헤쳐 진정한 공산주의를 완성시키는 데, 초점을 맞
추고 있다.[216)]

4. 주체사상과 혁명의 정통성

북한의 사회주의 건설이 3년 앞당겨 조기 성취되면서 본격적인
집단주의적 '공산주의'국가의 틀을 마련한다. 1958년 11월 김일성
은 '공산주의 교양에 대하여'라는 교시를 내려 공산주의의 우월성
을 알리고 집단주의와 프롤레타리아 국제주의 정신으로 교양할 것
을 지시하였다. 그리고 1959년에는 제2차 항일혁명 전적지 답사
관을 보내 조선 노동당의 혁명전통과 정권의 정통성을 부각시키기

---

215) "1957년 1월 1일 제1차 5개년 경제계획은 1956년 4월 23일에서 29일까지 열린 로동당
제3차 대회에서 채택된다. 의식주 기본 문제 해결의 주요과제에 따라 국민소득 2.2배, 양곡
수확고 376 만 톤이 주요 계획 목표였다. 실제, 주요 실적은 국민소득 2.3배, 공업 총 생산
3.5배, 노동생산 성장률 49.6%, 노동 생산성 성장률 140%, 양곡 수확고 380.3만 톤을
이루어 북한 경제의 전성기를 이루게 된다." 기독교북한선교회, 『북한의 발자취』, 기독교북
한선교회, 1996.

216) 실제, 이 시기 북한은 정권을 유지시키기 위해 반대세력 숙청작업에 들어간다. 1956년 1월
김일성은 '당 중앙위원회, 상무위원회의'에서 "반당 반혁명 종파분자들"의 책동을 규탄 하
였다. 같은 해, 8월에는 연안파 최창옥 등 친소 계열의 숙청을 감행한 이른바 '종파사건'이
일어난다. 다음 해인 1957년에 이르러서는 생산혁신과 사상교육 강화, 생산, 서비스, 정신
노동 등 북한 특유의 국가 총동원 체계가 내려진다. 1958년 3월에 열린 '당 제1차 대표회
의'를 통해 김두봉을 숙청하게 되고, 3월 3일에 본격적인 '천리마 운동'을 시작하게 된다.
그리고 8월에는 사회주의 개조 완성을 알리며 농업협동화 완료를 선포한다. 이러한 급격한
숙청의 바람과 당 정책의 지시를 작품 속에 정치적 사상성으로 드러내 보이고 있다. 그 보
기로 여성 인민들이 연극 서클 활동을 통한 사상성 재무장, 보수주의에 대한 일침, 종파도
당의 폭로 등을 들어 작가의 정치적 인식이 작품 곳곳에 내재되어 나타난다.

에 이르렀다. 이것은 자연스럽게 김일성 주체사상을 정립하면서 일인 지배체제의 강화를 가져오게 된다.

이 시기 문학 분야에서는 카프문학을 뛰어넘어 북한의 가장 중심적 혁명전통에 초점을 모으기 시작했다. 그 혁명의 중심에는 김일성의 항왜 무장투쟁의 역사가 있었다. 이 무렵 북한 문예이론은 '사회주의 리얼리즘'의 창작 방법에 주체사상이 결합한 '주체 문예이론'으로 논리화하고 있다. 이른바 북한문학에서 말하는 '종자론'이 탄생하게 되었는데, 종자론의 핵심은 당연히 공산주의 사상성에 기초한다. 이러한 당의 지침에 따라 신고송은 창작 희곡을 발표하는데, 혁명성의 정당성을 강조하는 「달래벌에 동이 튼다」(『조선문학』1964, 1)가 그것이다.

1) 인민대중의 계급투쟁 역사

1961년 3월에 '조선문학예술총동맹'이 조직되면서 조선노동당은 문학창작활동에 대한 지침을 내린다.[217] 이 무렵, 문학가들은 보다 목적 지향적 사상검열과 미학적 준비를 거쳐 창작에 임해야 했다. 그래서 작품에는 항상 인민대중의 참된 삶과 행복을 반영하고, 인간의 삶의 가치와 의의를 투쟁적으로 고무된 사상에서 깨닫게 된다. 따라서 이 시기 문학작품은 당의 정책 노선을 그대로 적용하

---

217) '조선문학예술총동맹'의 창작활동은 첫째, 창작계획의 지도를 들고 있다. 창작 주제로 적합한 것의 보기로 혁명적 전통, 조국통일과 혁명과업, 사회주의 사회건설의 위대성 찬양, 제국주의 부패상이나 남반부 현실에 대한 비판을 들고 있다. 둘째, 창작 실천의 단계에 관한 이야기다. 이것은 공장, 기업체, 농장, 관광 등의 산업 현장에 직접 작가를 파견하여 창작에 임하도록 하는 것이다. 직업을 가진 작가라면 현직에서 작품 활동을 하게 하는 것이다. 셋째, 창작평가의 지도에 관한 것이다. 이것은 작품이 종자를 제대로 택했는지에 대한 평가를 일컫는다. 조선로동당, 『우리 당의 문예정책』, 사회과학출판사, 1973.

여 김일성의 교시를 실현하는 데 그 목적이 있었다.

신고송의 희곡 「달래벌에 동이 튼다」도 이러한 목적지향성을 지니고 창작되었다. 이 작품은 3막 8장의 장막극으로 시간적 배경은 1920년대부터 광복 이후까지 이르는 인민대중들의 혁명투쟁의 역사가 속도감 있게 빠르게 진행되고 있다.

제1막

제1장(1922년 가을): 윤장로는 딸의 혼례준비로 바쁜데, 소작농 정판도가 찾아와 식량을 원하나 거절함. 정판도는 생활의 고통을 이기지 못 목매달아 자살함. 하녀 시월이 기풍의 아이를 가진 것을 알자, 기풍까지 종으로 삼으려는 계획을 삼는다.

제2장(1941년 여름, 달래강 기슭): 10년 동안 윤장로의 종노릇을 하던 기풍 부부는 달래강을 개간해서 수수를 재배하고, 송아지 배내기하기 좋아짐. 윤장로의 사위 한익은 미국 선교사가 세운 삼산학교에 교장으로 선임. 노동판에서 돌아온 영선은 김일성 장군의 항일무장투쟁에 대해서 이야기 한다.

윤장로는 왜 서기장과 짜고 달래강 개답 구실로 땅을 빼앗는다.

제3장(1944년 11월): 아들 춘갑이 징용을 가지 않고 도주한 이유로 기풍은 왜 순사에게 끌려가 고문을 받고, 또순이는 정신대에 끌려감. 박제명은 독립자금을 댄 공산주의로 징역을 삼. 윤장로는 정신대에서 빼주는 구실로 기풍의 딸 춘옥을 첩으로 삼으려 하고, 몰래 집을 찾아온 춘갑은 순사들에게 잡혀 감.

제2막

제1장(1945년 10월): 농민조합 일꾼들은 소작료 3.7제로 들떠있고, 윤장로

는 학곤과 학선을 이용해 쌀을 빼돌린다. 그것을 알게
된 동네 사람들은 윤장로를 찾아가 구타함. 한편, 윤장
로와 사위 한익은 사상 대립을 겪는다. 징용에서 도망
쳐 돌아온 춘갑은 김일성의 항일저항투쟁을 이야기해
주며 급진 사상으로 동네 사람들과 마찰을 일으킴.

제2장: 윤장로는 학선을 돈으로 꾀어 조합원으로 등록시켜 이간질시킴. 군
보안서 부사장 방준모도 자기편으로 획책. 윤장로의 아들 필호는 미
국 소좌 안더슨의 심복이 되어 동네를 획책 할 계획을 세움. 자형
한익과 갈등을 일으킴. 춘갑은 윤장로를 협박하고 마름인 맹구를 구
타함.

제3장: 마을 사람들은 달래벌 개간에 바쁘고 춘옥과 형팔은 박제명이 당 비
서관으로 왔다는 소리에 기뻐 하지만 춘갑의 극렬한 태도를 걱정 함.
필호는 인민위원회, 농민조합 간판을 떼 내고, 자형 한익을 총살시킴.
춘갑의 극렬한 행동을 양선과 순단이 달래보지만 설득되지 않음.

제3막

제1장 (1946년 3월 5일): 윤장로는 자금을 마련하기 위해 비료 거간을 팔려
고 하고, 윤장로에게서 벗어나지 못하는 학선을
아내 최씨가 나무람. 군 보안서 부서장 방준모가
종파분자로 드러나고 춘갑에 대한 오해와 갈등이
풀림. 무상몰수 무상분배 토지조사사업이 실시되
고, 그것을 지도하기 위해 정판도의 아들 우섭이
내려온다. 그리고 동네 사람들 땅을 돌려받기 위
해 윤장로 집으로 몰려감.

제2장: 사람들은 군중대회를 준비하고, 학선과 학곤은 자기비판으로 조합원
이 된다. 맹구와 필호가 회관을 덮쳐 테러를 저지른다. 그것을 제명이
들어와 진압하고 새날이 밝아온다.[218]

이 작품의 전체적인 줄거리를 막과 장으로 나누어 정리한 것이
다. 1막은 나라잃은 시기 1922년 가을로 시간이 거슬러 올라가며,

---

218) 신고송, 「달래벌에 동이 튼다」, 『조선문학』, 문학예술출판사, 1964. 1.

1941년, 광복 전 1944년까지 시간적 배경이 제공된다. 그 속에서 부르주아 윤장로의 위선적인 모습과 프롤레타리아에 대한 횡포가 드러난다. 그는 소작농에 대한 핍박뿐만 아니라 왜로와 손을 잡고 징용, 정신대로 붙잡아 가는 등 프롤레타리아 계급을 더욱 옥죄어 매고 있다.

2막에서는 조선의 광복이 찾아오고, 달래 강에도 자유의 물결이 불어 닥친다. 인민들은 풍년의 수확 속에서 소작료 3.7제를 수립한 북한의 '인민위원회'를 지지한다. 그러나 윤장로의 횡포는 여기서 그치지 않는다. 그는 여전히 나약한 사람들을 꾀어내 조합을 이간질 시킨다. 심지어 아들 필호와 함께 남반부 미군정의 지시를 받아 테러와 반정행위를 계획한다. 그리고 이 막에서는 극렬한 공산주의 사상을 가진 춘갑과 마을 사람들과의 마찰이 드러나는데, 농민 조합원 내부에 나타나는 갈등의식을 형상화하는 현실성을 포착한 것이다. 이러한 대립의식은 계급투쟁으로 가는 하나의 과정이며, 모든 책임을 종파주의 획책으로 표현하여 공산주의 사상을 더욱 돈독히 하고 있는 결과로 귀착된다. 따라서 2막은 적대세력의 간책을 통하여 계급 간의 사상 대립이 극렬해지고 있다.

3막의 배경은 토지개혁이 실시된 날인 '1946년 3월 5일'에 의도적으로 맞추고 있다. 부르주아 계급이 가진 땅을 인민대중들에게 '무상몰수 무상분배'가 이루어지면서 사회주의 건설에 박차를 가하고 있다. 극 속의 인민들은 북조선 인민위원회를 지지하는 군중대회를 준비하기 위한 회의를 한다. 그때 적대세력들은 총을 들고 테러를 저지르고 인민들을 협박한다. 곧이어 적대세력의 획책을 미리 알고 당에서 보낸 사람들이 테러집단을 막아낸다. 결국 인민들의 단합적인 계급투쟁, 사상투쟁은 적대세력의 책동을 극복하고, 진정한 인민투쟁의 모습을 담아내고 있다. 그리고 조합원 내부에서 발생했던 갈등과 마찰도 '종파분자'의 소행으로 해결책을 삼고 있다.

이렇게 극의 시간적 배경을 나라잃은시기 부터 설정해오는 까닭은 프롤레타리아 계급의 착취와 각성을 통해 계급투쟁의 정당성을 확보를 위함 때문이다. 게다가 그 속에서 김일성의 항왜투쟁 사상을 부각시켜 혁명의 정통성을 찾고자 했다. 덧붙여 거대한 바다를 메우는 '달래벌 개간' 사업의 성과와 달성을 널리 알리는 선동적인 역할을 해내기도 한다. 실제 이러한 사업을 희곡으로 창작하기 위해서는 현장취재는 필수적이다. 신고송 역시 작품 속에 당 정책의 원활한 수행과 김일성의 배려로 이룩한 농촌협동화의 위대한 과업을 알리기 위해서 농촌현장취재를 한 것으로 알려져 있다.[219]

① 윤장로: 임잔 셈 속이 좁아! 그 놈 말마따나 두 년놈이 그대루 늙을

---

219) 신고송의 중막 희곡 「풍요의 가을」은 『노동신문』에서 문덕군 열 두 삼천리벌 농업협동조합에서 냉상모를 둘러싼 재미있는 에피소드를 읽고 창작한 것으로 밝혀지고 있다. 그는 이 작품을 창작하기 위해서 가까운 농업협동조합을 찾아가 냉상모의 실정을 귀담아 들었다고 전하고 있다. 이 무렵, 신고송의 농촌극은 모두 생생한 현장성을 근거로 하여 착수했던 것으로 보여 진다. 「우리 마을」은 강남군 강서군의 대동강 가에 자리 잡은 몇 개의 협동조합을 추상한 것이고, 「선구자들」은 김일성의 교시를 바탕으로 황남도 농민들이 당의 농업정책을 수행하는 모습을 담았다. 이처럼 신고송의 농촌극은 인민대중의 현실에 기초로 한 생생한 현장성을 살리는 작품을 창작한 것으로 짐작케 한다. 「달래벌에 동이 튼다」의 작품 모티브가 된 것으로 재령강변 에피소드로 추정할 수 있다.

"재령읍에서 북쪽으로 안악 가는 신작로로 8킬로쯤 되는 곳에 신환포리 농업협동조합이 자리 잡고 있다. 해방 전 일제는 이 포구를 통하여 재령, 아악, 신천 등 곡창지대의 농산물을 깡그리 수탈하여 남포 항구에 실어 다 일본으로 가져갔다. 해방 전, 이 고장 농민들은 등이 휘여 지도록 일을 했건만 기름진 옥백미는 간악한 거간꾼, 마름, 지주 등의 손을 거쳐 왜놈들에게 다 빼앗기고 굶고 살았다. 해방 후 땅의 주인이 된 이 고장 사람들은 비로소 생활이 유족해졌다. 조국 해방 전쟁 후 극심하였던 피해를 가진 이 고장 농민들은 행복하던 생활을 다시 찾고 농촌 경리를 재건하기 위하여 당의 협동회 정책을 받들고 궐기했던 것이며 지금은 사회주의 농촌으로 변모를 새로이 갖추고 더욱 행복한 살림을 시작하였다." 신고송, 「재령강변에서」, 『조선문학』, 문학예술출판사, 1960. 4.

수야 있나. 기풍이란 놈은 인젠 우리 집 종이나 마찬가지로
됐지, 한 10년 돈 들이지 않고 부려 먹게 됐단 말이야!

② 윤장로: 학선이 자네는 그 놈들 틈에 끼어서 그놈들의 동정을 빠짐없
이 살펴서 나한테 알리고 학곤이 자네는 설설 찾아다니며 사
이가 가까운 사람들을 깨우쳐 주란 말이야. 이제 며칠 안가서
공산당 놈들이 다 몰려나가면 자네들에게는 영광이 있을 걸세.
내가 그대로는 안 있을테니까... 괜히 그놈들에게 속아서 분별
없이 날뛰다가 패가망신하지 않도록 친한 사람들에게 잘 타이
르라고. (일어나서 문갑문을 열고 지전뭉치를 꺼내서 학곤이
앞에 밀어 놓으며) 우선 이걸 가지고 가서 둘이서 나눠쓰게.
그리고 또 필요하면 언제든지 말하게.

③ 필호: (우섭 앞에 와서) 이 자식이 뭐 로동자대표로 파견된 놈이겠구나?
　맹구: 그 놈이 맞았어.
　필호: (권총으로 턱을 받아 올리며) 여보 로동자 대표님, 섭섭하게 됐구려.
　우섭: (필호의 낯짝에 침을 퀵 뱉으며) 이 놈아, 공산당과 인민 주권이
　　　　쉽사리 넘어질 줄 아니?
　필호: 이 놈의 자식이! (발길로 함부로 찬다. 다시 기풍이 앞에 와서)
　　　　이놈아, 머슴이나 살아먹던 놈이 뭐 농맹위원장?
　기풍: (이를 뿌드득 갈며) 이 원쑤 놈아!
　맹구: 여보게, 길게 끌 것 없이 빨리 쏘아 죽이고 마세.[220]

　　인용 부분은 인민 대중들의 항쟁에서 대립되는 부르주아 계급을
대표하는 인물들의 대사이다. 이들은 시대가 바뀜에 따라 자신의
처신을 달리하는 이중적 태도를 보인다. 오로지 자신의 재산과 권
력을 지키기 위한 고안 책일 뿐이다. 그래서 그들에게는 민족성도
항쟁의식도 전혀 찾아볼 수가 없다. 나라잃은시기 왜로에게 빌붙어
부왜행각을 하는 윤장로는 인민대중들을 착취해서 자신의 이익만

---

220) 신고송, 「달래벌에 동이 튼다」, 앞의 책 참조.

따지고 드는 부르주아의식에 사로잡혀 있다. 가운데 인용된 대사는 자신의 땅과 곡식이 모두 인민 대중들에게 돌아갈까 봐 고심하는 장면을 담고 있다. 그 방안으로 계급의식이 약한 사람들을 매수하여 조합을 이간질 시키고 있다. 그 방법은 부르주아 방식인 '돈'으로 사람들을 매수하는 것이다. 그들이 자신의 부와 권력을 지키기 위한 발버둥이 극에 달한 것은 마지막 인용부분에서 잘 드러난다. 그들은 자신의 처지가 궁지에 몰리게 되자 갖은 테러작전을 짜서 사람들을 위협하고 생명까지 앗아가는 모습으로 돌변한다. 이미 그들은 인민들의 대립세력에서 공산주의 사상을 위협하는 적대세력으로 등장하게 되는 셈이다.

이 작품에서는 투쟁하는 인민 대중들의 항쟁 역사를 담기 위해서 나라잃은시기 부터 광복 후, 북조선이 건설되는 과정까지의 시간을 담고 있다. 그 속에서 인민들은 부르주아 계급에 핍박당하고, 그 핍박에서 벗어나는 길은 진정한 공산주의 사상 투쟁으로 단결하는 길임을 나타내고 있다. 이러한 주제의식을 드러내기 위해 부정적 적대세력을 형상화하고 있는데, 그들의 모습은 '악랄한 부르주아→간교한 책동자→사상을 위협하는 테러리스트'로 표방하고 있다. 이처럼 신고송의 희곡 「달래벌에 동이 튼다」는 인민들의 투쟁의 역사라는 사상적 미학성을 획득하여 당의 정책 노선을 지지하고 있다.[221]

---

221) 이 시기에 나온 '종자론' 자체가 철저하게 내용주의적 논리 편향성을 지니고 있다. 신고송의 희곡 「달래에 동이 튼다」에서도 지나친 내용주의 원칙에 따르고 있다. 공산주의 혁명이 야말로 인민대중들의 항쟁의식에서 비롯되었으며, 그들의 바람으로 태어났음을 시사하고 있다. 북한 사회에 잔존하고 있는 낡은 사상들은 모조리 한데 묶어서 '종파분자'의 소행으로 삼고 있는 것도 대표적인 예이다. 그로 인해서 조합 내부에 있던 갈등과 마찰이 일시에 해소되는 결과는 지나치게 교조적이다.

2) 새로운 공산주의 국가 건설

1962년 쿠바사태 이후, 소련의 패배는 북한사회에 커다란 충격이었다. 이제껏 공산 혁명의 발산으로 여기던 소련에 대한 찬양과 친선은 무너지고 있었다. 게다가 연이어 이어지는 중·소간의 이념분쟁으로 북한은 사상적·외교적 딜레마에 빠지고 말았다. 그러나 외교적 딜레마는 오히려 북한 사회의 자립성을 키우고 대내적으로 안정을 가져왔다. 이에 힘입어 북한에서는 문학작품 속에 김일성 항왜 무장투쟁을 앞세워 1인 지배체제의 강화를 구축하며222), 새로운 공산주의에 대한 확신을 인민 대중들에게 교양하고 있다. 신고송의 「달래벌에 동이 튼다」에서도 작품 곳곳에서 혁명투쟁을 앞세워 인민 대중들의 미학적 요구에 부합하는 공산주의 전망을 제시하고 있다.

> ① 제명: 그때까지 어떻게나 버티고 사셔야 합니다. 일본놈들은 지금 중국을 먹으려구 전쟁을 일으켜 백성을 더 못살게 하고 있습니다. 여러분은 고생 가운데도 힘을 합쳐서 서로 돕고 살아가야 합니다. 여러분들이 서로 돕고 힘을 합치자면 지금 김매는 일이나 봄갈이, 가을걷이 때에 품 앗이 일을 하도록 하시는 게 좋을 듯 합니다. ≪품앗이 계≫를 두어서 공동으로 농사일을 하면 일도 수월하고 힘이 날 겁니다.
> ② 춘갑: 왜놈들 압제 아래 살던 조선 사람들이 인제는 자기 손으로 자기 나라를 꾸리고 행복하게 살게 되었다. 돈 있는 사람은 돈을 내구

---

222) 1962년 소련의 대북원조가 끊어지면서 북한과 소련은 냉전관계에 들어가게 된다. 그래서 나타난 것이 국방에서의 자위라는 자주노선이었다. 이는 기존의 정치에서의 주체, 경제에서의 주체, 외교에서의 주체에 이은 주체사상의 틀이 완성되는 것을 뜻하는 것이기도 했다. 이러한 것은 소련에서 스탈린 격하운동 전개, 남한의 박정희 정권의 강력한 반공정책, 쿠바사태 등의 위기감에서 비롯되었던 것으로 보인다. 고태우, 『북한현대사 101장면』, 가람기획, 2000. 189 - 195쪽 참조.

지식이 있는 사람은 지식을 내구 힘있는 사람은 힘을 내여 한 사람같이 단결되어 나라를 꾸리자. 다시는 제국주의 침략자의 노예가 되지 않도록 하자

③ 양선: 우리가 농민조합, 청년단체, 녀성단체 같은 것을 조직하는 것은 광범한 대중을 한 사람두 빠짐 없이 당 주위에 묶어 가지구 다 같이 민주주의 국가를 건설하자는 것이라구 하시드군! 물론 반동들은 한 놈두 놓치지 말고 없애 치워야지. 그러나 누가 반동이 구 누가 우리 편인가를 똑똑히 가려내야 하지.[223]

　인용 대사들은 '어떻게 공산주의 사회로 갈 것인가?'에 대한 구체적 답을 제시하고 있다. 처음에 인용된 제명의 대사에서는 가혹한 왜로의 탄압 속에서 인민들이 살 길은 오로지 서로의 힘을 합하는 것이라고 이야기한다. 그래서 옛날 우리 조상들이 해왔던 품앗이를 실행할 것을 주장한다. 그러나 그의 말 속에 있는 품앗이란 단순하게 농사일을 상호 협조하는 것이 아니라 공동화 작업이라는 뜻이 숨겨져 있다. 이것은 사회주의 건설의 기초 작업이라 할 수 있는 '농업협동화'작업을 말한다.

　두 번째, 춘갑의 대사 속에는 과거의 식민지 상황을 다시 겪지 않기 위해서는 인민의 주권을 행하는 길임을 확인하고 있다. 이 이야기는 춘갑의 입을 빌어서 김일성의 교시를 그대로 전달하고 있는 부분이다. 게다가 이 대사 속에는 인민들이 단합하여 미군에게 더 이상 식민지가 되어서는 안 된다는 당부가 담겨져 있다 하겠다. 마지막 양선의 대사 속에서도 인민 대중들의 단결을 강조하고 있다. 하지만 인민대중의 단결 속에서도 사상이 결여된 이들을 모두 적으로 간주하고 있다. 그래서 믿을 수 있는 자와 믿을 수

---

223) 신고송, 「달래벌에 동이 튼다」, 앞의 책 참조.

없는 자, 곧, 적과 아를 분명히 가려야 할 정책의 실현[224]을 언급하고 있다. 이는 1인 지배체제를 강화하겠다는 정치적 계략이 숨겨져 있다. 따라서 이 극에서 공산주의로 갈 수 있는 것은 농업의 협동화, 인민주권, 잔존해 있는 반혁명분자를 가려내는 일이라고 주장하고 있다.

① 양선: 제가 마감에 가 있던 목재판은 백두산 밑인데 거기는 조선 독립
　　　대장 김일성 장군 이야기가 많아요!
　말개령감: 그래 조선 독립이 된다더냐?
　양선: 거기는 김장군 부대가 여러 번 쳐들어 왔다더군요. 김일성 장군
　　　을 만났다는 사람두 있구요.
　제명: 옳습니다. 년전에는 김일성 장군이 거느리는 혁명군이 보천보를
　　　쳤고 그 뒤에도 무산 방면에 여러번 진격해 왔습니다.
　양선: 거기 사람들은 멀지 않아 혁명군이 쳐들어 와서 나라가 독립될
　　　것이라구 해요.
　제명: 멀지 않아 그 날이 올 것입니다. 보천보에 쳐들어왔을 때는 일본
　　　놈들이 쫄딱 녹았습니다.

② 기풍: 동에 번쩍, 서에 번쩍 축지법으루 하루에 천리길을 래왕하시며
　　　왜놈들을 족치시던 김일성 장군님을 네가 뵈왔단 말이지...
　말개령감: 어제 장백에서 왜놈들을 몰살시키던 이가 오늘 안동 거리의
　　　리발소에서 리발을 하구계셨다니 종이 한 장이면 큰 강물로
　　　건너 다닌다느니 참 이야기두 많으시더니...
　성칠: 그 분이 동북만 천지를 휩쓸구 다니신 지가 오래 전부터니 나이

---

224) 북한사회에서 연안파·소련파 계열의 지도자들이 모두 숙청된 상태였지만 그 뿌리는 아직
남아 있다고 생각하여 사상성의 강화·강조하였다. 그래서 이들은 1958년 12월 2일 '중
앙당 집중지도사업'을 펼쳐 북한 주민을 핵심계층, 기본계층, 복잡계층 3등분으로 나누었다.
첫째, 핵심계층은 혁명가 유가족, 인민군, 인민군 전사자 유가족, 당간부와 그 가족, 전시 사
망자의 가족 등과 같은 김일성에게 절대 충성하는 계층이다. 둘째, 복잡계층은 월남자 가족
및 경인동란 당시 치안대원과 그 가족, 과거 종교인·지주·기업가·상인 및 그 가족, 귀
환 포로와 그 가족, 친일분자, 범법자, 종파분자와 그 가족들로서 반혁명적 요소가 많은 계
층을 말한다. 셋째, 기본 계층은 양계 층의 중간층을 말한다.

두 많이 잡 수셨겠구나?

말개령감: 그럼, 아마 백발이 성성하실거야. 고생도 많이 하셨수...

춘갑: 멀리서 뵈여도 아직 젊으세요. 40두 못돼여 보이든데요.

춘갑: (흥분한다) 나는 김일성 장군님이 연설을 하러 높은 대 우에 올라 서실 때 막 눈물이 나와서... 나 뿐, 아니에요. 거기 모인 수만 명이 모두 울었어요! ≪친애하는 동포 형제들!≫하며 확성기에서 모란봉이 쩡정하는 소리가 울려 나왔을 때 군중들은 바루 왜놈들의 간장을 서늘하게 하시던 그 음성을 들었어요.[225]

인용 대사들은 김일성의 항왜 투쟁의 모습을 격상시키고 있는 부분이다. 김일성의 항쟁투쟁에 대한 이야기는 외부에 나갔다가 들어온 사람들이 마을 사람들에게 전달하는 방식을 취한다. 맨 위의 인용 대사에서 양선은 돈을 벌기 위해서 노동판에서 일하다가 돌아온 인물인데, 이미 김일성과 공산주의 사상에 심취해 있으며, 인민들에게 교양시키는 역할을 하고 있다. 인민들은 양선을 통해서 '보천보 전투'에서 왜로를 물리친 김일성 장군에 대한 이야기를 듣는다. 그래서 '보천보 전투'야말로 항왜투쟁의 가장 위대한 전투였으며, 공산주의 사상의 발로임을 자연스럽게 정당화하고 있다.

두 번째는 춘갑의 대사다. 춘갑은 왜로에게 강제 징용·징집을 받아 떠나던 길에 도망을 쳐서 겨우 목숨을 연명하며 백두산에 기슭에서 살았다. 그는 광복이 되자, 고향으로 돌아와 평양의 소식을 전한다. 그리고 이미 김일성 신격화에 사로잡혀 있는 인민들에게 그의 실체를 확인시킨다. 따라서 인민들은 춘갑을 통해서 신처럼 영웅화되어 있던 김일성의 실체를 파악하면서 인민들을 이끌어 나갈 지도자로 평가하고 있다. 이처럼 작품 속에서는 김일성의 항왜

---

225) 신고송, 「달래벌에 동이 튼다」, 앞의 책 참조.

투쟁 모습을 격상시켜 놓으면서 공산주의 사회로 가는 길을 제시해 놓고 있다. 더 나아가 김일성 지도 아래 펼쳐지는 공산주의의 우수성과 '1인 지배체제'를 강화시키고 있는 것이다.

> 기풍: (분을 참지 못해 나무토막을 주어 들고) 이 놈들을 내 손으로 쳐 죽이구 말겠다.
> 제명: (기풍을 잡으며) 허 부자간이 꼭 같군요. 그 놈들과 회계할 일이 많습니다. 아직 죽여서는 안됩니 다. 이놈들이 오늘 밤 거사한다는 정보를 받고 우리가 왔습니다만 좀 늦어서 모두 대단 놀랐겠습니다. 이놈들이 몇 군데서 거사를 했지마는 바다에 돌 던지기지 흔적이나 있습니까?
> 보안서원: 비서동무! 한발짝 늦었습니다. 윤장로 놈은 벌써 뛰였습니다.
> 우섭: 놓쳤구나!
> 기풍: 아뿔사. 그 놈을 놓치다니...
> 제명: 그 놈이 갈 데는 서울입니다. 참 치렬한 계급투쟁입니다. 미국 군대가 남아 있고 지주, 자본가 정권을 꿈꾸는 자들이 남아 있는 동안 이 계급투쟁은 계속될 것입니다. 그러나 걱정 마십시오. 우리 손에 틀어 쥔 인민주권은 끝끝내 승리할 것입니다.
> 기풍: 날이 밝습니다.
> 제명: 군중대회장으로 출발해야 하겠군요.
> 양선: (형팔에게) 종을 울려라!
> 기풍: 형팔 종을 울린다.[226)

윤장로의 아들 필호와 마름 맹구가 마을회관을 테러하여 마을 사람들을 위협하고 있을 때, 당 비서관 제명이 진압을 하고 난 뒤 장면이다. 사실 필호와 맹구는 거사의 주동인물은 아니다. 이들은 다만 공산주의를 저해하려는 책동자일 뿐, 그들을 조종하고 있는 적대세력은 이승만 정부와 미군정으로 설정하고 있다. 적대세력의

---

226) 신고송, 「달래벌에 동이 튼다」, 앞의 책 참조.

책동은 있지만 투철한 공산주의 사상 앞에서는 무너지고 만다는 결론으로 귀결시키고 있다. 게다가 제명의 대사를 통해 미군정이 남반부에서 존재하고 있을 때까지 공산주의 계급투쟁은 계속될 것임을 시사하고 있다. 이처럼 극 속에서는 기존의 친소정신을 버리고 자주적인 공산주의 국가를 건설하고자 하는 당 정책이 실현되고 있다. 그래서 미군정과 남반부 정권에 대한 극렬한 비판정신을 극명하게 드러내고 있다.

신고송의 희곡 「달래벌에 동이 튼다」는 시대를 거슬러 올라가는 인민들의 항쟁 역사를 통해서 적대세력을 축출하고자 했다. 적대세력은 대외적으로는 미군정과 남한 정권이며, 대내적으로는 북한 사회에 잔존해 있는 반혁명세력을 일컫고 있다. 결국 김일성 항왜 무장투쟁에서 시작된 인민투쟁의 역사는 공산주의 국가를 건설하는 기초를 마련했음을 나타내고 있다. 그리고 더 이상 소련을 찬동하는 내용보다 김일성 신격화를 통한 자주적 공산주의 역사적 전망을 제시하고 있다.

이상으로 살펴본 북한에서 신고송의 희곡작품은 모두 농촌을 배경으로 하고 있다는 점이다. 물론 극 전개 방식이나 인물 형상과 함축은 달리하지만 그 속에 내포되어 있는 '공산주의 사상 개조'라는 목적의식은 동일하다. 「목화꽃 필 무렵」은 단막극으로 '고상한 리얼리즘'이라는 문예이론을 토대로 긍정적 인물 형상화를 통해 공산주의 사상을 계몽하고 있다. 그의 첫 번째 농촌극 「우리 마을」에서는 농업협동조합을 통해서 관개수리 사업을 행하는 건설투쟁을 형상화하고 있다. 이것은 인민 대중의 단합된 힘으로 협동경리를 이루고, 생산력 확대라는 목표를 이루고자하는 당의 정책이 내포되어 있다. 협동경리야말로 사회주의 건설로 가는 지름길이며, 인민들에게 사상적 재무장을 시킬 수 있는 사상적 무기였다. 반면 「우리 마을」과 비슷한 구성을 지니고 있는 「선구자들」들은 농업협동조합을 통해 모든 어려움을 겪고, 적대세력의 암투를 쫓아내는 사상으로 무장된 경제적 사회주의를 이루는 천리마 현실이 반영되어 나타난다. 마지막으로 「달래벌에 동이 튼다」는 인민들의 항쟁 역사 속에 김일성 항왜 무장투쟁을 신격화 놓음으로써 역사적 과정 속에서 자주적 공산주의 사회로 전환을 시도하고 있다.

북한에서 발표한 신고송의 희곡은 당의 정책과 김일성의 교시를 실천하고 구현하는 목적 지향성을 지니고 있다. 그는 당의 정책이 변할 때마다 그에 맞는 창작 희곡을 발표·공연하여 인민대중을 교양하고 선동하는 데 앞장섰다. 다른 북한 희곡들과 마찬가지로 내용위주의 교조주의적 색채를 띠고 있지만 북한 사회의 농촌 현실을 진실하고, 폭넓게 인식하고자하는 작가정신이 발휘되어 있다. 게다가 무대동선을 고려한 연출적 배려, 절제된 희곡적 언어 사용, 갈등의 요소와 무대장치의 결합 등을 통해 현실감 있는 희곡창작과 생동감 있는 연극의 현장성을 잘 살리는 극작가의 모습을 보여 주고 있다. 이런 관점에서 볼 때, 북한에서 발표한 그의 희곡작품들은 그에게 숙청의 피바람을 비켜가게 해주는 구실을 했으며, 북한 연극계에서 원로대접을 받을 수 있는 근거를 마련했음을 알 수 있다.

계급문학, 그 중심에 서서

Ⅶ 계급문학, 그 중심에 서서

분단이라는 냉전 구도는 한국 근대문학사 연구에서 많은 작가들을 배제시키기에 이르렀다. 그 대표적인 사람 가운데 한 명이 월북 연극인 신고송이다. 그는 이데올로기의 그늘에 가려져 제대로 된 문학적 이해와 평가를 받지 못했다. 게다가 그에 대한 기초 문헌 확보의 어려움은 그를 더욱 학계의 관심 저편으로 물러나 있게 했다. 하지만 신고송은 우리 격동의 역사 속에서 문학 이론과 창작, 실천 전반에 걸쳐 꾸준하고도 활발한 활동을 보여준 역량 있는 작가 가운데 한 명이다. 글쓴이는 이 연구에서 신고송의 생애를 복원하고 그가 이룬 문학 활동 전 영역에 대한 총체적인 이해에 이르고자 했다. 논의를 정리하여 마무리로 삼는다.

신고송의 삶과 문학 활동은 모두 4기로 전개된다. 1907년 탄생한 그가 소년문사를 거쳐 1930년에 이르는 초기 문단활동 시기가 1기다. 2기는 1931년부터 1945년까지 해당한다. 일본 유학과 귀국을 통해 뚜렷한 계급주의 문학가로 족적을 남기면서 전향에 이르는 시기다. 을유 광복에서부터 1946년 4월 월북 시기, 그리고 월북 후인 1946년부터 1966년까지 북한 체제에서 활동한 시기가 각각 그의 문학 활동 3, 4기를 이룬다. 이 글에서는 신고송의 어린 시절 가정환경과 소년운동가로서 모습, 그리고 결혼과 전향하기 이전 김해와 언양을 오가는 불안한 생활 양상, 본격적인 부왜극 활동을 새롭게 찾아냈다. 월북 후 이루어진 왕성한 문단 활동 또한 마찬가지다. 이러한 4기에 이르는 흐름 속에서 신고송은 계급주의 문학에 대한 실천 의지를 다채롭게 개척해 나갔을 뿐만 아니라 문단의 안일함을 깨우치는 날카로운 비평정신을 잃지 않았다.

신고송은 1925년에 문단에 이름을 내건 뒤, 주로 아동문학가로서 활동을 시작했다. 그는 동시, 동화, 아동극, 아동평론에 이르기까지 다양한 아동문학 활동을 펼쳤다. 그의 문단 활동의 시발점은 동시였다. 그의 초기 동시는 어린이다운 순수한 동심 발현으로 시작하였으나 1927년 이후부터는 나라잃은 민족과 조선 어린이의 현실을 주제로 삼는 항왜 민족주의 색체를 띠었다.

일본 유학과 『별나라』 기고를 거치면서 그의 동시는 뚜렷한 계급대립 의식을 드러내기 시작했다. 또한 신고송은 아동문학의 갈래 확장을 시도하는데 동화와 아동극 창작이 그것이다. 조선의 어린이에게 계급의식을 심어주기 위한 보다 효과적인 문학적 장치를 고심했던 결과다. 하지만 그는 계급의식 앙양에만 일방적으로 열중한 것이 아니라 아동문학의 고유성을 잃지 않으려는 노력을 여러 방향으로 기울였다. 우의적 환상과 일기문 형식을 빌려 어린이가 가지고 있는 심성과 정서에 대한 배려를 잊지 않은 동화, 농촌이나 노동 현장에서 일하는 프롤레타리아 어린이들에게 따뜻한 격려와 용기를 심어주는 한편 자신이 소개한 소인극이론에 적합한 연극성을 살려내고자 했던 노력이 그것이다.

광복기 신고송은 격변하는 사회 정황 아래 연극인으로서 각별하고도 뛰어난 활동을 하였다. 변화하는 광복 정국 현실에 적극적으로 대응하고자 했던 희곡 창작과 연극운동이 그것이다. 광복기 신고송의 희곡은 모두 대중들을 향한 정치적 선전·선동을 겨냥한 계몽극이었다. 그 밑자리에 놓여 있는 극의 형태가 소인극이다. 혁명의지와 사회주의 건설, 노동쟁의 지지와 민중의 각성, 미군정의 비판과 세태비판 정신이 그 중심 주제였다. 광복기 신고송은 나라잃은시기 프로연극 이론을 계승하면서 다양한 연극적 실험과 적극적인 현실 대응의지를 다져 나간 실천적 계급주의자였던 셈이다.

월북 뒤, 신고송이 북한에서 보여준 활발한 희곡과 연극 활동은 북한 연극계의 기초를 마련하는 데 크게 기여했다. 그는 당 정책이 바뀔 때마다 빠르게 이에 상응하는 작품을 내놓았다. 월북 초기, 공산주의의 이상과 친소 의식을 드러내는 소인극에 주력했던 그는 변화하는 북한의 농촌 현실과 농업협동화로 가는 길을 제시했다. 그리고 천리마 현실과 혁명의 정통성을 부각시키면서 사회주의 사실극을 완성하기 위해 노력했다. 그러나 신고송은 당 정책에 교조적으로 매몰되지 않으면서 인민들의 현실 생활상을 폭넓게 담기 위한 연출적 의장을 통해 예리한 작가정신을 놓지 않았다. 월북 후 신고송은 프로연극 이론의 비판적 계승이라는 측면에서 남북연극사의 연속성을 마련하는 큰 고리를 마련한 것이다.

이상에서 살펴본 바와 같이 신고송은 오랫동안 다양하고 역량 있는 창작활동을 보여준 작가다. 나라잃은시기 아동문학에서 출발하여 월북으로 이어진 신고송 문학의 특징과 의의는 다음 몇 가지로 요약할 수 있다. 첫째, 한국 근대 희곡사·연극사에서 창작과 연극 활동을 연계하는 대중계몽에 앞장섰다. 대부분의 극작가들과 달리 신고송의 극작품은 희곡의 문학성과 연극의 현장성을 조화롭게 형상화시켜 무대 위에 올려놓은 가장 뛰어난 본보기를 보여준다.

둘째, 어린이 세계를 진정으로 포용하고자 했다. 신고송 아동문학의 특성은 어린이들의 정서와 교육성을 잘 통합한 작품 창작에 주력하였다는 점이다. 그의 아동문학 작품 속에는 조선 어린이들의 체험 현실이 고스란히 묻어 있는가 하면 호기심어린 어린이 세계까지 따뜻하게 안겨 있다. 나라잃은 조선의 어린이들을 격려하고, 새로운 희망을 불어주는 아동문학가로서 진정한 자세를 갖추고자 노력한 결과였다.

셋째, 신고송은 활발한 창작 활동 못지않게 다채로운 현장 비평과 새 이론 소개를 통해 이론과 창작 사이 거리를 좁히려고 노력했다. 나라잃은시기와 광복기에 문단에 내놓은 신고송의 비평 문학은 문단의 안일함을 깨우치는 날카로운 비평정신이 담겨져 있다. 새로운 극 창작 이론을 소개하고 그것을 식민지 연극 현실에 실천하는 길을 제시하고자 했을 뿐 아니라, 그에 맞물리는 작품창작 활동을 펼치고자 했다. 월북 뒤, 북한에서도 그의 그러한 면모는 적극적으로 드러나 독창적인 자리를 얻기에 이르렀다.

넷째, 신고송은 극작가로서 뿐만 아니라 실제 공연 연출가로서 체험을 적극 되살리면서 북한 희곡 이론 정립과 북한 연극의 토대를 마련했다. 초기 북한 사회 성립기에서부터 기초적 연극 형태를 제시하고, 연극의 대중화에 기여할 희곡 창작뿐만 아니라 일반적 희곡 이론을 정립하는 연구서를 출간하여 연극의 지침이 되도록 했다. 또한 세련된 극작술을 위한 작가들의 자기 수련을 독려하며 명실상부한 북한 희곡계, 연극계의 대부로서 위치가 뚜렷하다.

이상에서 살펴본 바와 같이 신고송은 격동의 역사와 시대 현실에 깊숙이 고민하고 반응하면서 오랜 세월 자신의 문학과 이상을 하나로 묶으며 적극적으로 실천하고자 했던 문학인이다. 앞으로 본 연구는 신고송 문학의 기초 문헌을 더욱 섬세하게 갈무리하면서 당대 다른 작가들과 폭넓게 비교 대조하는 일을 과제로 남기고 있다. 남달리 활발했던 신고송의 문학 조직 활동과 매체 활동에 대한 조사 또한 마찬가지다. 격동의 역사 속에서 투철한 시대정신으로 일관한 신고송의 문학을 장차 우리 근대 문학사의 중심으로 끌어안기 위한 다양한 노력이 이어지기를 기대한다.

도움글

1. 1차 자료

신고송, 『소인극하는 법』, 신농림출판부, 1946.

_____, 『농촌연극 써클운영법』, 국립출판사, 1949.

_____, 『연극이란 무엇인가』, 국립출판사, 1956.

_____, 『희곡집 『선구자들』, 조선작가동맹출판사, 1958.

강신명 엮음, 『아동가요곡선 삼백곡』, 신농민사, 1938.

안함광, 『(총합)단막희곡집』, 문화전선사, 1950.

조선작가동맹출판사 엮음, 『제2차 조선작가대회 문헌집』, 조선작가동맹
   출판사, 1956.

양승국 엮음, 『월북자가 대표희곡선』, 아세아문화사, 1989.

_____, 『한국근대연극영화비평자료집』, 태동, 1991.

이선영·김병민·김재용 엮음, 『현대문학 비평자료집』(이북편, 1950 -
   1953), 태학사, 1993.

_____, 『현대문학 비평자료집』(이북편, 1953 -
   1956), 태학사, 1993.

_____, 『현대문학 비평자료집』(이북편, 1956 -
   1958), 태학사, 1993.

민경찬 엮음, 『홍난파자료집』, 한국예술종합학교 한국예술연구소, 1995.

김성수, 『북한『문학신문』기사목록(1956 - 1993)』, 성균관대출판부, 1997.

보고사 편집부 엮음, 『(해방기)한국문예비평자료집』, 보고사, 1997.

한국예술연구소 세계종족무용연구소 엮음, 『북한 월간 『조선예술』총목

록과 색인』, 한국예술종합학교 한국예술연구소, 2000.
안광희 엮음, 『한국근대연극사자료집』 1 - 6, 역락, 2001.
　　　　「언양보통학교 학적부』(1920)
　　　　「조선출판경찰월보 제40 - 51호』, 「불허가 출판물 요지』, 1932.
　　　　11. 18
　　　　「京本警高秘一二七八六號』, 「출판물위반 及 기타 검거에 관한
　　　　건 - 리동무 사건』, 1933. 12. 15.
　　　　「高靈申氏靜隱公派族譜』
　　　　「신말찬 제적증명서』
　　　　「구술로 만나는 예술사 - 반야월』(2004. 12. 17 채록)
　　　　 - http: www. oralhistory.arko.or.kr
　　　　『동아일보』, 『문학신문』, 『문학예술』, 『별나라』, 『불별』, 『새동무』,
　　　　『신소년』, 『아동가요곡선삼백곡』, 『아이생활』, 『어린이』 『어린이신
　　　　문』, 『예술』, 『예술운동』, 『연극운동』, 『우리문학』, 『음악과시』,
　　　　『인민』. 『제일선』, 『조선동요백곡집』, 『조선문학』 『조선일보』, 『조
　　　　선중앙일보』, 『중외일보』, 『주간소학생』.

2. 낱책

조선작가동맹위원회, 『해방 후 10년간의 조선문학』, 조선작가동맹출판
　　　　사, 1955.
박태영, 『희곡창작을 위하여』, 국립출판사, 1956.
임종국, 『친일문학론』, 평화출판사, 1956.
한　효, 『조선연극사 개요』, 북한국립출판사, 1956.
리　령, 『빛나는 우리예술』, 조선예술사, 1960.
이재철, 『아동문학개론』, 문연당, 1967.
사회과학출판사 엮음, 『우리 당의 문예정책』, 사회과학출판사, 1973.
석용원, 『아동문학개설』, 예문관, 1974.
김윤식, 『한국근대문예비평사연구』, 일지사, 1976.
이재철, 『한국현대아동문학사』, 일지사, 1978.

국토통일원,『북한의 문예정책과 문예이론 연구』, 1979.

_____,『북한의 연극·영화』, 1979.

서연호,『한국 근대 희곡사 연구』, 고려대민족문화연구소, 1982.

유민영,『한국현대희곡사』, 홍성사, 1982.

이두현,『한국연극사』, 학연사, 1982.

송명호,『유아극의 이론과 실제』, 백록출판사, 1983.

이재철,『한국아동문학연구』, 개문사, 1983.

_____,『아동문학의 이론』, 형설출판, 1983.

이원수,『아동과 문학』, 웅진출판, 1984.

_____,『아동문학입문』, 웅진출판, 1986.

주정일,『아동발달학』, 교문사, 1984.

윤석중,『어린이와 한평생』, 범양사출판부, 1985.

한국문화예술진흥원,『북한의 공연예술』, 예니, 1985.

한송남,『연출리론』, 문예출판사, 1985.

박춘식,『아동문학의 이론과 실제』, 학문사, 1986.

이기봉,『북의 문학과 예술인』, 사사연, 1986.

려증동,『한국역사용어 사전』, 시사문화사, 1986.

이상현,『아동문학구성』, 일지사, 1987.

조동희,『아동연극개론』, 범우사, 1987.

김한길,『조선현대역사』, 사회과학원 역사연구소, 1988.

윤석중,『우리나라 소년운동의 발자취』, 웅진출판사, 1988.

이상금·장영희,『유아문학론』, 교문사, 1988.

최운식·김기창,『전래동화교육론』, 집문당, 1988.

한국문화예술진흥원,『공연예술총서-연출 편』, 예니, 1988.

_____,『공연예술총서-장치, 조명 편』, 예니, 1988.

권영민,『북한의 문학』, 을유문화사, 1989.

김윤식,『해방공간의 민족문학연구』, 열음사, 1989.

_____,『해방공간의 문학사상』, 서울대출판부, 1989.

김재용 엮음,『카프비평의 이해』, 풀빛, 1989.

서대숙,『한국공산주의운동사』, 이론과 실천, 1989.

석용원,『아동문학원론』, 학연사, 1989.

역사문제연구소, 『카프문학운동 연구』, 역사비평사, 1989.

유창근, 『현대 아동문학원론』, 동문사, 1989.

월간 신동아 편집부, 『원자료로 본 북한』, 동아일보사, 1989.

임규찬·한기형, 『문예운동의 볼세비키화』, 태학사, 1989.

_____, 『카프비평자료총서』 1 - 8권, 태학사, 1989.

한국비평학회, 『혁명전통의 부산물: 납·월북문인 이후』, 신원문화사, 1989.

고설봉, 『證言 演劇史』, 도서출판 晋陽, 1990.

서연호·이강렬, 『북한의 공연예술』, 고려원, 1990.

신현숙, 『희곡의 구조』, 문학과 지성사, 1990.

임철규, 『우리시대의 리얼리즘』, 한길사, 1990.

한길문학편집위원회, 『남북한문학사 연표』, 한길사, 1990.

장사원, 『여명의 양악계』, 세광음악출판사, 1991.

김승환, 『해방공간의 현실주의 문학 연구』, 일지사, 1991.

민병욱, 『희곡문학론』, 도서출판 신아, 1991.

조동일, 『조선문학통사』, 지식산업사, 1991.

최지훈, 『한국현대아동문학론』, 아동문예, 1991.

한국비평학회, 『북한 가극·연극 40년』, 신원문화사, 1991.

김경일, 『일제하 노동운동사』, 창작과 비평사, 1992.

김경중·김영숙, 『유아문학교육』, 양서원, 1992.

김정의, 『한국소년운동사』, 민족문화사, 1992.

김정일, 『김정일 선집』1권, 조선로동당출판사, 1992.

_____, 『김정일 선집 』2권, 조선로동당출판사, 1993.

이강렬, 『한국사회주의 연극 운동사』, 동문선, 1992.

박민수, 『아동문학의 시학』, 양서원, 1993.

김경중, 『아동문학론』, 신아출판사, 1994.

김동규, 『부산연극사』, 예니, 1994.

강만길. 『고쳐쓴 한국 현대사』, 창작과 비평, 1994.

김재용, 『북한문학의 역사적 이해』, 문학과지성사, 1994.

민병욱, 『한국 희곡사 연표』, 국학자료원, 1994.

권영민, 『한국문학 50년』, 문학사상사, 1995.

_____, 『한국 계급문학 운동사』, 문예출판사, 1995.

김미도, 『한국 근대극의 재조명』, 현대미학사, 1995.

김재석, 『일제강점기의 사회극 연구』, 태학사, 1995.

이명재, 『북한문학사전』, 국학자료원, 1995.

최동호, 『남북한현대문학사』, 나남출판사, 1995.

김윤식, 『한국사회주의운동 인명사전』, 창작과 비평, 1996.

_____, 『북한의 문학사론』, 새미, 1996.

강 진, 『우리식 극작법』, 문예출판사, 1996.

한국예술종합학교 한국예술연구회, 『한국작곡가사전』1권, 시공사, 1996.

기독교북한선교회, 『북한의 발자취』, 기독교북한선교회, 1996.

양승국, 『한국 근대 연극비평사』, 태학사, 1996.

김재철, 『조선연극사』, 민학사, 1997.

김정수, 『해방기 희곡의 현실인식』, 신아, 1997.

민병욱, 『현대희곡론』, 삼영사, 1997.

한국문화예술진흥원, 『연극사전』, 예니, 1997.

정봉석, 『일제강점기선전극연구』, 월인, 1998.

리기주, 『조선문학사』 14, 사회과학출판사, 1999.

김영민, 『한국근대문학비평사』, 소망출판사, 1999.

박태상, 『북한문학의 동향』, 깊은샘, 1999.

김자연, 『한국동화문학 연구』, 서문당, 2000.

김재용, 『분단구조와 북한문학』, 소명, 2000.

김영민, 『이야기 근대연극사』, 도서출판 창작마을, 2000.

고태우, 『북한현대사 101장면』, 가람기획, 2000.

민병욱, 『일제강점기 재일 한국인의 연극운동』, 연극과 인간, 2000.

구모룡 엮음, 『근현대 부산·경남항쟁문학 사료집』V, 민주공원, 2001.

서연호, 『식민지시대의 친일극연구』, 태학사, 2001.

안광희, 『한국 프롤레타리아 연극운동의 변천과정』, 도서출판 역락, 2001.

한설야·리기영 외, 『우리시대의 작가수업』, 역락, 2001.

김성보·기광서·이신철, 『북한현대사』, 웅진하우스, 2004.

박태일, 『경남·부산 지역문학 연구』 1, 청동거울, 2004.

_____, 『한국 지역문학의 논리』, 청동거울, 2004,

류종렬, 『이주홍의 일제강점기 문학연구』, 국학자료원, 2004.
역사문제연구소, 『북한현대사』, 웅진지식하우스, 2005.

3. 낱글

방정환, 「동화작법-동화 짓는 이에게」, 『동아일보』, 동아일보사, 1925.
    1. 1.
_____, 「씩씩한 동모들-언양 조기회」 『어린이』, 개벽사, 1925. 9.
신소년 편집부, 「여름방학지상좌담회」, 『신소년』, 신소년사, 1930. 8.
박태영, 「희곡의 흥미에 대하여」, 『조선문학』, 조선작가동맹출판사, 1955.
송 영, 「해방 전의 조선 아동문학」, 『문학신문』, 문학신문사, 1957. 8. 22.
박태영, 「시대와 함께 자란 극문학」, 『해방 후 우리문학』, 조선작가동
    맹출판사, 1958.
한형원, 「신고송과 그의 농촌 주제 희곡들의 특성」, 『조선문학』, 조선
    작가동맹출판사, 1960.
강소천, 「동화의 지도와 감상」, 『아동문학의 지도와 감상』, 대한교육협
    회, 1962.
이오덕, 「아동문학과 서민성」, 『아동문학의 통성과 서민성』, 세종문화
    사, 1974.
_____, 「시정신과 유희정신」, 『창작과비평』, 창작과비평사, 1983.
조동일, 「경향극·통속극·친일극의 양상」, 『소설문학』, 소설문학사, 1987.
박성구, 「일제하 프롤레타리아 예술운동에 관한 연구」, 『일제하 한국의
    사회계급과 사회변동』, 문학과지성사, 1987.
이원경, 「뿌리 못내린 희곡작가들」, 『동서문학』, 동서문학사, 1988. 8.
이원수, 「아동문학의 발생-현황」, 『아동문학과 평론』, 웅진출판, 1989.
김만수, 「1930년대 연극운동 연구」, 서울대 대학원 석사학위 논문, 1989.
신아영, 「1930년대 연극과 관객연구-대중화론을 중심으로」, 이화여자
    대학교 석사학위 논문, 1989.
양승국, 「해방공간의 진보적 민족연극운동」, 『창작과 비평』66호, 창작
    과비평사, 1989 겨울호.

김대행, 「북한의 문학사 연구 어디까지 왔는가」, 『문학과 비평』가을호, 문학과비평사, 1990.

김성희, 「1930년대 연극론에 대하여」, 『한국연극학회』3, 한국극예술학회, 1990.

손화숙, 「1930년대 프로연극연구」, 서울대학교 대학원 석사학위 논문, 1990.

이석만, 「1930년대 프로극단의 공연작품 분석」, 『한국극예술연구』 1, 태동, 1991.

신아영, 「1930년대 전반기 연극론 연구」, 『한국극예술연구』 1, 한국극예술학회, 1991.

정호순, 「한국 초창기 프롤레타리아 연극 연구」, 단국대학교 대학원 석사학위 논문, 1991.

김동호, 「북한문학의 도식주의 논쟁 - 1950년대 북한문예비평사의 쟁점」, 『문학과 논리』3, 태학사, 1991.

이상우, 「해방직후 좌우대립기의 희곡에 나타난 현실인식의 양상」, 『한국극예술학회』2, 태학사, 1992.

이석만, 「1920 - 1930년대 연극운동론 연구」, 서울대학교 대학원 박사학위 논문, 1992.

정봉석, 「1930년대 전반기 프로연극의 대중화운동 연구」, 『국어국문학』 11, 동아대 국문과, 1992.

정호순, 「연극대중화와 소인극 운동」, 『한국극예술연구』2, 한국극예술학회, 1992.

김성수, 「1950년대 북한문학비평의 전개과정」, 『한국전후문학연구』, 성균관대출판부, 1993.

이석만, 「해방직후의 소인극운동 연구」, 『한국극예술연구』제3집, 한국극예술학회, 태학사, 1993.

정영진, 「프로 희곡사의 산 증인」, 『문학사의 길찾기』, 국학자료원, 1993.

박영정, 「슈프레히콜연구」, 『한국극예술연구회』제4집, 한국극예술학회, 1994.

서준섭외, 「북한문학 이해의 올바른 영향」, 『민족문학사연구』제5호, 민족문학사연구소, 1994.

이석만, 「해방직후 진보적 민족연극론의 전개 양상」, 『한국연극학』6,

한국연극학회, 1994.

김성수, 「사실주의 비평논쟁사 개관」, 『북한『문학신문』기사목록(1956~ 1993)』, 한림대출판부, 1997.

박영정, 「카프 연극부의 조직변천에 관한 연구」, 『한국연극연구』, 국학 자료원, 1998.

이강엽, 「동화읽기의 한 패턴: 자기찾기」, 『동화의 형성과 구조』, 건국 대학교 동화와 번역연구소, 1989.

전윤경, 「신고송의 소인극 연구」, 『현대 희곡과 연극』, 만인학술총서, 1998.

김봉희, 「광복기 단막희곡 연구」, 경남대학교 대학원 국어국문학과 석 사학위 논문, 1999.

김지은, 「한국 근대 현실주의 동시 연구」, 경남대학교 대학원 국어국문 학과 석사학위 논문, 1999.

최민아, 「신고송 연극론 연구」, 동국대학교 대학원 연극영화학과, 2000.

김봉희, 「신고송의 희곡「선구자들」연구」, 『지역문학연구』7호, 경남지 역문학회, 경남·부산지역문학회, 2001.

유진월, 「북한문예이론의 변천과 연극의 특성」, 『북한문학의 이해』, 청 동거울, 2001.

이재복, 「웃음 속에 배어있는 고통스러운 현실」, 『우리 동화 바로 읽기』, 한길사, 2001.

구명옥, 「부산경남 항쟁희곡의 사적전개」, 『근·현대 부산경남항쟁문학 사료집』Ⅳ, 민주공원, 2003.

박경수, 「계급주의 동시이해의 밑거름 - 프롤레타리아 동요집『불별』에 대하여」, 『지역문학연구』8집, 경남·부산지역문학회, 2003.

박태일, 「나라잃은 시기 아동잡지로 본 경남·부산지역 아동문학」, 『한 국문학논총』 제37집, 한국 문학회, 2004.

박태일, 「경남지역 계급주의 시문학 연구」, 『경남·지역문학연구』 1, 청동거울, 2004.

이순욱, 「카프매체 투쟁과 프롤레타리아 동요집『불별』」, 『한국문학논 총』 제37집, 한국문학회, 2004.

한정호, 「광복기 아동지와 경남·부산지역 아동문학」, 『한국문학논총』, 제37집, 한국문학회. 2004.

4. 국외 논저

레닌, 김남천 옮김, 「당의 조직과 당의 문학」, 『문학』, 백민문화사, 1947. 4.
레싱, 몽용생 옮김, 「리얼리즘 연기론의 고전적 자료」, 『희곡문학』, 희
　　곡문화사, 1949.
레이먼드 윌리엄스, 이일환 옮김, 『이념과 문학』, 문학과지성사, 1982.
N. Haughton, 여석기 옮김, 『현대연극입문』, 삼성문화문고, 1981.
M. 마렌 그리제바하, 장영태 옮김, 『문학연구의 방법론』, 홍익사, 1982.
P. Szondi, 송동준 옮김, 『현대 드라마의 이론』, 탐구당, 1983.
L. 골드만, 박영신과 여럿 옮김, 『문학사회학의 방법론』, 현상과 인식,
　　1984.
r. williams, 설준규·송승철 옮김, 『문화사회학』, 까치, 1984.
A. Boal, 민해숙 옮김, 『민중연극론』, 창작과비평사, 1985.
B. Asmuth, 송전 옮김, 『드라마 분석론』, 한남대출판부, 1986.
르네웰렉·오스트 워렌, 이경수 옮김, 『문학의 이론』, 문예출판사, 1987.
마틴에슬린, 원재길 옮김, 『드라머의 해부』, 청하, 1987.
에르하르트욘, 임홍배, 『마르크스-엥겔스 문학예술론』, 한울, 1988.
질지라르 외, 윤학노 옮김, 『연극이란 무엇인가』, 고려원, 1988.
구스타프 프라이탁, 임수택, 김광요 옮김, 『드라마의 기법』, 청록출판사,
　　1991.
제리L. 크로포드, 조안 스나이더, 양광남 옮김, 『연기』, 예하, 1991.
C. Allensworth, 방태수 옮김, 『연극 만들기』, 학고방, 1994.
페터 퓨터, 조상용 옮김, 『드라마속의 시간』, 들불, 1994.
로널드 b. 토비야스, 김석만 옮김, 『인간의 마음을 사로잡는 스무가지
　　플롯』, 풀빛, 1997.
피에르 라르토마, 이인성 엮음, 『연극의 이론』, 청하, 1988.
村山知義, 이석만·정대성 옮김, 『일본프롤레타리아 연극론』, 월인, 2000.

부록 1

신고송 해적이

1907년(1세) 6월 9일 경상남도 언양면 서부리 91번지에서 아버지 신건표와 이양순의 4남 2녀 가운데 막내로 태어나다. (본적은 경상남도 울산군 언양면 서부리 136번지).

1916년(10세) 4월 1일 언양공립보통학교 입학.

1919년(13세) 언양에서 일어나는 만세운동을 보고 민족적 자극을 받다.

1920년(14세) 언양공립보통학교 졸업.
가난한 집안 살림 때문에 진학을 못하고 동네 금융조합에서 한달에 십이전을 받으며 급사생활을 함.

1923년(17세) 언양소년단과 언양조기회에 가입. '언양소년소녀가극대회'를 준비하면서 일기문 「밧브든 일주일간」을 『어린이』에 발표.

1924년(18세) 『어린이』와 『신소년』의 '독자란'에 지역소식을 전하거나 '선외가작'으로 뽑히게 됨.

1925년(19세) 언양 소년회와 언양청년회 주체 웅변대회에서 '참다운 가정교육의 맛을 보여 주시요'라는 제목으로 일등을 차지.

대구사범학교에 입학 (2년제)

11월 『어린이』에 동시 「우테통」이 입선 정식으로 문단 활동을 시작.

1926년(20세) 윤석중, 이원수, 김순애, 서덕출 등과 함께 「기쁨사」 동인 활동.

회람잡지 『굴렁쇠』 엮음.

1927년(21세) 카프의 방향전향을 계기로 카프의 회원이 됨.

1928년(22세) 대구공립보통학교 훈도교사로 발령.

당시 민족주의들이 운영을 맡고 있던 『조선일보』 에 글을 싣기 시작함.

1929년(23세) 불온사상을 가졌다는 이유로 청도 유천학교로 좌천. 『별나라』에 자신의 이념을 들어내는 아동문학을 게재. 매체적투쟁 성격을 드러냄.

1930년(24세) 『음악과 시』를 통해 자신의 이념적 신념을 확고히 함. 4월 9일 김형근과 신해연의 차녀이자 언양공립보통학교 동기인 교원 김두이와 결혼.

불온사상을 가진 교원으로 몰리면서 구금과 동시에 교원생활의 막을 내리다.

10월 이상춘, 이갑기 등과 함께 대구에서 『가두극장』을 조직하나 사회주의 혁명 기념일을 준비하다 한달동안 구금.

12월 일본 유학 길에 오르다.

1931년(25세) 동경시 경교에 위치한 '축지소극장' 내에 있는 '일본프롤레타리아 연극연극소'에 입문. 일본대학 연극전문부에서 약 3개월간 본격적인 연극훈련을 받음. 유학시 일본 좌익극단들의 프로연극 활동과 이론을 국내에 소개하여, 카프연극의 실천화에 큰 역할을 하게 되다.

11월 재일조선인 문화운동단체에서 설립한 「동지사」의 일원이 되다.

일본에서도 『별나라』에 조선의 무산아동계급에 희망을 실어주는 아동문학을 발표.

언양에서는 장남 태우가 태어나다.

1932년(26세) 5월 조선으로 귀국. 카프의 신임 중앙위원을 맡으면서 극단 「메가폰」을 창설하나 8월 「메가폰」이 해산. 곧이어 카프의 직속 극단인 「신건설」창단을 주도한다. 또한 「신건설」의 기관지인 『연극운동』의 편집장을 맡음.

10월 '코프조선협회' 기관지 『우리동무』배포사건으로 검거 당함.

1933년(27세) 8월 서대문 감옥으로 이송.

1935년(29세) 9월 10개월 금고형을 받은 후, 석방이 됨. 당시 사회주의 신문이라 불리던 『조선중앙일보』에 카프해산 이후 침체일오로 겪고 있던 문단 상황을 비판하는 글을 발표.

1936년(30세) 『조선중앙일보』에 「아동문학부흥론 – 아동문학의 르네쌍쓰를 위하야」 글을 발표하여 새로운 아동문학의 정기를 세우고자 했다.

2월 아내 김두이의 교원 발령지인 김해군 김해읍 지내동 94번지로 이주.

차남 해우가 태어나다.

1938년(32세) 삼남 상우 태어나다.

1939년(33세) 아내 김두이 사망. 그 이후, 일제 감시망의 눈초리를 피해 김해와 언양을 오가는 불안한 생활을 하게 됨.

1941년(35세) 호구지책으로 '조선악극단'에 가입하여 연출을 맡음. 이 무렵 새로운 가정을 꾸린 것으로 보여짐 (서울시 녹번동에 거주).

1943년(37세) '제2회 국민연극대회'에서 김태진의 작품 「아름다운 고향」의 연출을 맡아서 수상. 그 후, 여러 극단을 전전하면서 극과 연출을 맡는 등 부왜극 활동에 동참.

1945년(39세) 광복 이후, 1930년대 프로연극운동의 계승을 표본 삼아 진보적 문학운동에 적극 참여. 극작과 연출을 맡는가하면 김정한과 함께 극단 「희망좌」를 운영하게 되다.

1946년(40세) 4월 미군정청의 횡포로 극단 운영과 자유로운 문학활동을 방해 받은 그는 가족을 데리고 월북하다. 10월 '북조선연극동맹'부위원장 역임하는 동시에 1930년대 프로연극 방법 가운데 하나인 '소인극운동'전개에 동참하여 소인극 작품 발표.

1947년(41세) '북조선 문학동맹전문분과위원' 희곡위원, 평론위원, 아동문학위원에 오름.

1949년(43세) '고상한 사실주의'를 표본으로 하고, 소련과 견고한 친선관계를 담은 희곡 「불길」을 발표.

1950년(44세) 6월 허정석, 박길웅과 함께 친선사절단으로 소련방문. 8월 25일 100명의 대예술단을 인솔하여 서울 부민관에서 공연.

1951년(45세) 6월 '조선문학예술총동맹' 중앙지도 기관과 산하 각 동맹 열성자 회의에서 '조선문학예술총동맹위원'과 '연극동맹위원장'으로 선출.

10월 제2대 국립국립극장 총장과 무대배우위원장을 맡음.

이 당시부터 문학활동보다는 정치적 활동에 주력한 것으로 보인다.

1953년(47세) 10월 '조선문학예술총동맹' 조직 개편 아래 '중앙위원'과 '희곡분과 위원'으로 임명.

12월 소련을 두 번째로 방문하여 3개월동안 머물면서 공연활동과 사회주의 건설에 복무하기 위한 예술형태를 체험하고 돌아오다.

1956년(50세) 10월 '제2차 조선작가대회'에서 도식주의를 극복할 수 있는 「극문학 발전을 위한 몇 가지 중심문제」를 발표.

1958년(52세) 농촌과 노동현장에 투입되어 노동자 영웅, 협동조합의 영웅적 모습을 장막극으로 발표.

'조소친선협의회 위원장'과 '조선노동당중앙위원회'

선전선동부 본부장을 역임.

인민공화국 창건 10주년 대표 단장으로 세 번째 소련 방문.

1959년(53세) 작가동맹위원과 국립연극학교 교장을 맡음.

7월 24일 '제7차 세계청년학생전' 북측단장으로 두 주간 오스트리아에 머물면서 '사회주의 문화예술'을 알림.

1960년(54세) 민족예술극장을 관장.

1962년(56세) '최고인민회의' 대의원 선거에서 '최고인민회의'제3기 대의원으로 선출.

'아시아·아프리카 단결위' 부위원장과 '평화옹호' 위원장을 맡음.

네 번째로 소련 방문.

1963년(57세) '조선월맹 인민투쟁지지위' 부위원장을 맡으면서 조선 노동당을 대표하는 정치 일선에서 활동.

1965년(59세) 김일성의 주체사상을 부각한 경희극 「그날을 두고」를 발표. 대남투쟁 최고 의 희곡으로 뽑히다.

1970년(64세) 이때부터는 간혹 김일성에 대한 고마움과 충성을 전달하는 수기를 씀.

문학활동과 정치 일선에서 물러나 원로대접을 받은 것으로 보인다.

1992년(84세) 8월 22일 『세계일보』에 실린 「해방 6.25전후 납·월북문인 50명의 현주소」에서 생존 사실이 기록되어 있다.

부록 2

신고송 작품 죽보기

**. 미발굴 작품

1. 희곡과 아동극

1) 아동극

번호	작품제목	게재지	년도	비고
1	쇠바른 톡기	어린이	1927. 2	
2	저녁밥 갓다주고	별나라	1931. 3	
3	삼조아비는 어듸갓나	별나라	1931. 9	농촌소년극
4	해가지는 싸닭	주간소학생	1946. 3. 18	
5	요술모자	주간소학생	1946. 7. 8	
6	백설 공주	아동극집 『백설공주』	1946. 11	3막 7장.
7	흥부와 놀부	아동극집 『백설공주』	1946. 11	2막 4장.
8	금 나거라 뚝딱 은 나거라 뚝딱	아동극집 『백설공주』	1946. 11	6막
9	새나라의 어린이		1948	아동극집 - 북한 연극사에서 기록 **
10	우리들의 즐거운 야영생활		1948	아동극으로 북한 연극사에 기록 **
11	야지 마을 사람들		1952	3막 6장의 아동극 북한 연극사에 기록**

2) 희곡

번호	작품제목	게재지	년도	비고
1	메가폰 – 슈프렛히콜			극단「메가폰」창단공연작**
2	수양단		1933. 11. 23 – 24	본정연예관에서 공연**
3	비행기는 이렇게 만든다		1944. 11. 16	건설무대주최, 제일극장에서 공연 (일어극 – 만대신이라는 이름으로 극작)**
4	인정 나룻배		1944. 1. 22 – 1. 31 1945. 5. 30 – 6. 3	조선악극단 주최, 동양극장에서 공연**
5	金の國, 銀の國		1944. 2. 27 – 3. 4 1944. 5. 30 – 6. 3	조선악극단 주최, 동양극장에서 공연**
6	懐しき街		1945. 1	고협주최, 약초극장에서 공연(일어극 – 만대신이라는 이름으로 극작)**
7	豊年の水車			(일어극 – 만대신이라는 이름으로 극작)**
8	결실	신건설	1945. 11	잡지『신건설』주최로 공연
9	철쇄는 끊어젓다	예술	1945. 12	광복이후 전국순회공연
10	서울갔든 아버지	우리문학	1946. 1	
11	생명의 길		1946	서울해방극장에서 공연
12	고갯길	전선	1946. 3(창간호)	
13	눈날리는 밤	여성공론	1946. 4	**
14	부활기		1946.	예술신문주최, 마산극장에서 공연 **
15	들꽃	문화전선	1946. 11	
16	수정골 사람들		1947	북한 연극사에 기록**
17	3.1전후		1947	평양 신생좌에서 공연, 장막극 **
18	최후의 날		1949	평양시립극장에서 공연**
19	불길	창작생활과 보건	1949	국립극장에서 공연(장막극)**
20	목화꽃 필 무렵	『총합 – 전막극집』, 문화전선사	1950	창작은 그 이전으로 봄.
21	풍요의 가을		1956	중막극**
22	우리마을	희곡집 『선구자들』	1958	창작은 1956. 국립극장에서 공연.

번호	작품제목	게재지	년도	비고
23	10년	조선예술	1958	신고송의 희곡강좌 「항상 배우는 입장에서」기록**
24	선구자들	희곡집 『선구자들』	1958	황남도립극장에서 공연
25	강 건너 마을에 새노래 들려온다	극문학	1960. 창간호.	4막의 창극, 국립예술극장에서 공연
26	근거지 사람들		1963	북한 연극사에 기록 **
27	달래벌에 동이 튼다	조선문학	1964. 1	

2. 동시

번호	작품제목	게재지	년도	비고
1	우테통	어린이	1925. 11	
2	옵바를 차저서	동아일보	1926. 11. 3	동화시
3	진달네	어린이	1927. 4	홍난파 작곡(악보 수록)
		조선동요백곡집	1933.	홍난파 작곡(악보 수록)
		아동가요곡선삼백곡	1938.	강신명 작곡(악보 수록)
		소년조선일보	1940. 4. 28	
4	자장노래	별나라	1927. 10	신말찬 이름으로 게재.
5	늙은 버들개지	조선일보	1928. 5. 8	
6	귀ㅅ속임	조선일보	1929. 11. 5	
		아동가요곡선삼백곡	1938	신고송 작사·작곡(악보수록)
7	동무	조선일보	1929. 11. 5	
8	그들의 힘	조선일보	1929. 12. 3	고송(鼓頌)의 이름으로 게재.
9	굴밤	조선일보	1929. 12. 3	
10	욕을 먹고서	조선일보	1929. 12. 4	
11	골목대장	조선일보	1929. 12. 11	
		어린이	1930. 9	홍난파 작곡(악보 수록)
		아이생활	1932. 9	박태준 작곡(악보 수록)
		조선동요백곡집	1933.	홍난파 작곡(악보 수록)
		조선아동문학집	1938.	
12	작년 봄	조선일보	1930. 2. 2	
13	닷돈 준 장갑	조선일보	1930. 2. 4	

번호	작품제목	게재지	년도	비고
14	석양 준 내 닭	조선일보	1930. 4. 3	
15	오냐	조선일보	1930. 4. 4	
16	상여ㅅ집	조선일보	1930. 4. 6	
17	언니시집 가든 날	어린이	1930. 5	**
18	우는꼴보기 실혀	별나라	1930. 6	
		불별	1931. 9	
19	검은 얼골	신소년	1930. 7	
20	바다의 노래	별나라	1930. 7	
21	잠자는 거지	신소년	1930. 8	
22	고초장	음악과 시	1930. 8	
		아동가요선삼백곡	1938	작곡 미상 (악보 수록)
23	도야지	별나라	1930. 10	
		불별	1931. 9	
24	아버지의 편지 – 공장에서	조선일보	1931. 1. 24	
25	껍질먹는 신세	불별	1931. 9	
26	기다림		1931. 9	
27	미륵과 장승	불별	1931. 9	
28	우리는 대장장이	별나라	1932. 4	폭지스토이 – 니 – 번역시 (악보 수록)
29	우리들	신소년	1932. 8	번역시
30	아츰	아이생활	1932. 9	박태준 작곡(악보 수록)
		아동가요선삼백곡	1938.	박태준 작곡(악보 수록)
		어린이신문	1947. 2. 8	김순남 작곡(악보 수록)
31	돌다리	조선동요백곡집	1933	홍난파 작곡(악보 수록)
32	쪼각빗	조선동요백곡집	1933.	홍난파 작곡(악보 수록)
		아동가요선삼백곡	1938.	박태준 작곡(악보 수록)
33	잠자는 방아	조선일보	1933. 11. 14	홍난파 작곡(악보 수록)
		별나라	1934. 9	조관호 작곡(악보 수록)
		아동가요선삼백곡	1938.	박태준 작곡(악보 수록)
34	잠자는 방학	별나라	1934. 9	**
35	가을날의 저녁	아동가요선삼백곡	1938.	작사, 작곡 신고송(악보수록)
36	J.O.D.K	아동가요선삼백곡	1938.	박태준 작곡(악보 수록)
37	아버지	새동무	1946. 1	
38	우리집 감나무	주간 소학생	1946. 4. 15	
39	굴렁쇠	주간 소학생	1946. 6. 10	
40	고개	어린이신문	1947. 2. 8	김순남 작곡(악보 수록)
41	소년행진곡	어린이신문	1947. 11. 22	

- 작곡 -

번호	작품제목	게재지	년도	비고
1	가을날의 시내	아동가요곡선삼백곡	1938.	윤복진 작사, 신고송 작곡 (악보 수록)
2	닥근콩 고소	아동가요곡선삼백곡	1938.	장효섭 작사, 신고송 작곡 (악보 수록)

3. 동화

번호	작품제목	게재지	년도	비고
1	두더쥐와 아가씨	별나라	1931. 2	
2	모기와 미륵	별나라	1931. 4	
3	잉어	별나라	1931. 6	
4	원숭이와 곰	별나라	1931. 12	
5	피켓의 일기문 중에서	별나라	1934. 2	
6	평세와 평숙이1	별나라	1945. 12. 15	
7	평세와 평숙이2	별나라	1946. 2. 10	
8	만세	별나라	속간 3호	동화 혹은 동극**

4. 시

번호	작품제목	게재지	년도	비고
1	기녀도	풍림	1937.	

5. 소설

번호	작품제목	게재지	년도	비고
1	임신	조선중앙일보	1936. 7. 10 – 7. 16	

6. 평론

1) 아동평론

번호	작품제목	게재지	년도	비고
1	童心에서부터 – 旣成童謠의 錯誤點 – 童謠詩人에게 주는 몃말	조선일보	1929. 10. 20 – 10. 30	
2	새해의 童謠運動	조선일보	1930. 1. 1 – 1. 3	
3	동요와 동시 – 이군에게 답함	조선일보	1930. 2. 7	
4	동심의 계급성 – 조직화와 제휴함	중외일보	1930. 3. 7 – 3. 9	
5	公定한 批判을 바란다	조선일보	1930. 3. 30 – 4. 2	
6	동요운동의 당면문제	중외일보	1930. 5. 14, 5. 18	
7	연합학예회 아동극평	별나라	1932. 7	
8	아동문학부흥론 – 아동문학의 르네쌍쓰를 위하야	조선중앙일보	1936. 1. 1 – 1. 3	

2) 평론

번호	작품제목	게재지	년도	비고
1	시단만평 - 기성 시인, 신인시인	조선일보	1930. 1. 5 - 1. 15	
2	시단 一尖흠	조선일보	1930. 3. 28 - 3. 29	
3	최근시작총편	조선일보	1930. 5. 6 - 5. 14	신송이란 이름으로 게재
4	음악과 대중	음악과 시	1931.	
5	음악에 계급의식에 대하여	동아일보	1931. 3. 12 - 13	
6	계급음악의 확립	조선일보	1931. 5. 6 - 12	
7	일본푸로극장 동맹 제3회 방청기	조선일보	1931. 5. 27 - 5. 31	
8	연극운동의 출발	조선일보	1931. 7. 29 - 8. 5	
9	슈프레힛콜 - 새로운 형식	조선일보	1932. 3. 5 - 3. 10	
10	극평의 실험무대의 〈검찰관〉	조선일보	1932. 5. 10 - 5. 12	
11	국제연극운동의 조망	중앙일보	1932. 3. 22 - 3. 28	
12	조선에 있어서의 演劇運動의 現狀況	플롯토	1932. 4	일본잡지**
13	조선 프롤레타리아 연극운동의 당면임무에 대하여	연극운동	1932.	**
14	조선의 신극운동	연극운동	1932. 7	
15	동반자작가제문제	제일선	1932. 9. 15	
16	소인극 연출법	연극운동	1932. 9	**
17	주생원 연출법	연극운동	1932. 9	권환의 희곡 주생원**
18	문단시감	조선중앙일보	1935. 11. 14 - 19	

번호	작품제목	게재지	년도	비고
19	톨스토이사후 이십오주년	조선중앙일보	1935. 11. 20	
20	아시아는 분노한다	신시대	1944. 11	**
21	조선연극의 진로	문화통신	1945. 11	**
22	연극운동과 그 조직	인민	1945. 12	
23	민주연극체제 수립을 위하여	해방기념 평론집	1946. 8	
24	연극운동의 신단계	문화전선	1947. 8	**
25	조선에 있어서 미군정 3년간	조쏘문화	1948. 8	**
26	연출에 대하여	문학예술		
27	연출의 길	문학예술	1950. 2	느·뻬뜨로브, 신고송 역
28	1949년도의 번역극 상연의 성과	조쏘문화	1950. 2	**
29	희곡에 대하여	연극써클독본	1950. 4	**
30	쏘베트 극작상의 몇가지 문제와 우리극작에 주는 몇말	문학예술	1950. 5	
31	연극에 있어서 형식주의 및 자연주의적 잔재와의 투쟁	문학예술	1952. 1	
32	희곡창작과 언어문제	문학예술	1952. 10	
33	사상의 질 제고를 위하여	근로자	1955.	**
34	극문학 발전을 위한 몇가지 중심문제	제2차 조선작가대회 문헌집	1956.	
35	조선연극이 걸어온 길	조선예술	1956. 10	**
36	국립극장의 10년	조선예술	1957. 1	**
37	작가와 프롤레타리아 국제주의	문학신문	1957. 2. 14	

번호	작품제목	게재지	년도	비고
38	라운규와 아리랑	문학신문	1957. 7. 25	
39	극단 〈신건설〉의 조직과 역할	조선예술	1957. 7－8	**
40	10월 혁명과 조선예술	조선예술	1957. 11	**
41	종파사상은 우리문학 발전을 저해하는 독소이다	문학신문	1957. 11	
42	청년에게 주는 훌륭한 선물	조선문학	1958. 3	
43	부르죠아 사상과 철저한 투쟁을 위하여	조선문학	1959. 3	
44	사회주의 사실주의 기치를 더욱 높이자 － 질재고를 위해	문학신문	1959. 3. 1	
45	생활의 진실을 그리고 － 현대적 주제 창극발전을 위하여	문학신문	1960. 3. 15	**
46	인형극의 발전을 위하여 － 인형극〈혹 땐 이야기〉를 보고	문학신문	1960. 4. 26	**
47	이 밖에 다른 길은 없다	문학신문	1960. 4. 29	**
48	전변 속에 주인공들	문학신문	1960. 6. 17	**
49	현대성과 창극의 대중화	문학신문	1960. 6.	**
50	씨나리오 창작에 대한 몇가지 의견	문학신문	1960. 12. 13	**
51	혁신의 바람을 일쿠자	조선예술	1961. 1	**
52	극문학의 일보전진을 위하여	극문학	1961. 2	

번호	작품제목	게재지	년도	비고
53	갈등은 언제나 긍정과 부정간의 투쟁이다	문학신문	1961. 3. 14.	
54	다양한 재능과 정열적인 탐구의 예술가	조선예술	1961. 7	**
55	생활체험이 주는 중요한 교훈	문학신문	1961. 10. 27	
56	갈등문제의 론의와 나의 의견	문학신문	1961. 12. 12	
57	천리마 현실과 희곡	조선문학	1961. 12.	
58	신소설에 대한 회상	문학신문	1962. 7. 6	
59	혁명투사 형상에 커다란 전진 – 연극〈공산주의자〉를 보고	문학신문	1962. 8. 24	
60	이 행복을 남녘 동포들에게도	문학신문	1962. 9. 14	
61	더욱 선명한 사상성과 다양한 예술성으로	문학신문	1962. 12. 21	
62	현실을 더욱 정력적으로 탐구하자	조선문학	1962. 12	
63	심오한 주제사상 선명한 인물성격	조선예술	1963. 1	**
64	일제의 만행을 규탄한다 – 피를 빨리우고 살을깍이웠다	문학신문	1963. 1. 18	
65	우리의 귀중한 예술적 재보 – 국립인형극장 예술에 대하여	문학신문	1963. 4. 9	
66	전진하는 우리 문학	문학신문	1963. 8. 13	

번호	작품제목	게재지	년도	비고
67	우리조국에 광명을 가져다준 공산주의자들의 심오한 현상	조선예술	1963. 9	**
68	조국에 영광을	문학신문	1963. 9. 13	
69	창조적 성과의 빛나는 결정체 – 송영전집 제1권에 대하여	문학신문	1963. 10. 18	
70	선명하고 감동적인 성격창조의 길 – 금년도 극작품을 중심으로(갈등론)	문학신문	1963. 12. 31	
71	희곡과 말	문학신문	1964. 2. 25	
72	새로운 것, 독창적인 것을 발견하고 개척하자 – 상반기에 발표된 단막희곡을 읽고	문학신문	1964. 8. 21	
73	진실에 더욱 육박하자	문학신문	1964. 12. 25	**
74	매국노의 마지막 숨통을 끊어버려라 – 6.3사태와 관련하여	문학신문	1965. 8. 31	
75	성장한 인형극	조선예술	1965. 10	**
76	다장면극과 연대기극	조선예술	1966. 3	**

7. 출판·서적물

번호	작품제목	게재지	년도	비고
1	소인극 하는 법	신농림출판부	1946. 8	
2	아동극집 백설공주	을유문화사	1946. 11	
3	농촌연극 써클운영법	국립인민출판사	1949.	
4	자립연극 지도법	문화전선사	1950	**
5	연극이란 무엇인가	국립출판사	1956	
6	선구자들	조선작가동맹출판사	1958	

8. 연출 작품

번호	작품제목	극작	년도	공연주최 및 장소
1	비행기는 이렇게 만든다	만대신(신고송)	1944. 11. 16	건설무대 주최, 제일극장에서 공연
2	아름다운 고향	김태진	1943. 12. 2 - 12. 4	고협 주최, 부민관에서 공연
3	그리운 거리	임선규	1944. 5. 20 - 5. 24	고협주최, 부민관
			1944. 11. 8	고협주최, 제일극장
4	흰독수리	김내성	1944. 12. 31 - 1945. 1. 4	고협 주최, 약초극장
			1944. 4. 21 - 4. 25	고협주최, 제일극장
5	懷しき街	만대신(신고송)	1945. 1	고협주최, 제일극장
6	해당화 피는 섬	송영	1944. 8. 30 - 9. 3	고협주최, 제일극장
7	목련화	조명암	1945. 4. 21	반도가극단 주최, 중앙극장
8	槿丁	송영	1944. 7. 26 - 7. 30	신생가극단 주최, 제일극장

번호	작품제목	극작	년도	공연주최 및 장소
9	홍매화	백운영	1944. 10. 12 – 10. 18	약초가극단 주최, 약초극장
10	인정 나룻배	신고송	1944. 1. 22 – 1. 31	조선악극단 주최, 동양극장
			1944. 5. 30 – 6. 3	
11	金の國, 銀の國	만대신(신고송)	1944. 2. 27 – 3. 4	조선악극단 주최, 동양극장
			1944. 5. 30 – 6. 3	
12	제비나라	송영	1944. 2. 27 – 3. 4	조선악극단 주최, 동양극장
13	백마	김 건	1945. 4. 12	황금좌 주최, 제일극장
14	삼십년	김 건	1944. 11. 30 – 12. 7	황금좌 주최, 중앙극장
15	怒濤の町	中江良夫	1945. 6. 11	황금좌 주최, 중앙극장
16	분노하는 아시아		1944. 10. 12 – 13	공동연출
17	어머니		광복직후	서울해방극장
18	철쇄는 끊어젓다	신고송	광복 직후	전국 순회공연
			1946. 3. 4	3.1운동 기념제전으로 부산에서 공연

9. 기타(수필, 일기문, 독자통신란, 광고란)

1) 수필과 수기

번호	작품제목	게재지	년도	비고
1	새결심하던 때 – 성공하기 **싸**지는	별나라	1931. 4	수기
2	육년 동안의 가치	별나라	1931. 6	
3	어머니 연출에 대하야	예술신보	창간호	

번호	작품제목	게재지	년도	비고
4	죽은 동지에게 보내는 조사	예술운동	창간호	
5	一人一를一모리 배와 예술인	현대신문	1946. 4. 15	
6	굴할줄 모르는 인민	조선문학	1951. 5	
7	항상 배우는 립장에서	조선문학청년문학	1953. 8	
8	우리를 격동시킨 10월 명절	조선문학	1957. 7	
9	투지와 정열의 초병으로	문학신문	1958. 8. 21	**
10	불멸의 친선	문학신문	1958. 10. 9	
11	좋은 작품을 많이 쓰련다	조선문학	1959. 1	수기
12	온 세계에 떨친 사회주의예술의 찬란한 승리	문학신문	1959. 8. 21	
13	나의 회상	문학신문	1959. 8. 25	
14	기다리는 마음(재일동포 귀국에 대한 글)	문학신문	1959. 12. 11	**
15	재령강변에서	조선문학	1960. 4	수필
16	이 편지를 꼭 전하고 싶다	조선문학	1960. 6	수필 **
17	다시 재령강변에서	문학신문	1961. 4. 14	수필
18	아름다운 시절의 노래	문학신문	1961. 4. 14	
19	조국, 가장 고귀한 것	문학신문	1962. 8. 17	수필
20	그날의 회상	문학신문	1964. 6. 23	
21	현실이 나에게 주는 교훈	문학신문	1966. 9. 13	
22	아름찬 행복을 안을 때마다	조선문학	1970. 9	
23	영광스러운 력사의 집이여	조선문학	1971. 1	탐방기
24	충성의 작품을 쓰렵니다	조선문학	1972. 1	

2) 일기문과 편지글

번호	작품제목	게재지	년도	비고
1	밧브든 일주일 간	어린이	1924. 5	일기
2	멀리가게신 형님에게	어린이	1927. 8	편지글

3) 독자 통신란

번호	게재내용	게재지	년도	비고
1	경남 언양 소년단	어린이	1924. 2	소식란
2	선외가작 – 동요부(신고송, 신말찬, 작문부(울산 신말찬, 울산 신고송), 애독자 명부(울산군 언양면 서부리 신말찬), 그림그리기(울산 신고송, 신말찬)	신소년	1924. 3	
3	선외가작 – 동요부(울산 신말찬), 동화부(울산 신말찬), 독자통신(울산 신말찬), 그림 맞쳐내기(언양 신말찬)	신소년	1924. 4	
4	선외가작 – 동요(울산 신말찬), 동화(울산 신말찬 – 경남 울산군 언양면 서부리)	신소년	1924. 5	
5	선외가작 – 동요(울산 신말찬), 동화(울산 신말찬)	신소년	1924. 6	
6	선외가작 – 동요(울산 신말찬), 동화(울산 신말찬), 그림 그리기(3등, 경남 울산군 언양면 서부리 신말찬)	신소년	1924. 7	
7	언양소년단	어린이	1924. 11	
8	상식시험 발표란 – 경상도 신말찬	신소년	1925. 1	
9	즐거운 째	어린이	1925. 4	선외가작 – 이름과 작품 명만
10	독자 담화실	어린이	1927. 3	

4) 좌담회와 강좌

번호	제목	게재지	년도	비고
1	여름방학 지상좌담회 – 출석제 선생님	신소년	1930. 8.	
2	연극건설 좌담회	예술타임즈	1945. 12	**
3	조히연극	별나라	1932. 4.	강좌
4	희곡창작과 언어	청년문학	1965. 7	문학 강좌.

5) 광고란

번호	게재 내용	게재지	년도	비고
1	광고 – 음악과 시, 음악과 대중	신소년	1930. 8.	
2	광고 – 불별 작가진	신소년	1931. 2	

김봉희

▌약력

1969년 경남 마산에서 태어났다.

경남대학교 국어국문학과를 거쳐 같은 대학원에서 「신고송 문학 연구」로 박사학위를 받았다.

1995년 『예술세계』 희곡 신인상을 받고 문단에 나왔으며, 1997년 대산문화재단에서 희곡 부문 문학인으로 수혜를 받았다.

희곡 여러 편이 연극으로 공연되었으며, 현재 경남대학교 인문학부 강의전담교수로 일하고 있다.

▌주요논문 및 저서

- 논문 -

「신고송 문학연구」, 「광복기 단막희곡 연구」, 「이일래 동요연구」 등

- 저서 -

『신고송문학전집·1』『신고송문학전집·2』(소명출판, 2008)

『한국문학과 성』(불휘, 1999) 등

- 창작희곡집 -

『저녁전 계단오르기』(평민사, 1998), 『너울너울 나비야』(예니, 2004) 등

계급문학, 그 중심에 서서

초판인쇄 | 2009년 8월 10일
초판발행 | 2009년 8월 10일

지은이 | 김봉희
펴낸이 | 채종준
펴낸곳 | 한국학술정보㈜
주 소 | 경기도 파주시 교하읍 문발리 파주출판문화정보산업단지 513 - 5
전 화 | 031) 908 - 3181(대표)
팩 스 | 031) 908 - 3189
홈페이지 | http://www.kstudy.com
E - mail | 출판사업부 publish@kstudy.com

등 록 | 제일산 - 115호(2000. 6. 19)
가 격 36,000원

ISBN   (Paper Book)
    978-89-268-0235-9 98810 (e - Book)